STEDEN

大都市

空间与记忆

Stefan Hertmans

[比]斯特凡·赫特曼斯 —— 著

张善鹏 —— 译

著作权合同登记号　图字：01-2014-0221

图书在版编目（CIP）数据

大都市：空间与记忆 /（比）斯特凡·赫特曼斯著；张善鹏译. —北京：北京大学出版社，2018.7
ISBN 978-7-301-29567-0

Ⅰ.①大… Ⅱ.①斯… ②张… Ⅲ.①散文集 – 比利时 – 现代 Ⅳ.① I564.65

中国版本图书馆 CIP 数据核字 (2018) 第 114303 号

Steden
©1998 Stefan Hertmans. Published with De Bezige Bij, Amsterdam.

书　　名	大都市——空间与记忆 DADUSHI——KONGJIAN YU JIYI
著作责任者	[比] 斯特凡·赫特曼斯 著　张善鹏 译
责任编辑	闵艳芸
标准书号	ISBN 978-7-301-29567-0
出版发行	北京大学出版社
地　　址	北京市海淀区成府路 205 号　100871
网　　址	http://www.pup.cn　新浪微博：@北京大学出版社
电子信箱	minyanyun@163.com
电　　话	邮购部 62752015　发行部 62750672　编辑部 62752824
印 刷 者	北京大学印刷厂
经 销 者	新华书店 880 毫米 ×1230 毫米　32 开　8 印张　180 千字 2018 年 7 月第 1 版　2018 年 7 月第 1 次印刷
定　　价	38.00 元

未经许可，不得以任何方式复制或抄袭本书之部分或全部内容。
版权所有，侵权必究
举报电话：010-62752024　电子信箱：fd@pup.pku.edu.cn
图书如有印装质量问题，请与出版部联系，电话：010-62756370

目录

进城　*1*

1　悉尼的平行世界　*9*
2　图宾根的哥特涂鸦　*29*
3　的里雅斯特的夹缝生存　*40*
4　德累斯顿　*59*
5　城市之间　*82*
6　布拉迪斯拉发的年代错乱　*98*
7　维也纳　*123*
8　萨尔茨堡　*137*
9　马赛的都市传奇和沙丁鱼　*163*
10　永远不要逃避爱人的吻　*193*
11　浮云与家乡　*212*
12　天涯海角　*237*

出城　*242*

世界各地的每一个人每天都会参与一种视觉艺术：成为旁人眼中的形象。

——彼得·汉特克[1]

当代人都很无知。

——维克多·克莱普勒[2]

---

[1] 彼得·汉特克（Peter Handke, 1941— ），奥地利著名作家、编剧，代表作品有《柏林苍穹下》和《自我控诉》。——译者注
[2] 维克多·克莱普勒（Victor Klemperer, 1881—1960），德国著名语言学家，代表作品有《第三帝国的语言》。——译者注

进城

有一部小说，它最富野心地描写了现代城市，开篇即是一幅浓缩的世界文学场景。为《没有个性的人》作旁白的人仿佛是从一颗地球卫星的高度俯瞰"大西洋上空的低压带"，继而把目光投向维也纳这座城市：

> 再往东走，就是俄国的高压地带，北边则依旧没有降低的趋势……大气层中的蒸汽含量达到了最高点，空气中的水分含量却降到了最低点。简言之，用一句老话来描述这种情景极为合适：那是一九一三年八月的一个晴日。狭窄深邃的街道不时窜出摩托车来，冲入阳光明媚的广场的荫凉之中。街上行色匆匆的人们熙熙攘攘，汇成了黑压压的人群。

随着这个长镜头的推进，罗伯特·穆齐尔[1]把自己《没有个性的人》的开篇，完美地设计成了当时流行的"维也纳咖啡"[2]风格：

---

[1] 罗伯特·穆齐尔（Robert Musil, 1880—1942），奥地利著名作家，代表作品有《没有个性的人》。——译者注
[2] "维也纳咖啡"（Wiener Melange），是奥地利最著名的咖啡，制作时分三步：先在杯底撒上一层砂糖，接着倒入黑咖啡，最后淋上奶油；品尝时也分三步：先是爽滑的奶油，接着是浓香的咖啡，最后是甜蜜的糖汁。——译者注

一种科学思维练就的视角（这是毛特纳[1]与恩斯特·马赫[2]生活的城市），一种知识分子独有的孤傲（这也是勋伯格与韦伯恩[3]生活的城市），一种突破常规感知未来的天赋（卡尔·克劳斯[4]那样的批判精神），一种以开放心态重新审视事物的能力（就像维特根斯坦），同时也有一种细致入微的观察能力，可以把琐碎的日常生活放入——或毋宁说是嵌入和融入俗世的框架之中，给人感觉维也纳是一座大都市，它为现代世界而生，也是现代世界的宠儿。然而，就在这个独特的视角刚刚展开，仿佛一幅大幕刚被拉到舞台一侧的时候，他就把精心挑选的城市琐事特写展现在我们眼前：他略带玩世不恭地描写了一起交通事故，介绍了一些人物，他们日后成了对手，此时则只是看客。这种开篇风格难免被人模仿，但已不可能被超越，即便是十七年后，美国伟大的现代主义作家约翰·多斯·帕索斯也无法做到。帕索斯在创作关于美国城市的宏大的《美国三部曲》时，为《北纬四十二度》写下了这样的开篇文字：

> 一个年轻人快步从人群中走过，他身后的人群在夜幕下的街道渐行渐远；他已经走了好几个小时，双脚早已疲惫不堪；他努力睁着眼睛，眼皮却昏昏欲睡，他的脑袋歪向一边，

---

[1] 毛特纳（Fritz Mauthner, 1849—1923），德国著名哲学家，代表作品有《批判语言片论》。——译者注
[2] 恩斯特·马赫（Ernst Mach, 1838—1916），奥地利著名哲学家，代表作品有《认识与谬误》。——译者注
[3] 韦伯恩（Anton Webern, 1883—1945），奥地利著名作曲家，代表作品有《夏日的风》。——译者注
[4] 卡尔·克劳斯（Karl Kraus, 1874—1940），奥地利著名作家，代表作品有《人类的末日》。——译者注

一侧肩膀已经下沉，一只手松弛地垂着，另一只手仍握紧行李；他饥肠辘辘，头昏眼花；脑子仿佛变成了蜂窝，嗡嗡作响；他腰酸背疼，搜寻着招工的信息：修路工要会使铁镐和铁铲，渔夫要会用鱼钩……这个年轻人在人群中独自行走，他孤身一人，贪婪地看着，贪婪地听着。

读者几乎早已看出：这个人物来自乡下。对于新鲜的事物，他都天真地表示惊讶；对于古老的行当，他却崇拜得不得了，从而暴露了一个乡下少年的无知。这种情况本身倒不是什么坏事：乡下人不会习惯于对事情熟视无睹，他有着新移民的开放胸怀，使他更加敏锐地倾听和观察。这种开篇风格，虽然被日后小说的现代叙事手法发展得无以复加，但与穆齐尔最初的权威版本相比，都显得十分老套。多斯·帕索斯笔下的主人公是步行来到城里的，随着他的脚步，我们看到了他在途中遇到的重要人物。普鲁斯特当年也是步行来到巴黎的，只是在必须赶时间的情况下，才跳上舒适的敞篷车沿着布劳涅森林的道路前进。伴随着斯万先生的活动，这座城市的过去和未来不断闪现，仿佛悄然融入他的小说当中。当詹姆斯·乔伊斯像一个荷马时代的流放者徘徊在的里雅斯特的街道时，脑子里想象的却是都柏林未来的街道规划。相比之下，罗伯特·穆齐尔几乎是一个从波音747飞机上俯瞰城市的彻头彻尾的现代旅客。有所不同的是，此处出现了一位带着文学放大镜的解剖学家和科学家——此人可以在飞机降落之前系紧安全带时，以及乘务员微笑着提醒他收起小桌板时，仍能飞速地观察窗玻璃上那只濒死的苍蝇。

当年，托马斯·品钦也曾在《万有引力之虹》的开篇以这种

特写风格展现大城市生活的混乱不堪和暗藏危机:

> 空中传来一声警报。这种警报此前也曾响过,此次却显得异乎寻常。天色已晚。疏散仍在继续,但到处都是战场。车里没有亮光。周围漆黑一片。车站那老得不像样子的钢梁耸立在他头上,玻璃窗应该在更高的地方,白天能让阳光照射进来。但此时正是晚上。

最后这句话点亮了该书后面的主题。品钦在这一点上比穆齐尔略胜一筹。穆齐尔主要描写的是白天的城市,品钦则主要描写光怪陆离的城市夜生活:只能看到近处的人脸,就像照片底片里的半光画面,让人联想起在城市急速穿行的车上,深色防弹车窗投射在那些大人物脸上的绿色斑痕……

布雷特·伊斯顿·埃利斯在《美国精神病人》中描写主人公初进纽约的情形时,让人感觉径直堕入了但丁笔下的地狱:

> 第十一大道和第一大道交叉口的化学银行大厦一侧,涂着几个血红的大字,"入此门者,万念俱灰"。这些印刷体字母极大,从在拥挤的车流中颠簸着驶离华尔街的出租车后排座椅上都能看到它们……

当然,城市全都包含这些东西——入口和出口;公共汽车冒着恶心的黑烟缓缓驶出车站;天刚蒙蒙亮,通往市中心的主干道上,汽车就已排成慢慢蠕动的长队;晨光熹微中,某个凌乱不堪的房间里,两个偷情的人仍在意犹未尽地享受良宵;凌晨四点,某个小酒吧的后院里，一个小伙子在呕吐；商店橱窗的反光照射着人脸，人们想不看它都不行；某座酒店的后门，服务员不小心崴了自己的脚；公园里满是尘土的便道上，有人在跑步；老醉汉不知道自己正在喝第几杯酒；吸毒者无所事事；一个头发油光闪亮的人行色匆匆，腋下一如既往地夹着新秀丽牌公文包；一脸困倦的年轻女人推着婴儿车穿过人行横道；菜贩子准备在中午之前收摊；一扇窗户反射出一道闪光；或是电车来不及刹车，轧死了行人，尸体只能依稀可见。若是从空客飞机上俯瞰城市的话，这些都是看不到的，至多只是一些移动的黑点，像甲虫一样在地面到处乱窜。

威廉·科尔斯（Willem Koerse）在《无边的城市》（*The Limitless City*）中写道："人们来来去去，只有车轨留在原处。"即便如此，人性的力量依然附着在城市的概念上，这一点永远也不能被忽视。城市是人类交往领域的终极形式。

在波德莱尔看来，19世纪的城市是一个没有边界的场所，规范人际关系的不再是财产的所有权，或是宗族、家长、联姻这样的古老风俗，而是一种普遍存在的漂泊感。城市属于每一个人，但不单单属于某一个人。这就是为什么社交和性交活动有可能变得无关紧要，顶多产生一些心理影响；它也是为什么城市可以接纳匿名者，而且孕育出一种更加开放，更加民主的风气。它极大地推动了人类的进步，促进了人类的解放。卢梭在《爱弥儿》中斥为城市堕落标志的东西，在不到一个世纪之后，就被波德莱尔积极大胆地称赞。卢梭在《社会契约论》中提出的四个等级的特权，即必须基于普遍接受的公意的基础之上的特权，据波德莱尔看来，早已在浪漫主义者卢梭痛恨的巴黎市区得到迅速发展。波德莱尔关于城市的构想后来证明颇有先见，它率先解放了传统的社会关系和性别关系。"碰了她就得娶她"曾是乡下农村的格言，因为性别关系直接涉及继承家产的问题，意味着分割土地和财产。在城市里，这种潜在的契约消失了。城里的社会契约只在某时某地生效。在二十世纪，这些思想被安迪·沃霍尔发挥到了极致。沃霍尔通过他的"工厂"工作室及其夸张的画作，强调城市组织的剧场特质，以纽约最为显著。然而，这种剧场特质并无负面含义。城市就是一座临时的舞台，那里的人们心里清楚，许多事情注定要被周围的观众无情地加以分析。安居于乡下的人永远也意识不到这一点。刚刚来到城里的乡下人一定要克服人格危机，而且一定要为自己设计一个新形象。这就意味着城市仍是文化自恋主义的中心，而这种自我意识的相应特征，是彻底消除根基、故土或起源之类的"原教旨主义"思想。一个人在大城市里建立的名声，不是来自传统的价值观念，而是源于争自由、求解放的奋斗。

下面这种情况或许并非巧合。近年来，一些知识分子，包括萨曼·拉什迪和雅克·德里达，都在致力于创建所谓的"避难之城"（cities of refuge），那是一种由自治性质的友好城市组成的国际网络，可以接纳形形色色的难民和寻求庇护者，只要他们的合法诉求说得过去，就能找到避难所。通过这种办法，就能让城市再次扮演波德莱尔在国际关系领域安排给它的先驱者角色：接手世界其他地方无法顺利开展的事情，成为国际关系正常化的先锋。"避难之城"的概念来自德里达所谓的"热情好客的义务"。为了推广这种合法组织，有必要重温在二十世纪业已退居幕后的一种古老思想：城市主权论。换言之，这些避难所应该能够取得古代城邦和传统城市国家那种切实可行的自治权。根据这种关联性，德里达提倡一种普世政治：能够真正解决那些棘手的社会问题的，不再是民族国家，而是城市。鉴于民族国家不再准备为庇护权提供一种普世的人道主义保障，或在政治上太难操作，也许应该赋予城市一种新的角色，就像科恩·布拉姆斯（Koen Brams）在为德里达的一篇文章写的导言中所称，它们不应再像在十九世纪那样成为"民族国家的奴性象征"：

> 如果城市和都市身份这样的话题，讨论起来依然有理论和现实意义的话，那么就会产生一个问题，即城市能否超越民族国家，或能否在更为具体的层面，在以宜居和避难为关注点的新型"自由市"的意义上，把自己解放出来……国家主权不能，也不必成为避难所的终极原则。这种愿望到底有没有可能实现？（选自德里达1996年3月在斯特拉斯堡举行的首届"避难之城"大会上的发言）

现在有一种推测，从众多启示录般的卡通连环画中可以看出，近来城市已经被都市丛林吞没。这给我们提供了另外一种视角，一种接近生态学意义的文化多元论，即城市在民主、开放的社会心理方面具有独特的价值。作为人类活动的缩影，城市不断在末世幻象和郊区贫民窟这一端，与优雅的广场、纪念碑和小型社区工程构成的另一端之间寻求平衡。我们的文化实质，其实与众多城市一样，分散在许多地方。不论异域都市的经历如何不同，电影《橡皮头》和我在的里雅斯特看到的斯洛文尼亚女乞丐，都是一枚硬币的两面。

描写异国城市的作品早已够多,谁若打算去蓬塔阿雷纳斯、达喀尔、巴库或安克雷奇的话,将会惊讶地发现一种即将成为大都市的社会文化,以及随之而来的各种利弊。墨西哥城、巴黎和新加坡也在面临同样的问题。不过,我们只需到自己所在的城市角落走一走,就能发现周围到处都是同样的例证。这也是实情,它们只不过是以我们意想不到的方式呈现而已。

1
悉尼的平行世界

有一种东西，几百年来它影响和改变着世界，把各种地方和各种事物黏合在一起，却仿佛一直游离在我们的视线之外。这种东西其实并不存在，任何胶水都无法把事物黏合成一种有意义的整体。把事物联系到一起，并将其安置在某处的，是我们的眼睛。我们的眼神在了然与茫然之间游移不定，似乎仅凭直觉，就想把看到的事物在总是混乱不堪的世界中设立一个位置。虽然没有任何必然的把握，我们仍能够安置它们。

人类的眼睛当然不能把整个世界设置成一个有意义的背景：所有的城市和乡村景观都是通过几何学和透视法来组织、确认和构建。没有什么东西会无缘无故地出现。我们看到的内容，总是由前人看到的样子来决定。我们这些站在那里观看的人，就像荷兰民谣歌唱的那样，看到哪些东西，才会想到哪些东西。人类介入的任何一处景观都无法摆脱这种视觉联想，它把各种事物联系起来，把事物的过去联系起来，并将其解释成一个连续的整体——桥梁、隧道、高塔、弯道——我们似乎在遣词造句，把周围互不相干的事物"按照语法"组织起来。这种联系方式,即由肉眼排列景观的最有深意的例证,是城市景观中的开放地带:我们会立即把那种空旷与广场的意义联系起来。即便我们没有看到,或者不能详细说明,这些开放地带仍旧意味着空间的延续,而且总会被当作一种公共体验,被我们的直觉立刻识别出来。

如此看来,柏林波茨坦广场周围的荒野,在1990年之前并不仅仅是一块空地,而是一块充满意义的伤痕,一个关于战争与城市的故事。它看上去可能空空荡荡,但却经由我们的眼睛迅速与一处历史景点联系起来,从而使每一朵盛开的蓟花都具有了自身的意义。

在《柏林苍穹下》这部影片中,满脸皱纹的老年荷马戴着一顶带有耳罩的帽子,步履蹒跚地穿过荒草疯长的野地:

> 我找不到波茨坦广场了!不对,让我想一想……不对,它不在这里。波茨坦广场肯定有约斯蒂咖啡馆……这里肯定不是波茨坦广场!我该找谁打听呢……它是一个充满欢乐的地方!有电车,还有马拉的公共汽车,有两节车厢……缪斯啊,告诉我这个可怜的老乐师吧……

这位二十世纪的荷马摇摇晃晃地从草地上的垃圾堆走过,虽然野草已经被都市的尘土染成了灰色,但在观察者的脑海里,那座消失了的广场开始缓慢浮现。当他盲目地说起它们时,那些事物竖立起来,走过废纸、避孕套和油乎乎的薯片包装袋,来到垃圾箱与它自己的空间指示牌之间。这片荒野再次成为一座广场,电车的铃声重新响起,约斯蒂咖啡馆的香气再次飘出,公共汽车的第一节车厢也越来越近。时光的箭头暂时调转了方向。接着，老人坐到一把破旧的沙发上，一边喘息，一边幽幽地冥想。与此同时，我们发现他身后那座丑陋不堪的简易天桥也已消失不见了。

比萨的奇迹广场，的里雅斯特星光海湾的意大利统一广场，威尼斯的圣乔治马焦雷岛前方运河港湾的水上广场，克里姆林宫前方或圣彼得堡埃米塔日博物馆后面空旷（而且令人不安）的广场，柏林勃兰登堡门周围那令人难以忘怀的荒凉，古罗马遗址的大片空地，以及城市郊区的野地中只有视觉才有可能建筑和弥补的新空地：人类的眼睛可以立即将记忆植入，构建一幅新画面，讲述一个新故事。以悉尼港为例，它可谓威尼斯的二十世纪翻版，著名的贝壳状歌剧院与金属高架桥相映生辉，公园里游弋着白鹭和凤头野鹅，港口码头上方连接着地铁站——所有这些，都因那座最新建成的歌剧院的介入而显得有些异样。这些开阔的空间被人类的眼睛以微妙的方式联系在一起，尽管那些内容互有反差。即便是一些随意分布的宜人场景，也可以相互作用，互为补充。通过眼睛的探索，可以重新构建出整个画面。天空、海水、铁桥的弧线、亲吻的情侣；在刚刚起航的渡轮上，手扶栏杆，沐浴着斜阳的余晖，世界已经焕然一新。

人类的眼睛懂得如何调整画面比例，以及如何自觉地加以玩味。不过，人们有时也会心不在焉，眼前一片空白，脑子里只能容纳一件事或一幅画面。

在澳大利亚，能够引起视觉联想的同一种空旷无时无刻不在冲击你的眼球。当你乘坐的飞机开始在澳洲内地上空一个钟头接

多么惬意的邻居!

一个钟头地飞行时,这种冲击就开始了。单调的景观与梦中热烈而暧昧的线条交织在一起,这座大陆空洞的内心,就像城市里巨大而荒凉的广场,周围都是千篇一律的大楼,这种内心的空洞在别处是找不到的。例如,当你飞越西伯利亚大草原时,这种含义也存在——这里不再有任何边界,只有向心性的空洞,而且气温远在零度之下。

在环形码头这座碗状的码头上,有一座悉尼海滨广场,广场上修建了一条"作家小道"——铺设了大约四十块铜牌,上面铭刻着名家名言,分别出自戴维·赫伯特·劳伦斯、罗伯特·休斯、埃莉诺·达克、查尔斯·达尔文、戴维·马洛夫、杰克·伦敦、拉迪亚德·吉卜林、马克·吐温这样的作家。这些名人名言以一种奇特的方式唤起一种早已被遗忘的魅力,自己却藏在欢声笑语的游客脚下。那些游客谁都没有看这些铜牌,他们已经距离生蚝酒吧很远,希望能在途中有一些意外的发现,这正是他们来博塔尼湾的意图所在。

"宁静是这片土地的主宰",埃莉诺·达克的铜牌上这样写道,"因为宁静,所以神秘,继而神奇,继而察觉到那些微妙的灵异事件"。(选自埃莉诺·达克《永恒的土地》,1941年版)

在这些文字旁边,滑旱冰的人呼啸而过。

如果澳大利亚不是像一个无穷大的监狱的话,澳洲人会不会是另外一副样子?答案是肯定的。他们一定会记住更多本国的历史。(选自罗伯特·休斯《致命海岸》,1987年版)

铜牌附近坐着一位澳洲土著，他身上的衣服和装饰曾是一种独特的文化遗产，此时却已沦为当地具有异国情调的廉价艺术品。他在演奏迪吉里杜管。这种乐器的远古魅力、独特的韵律和音响，吸引了越来越多的人驻足欣赏。接着，这位身高至少有一米八的男子把乐器从嘴里取了出来，用一种沙哑的澳大利亚口音说道："好嘛，恁要是稀罕听俺演奏，为啥不在这放点钱咪？"他轻蔑地指了指膝盖旁边的一口大碗，然后继续演奏。那种吸引听众自由畅想的远古声响之中，突然加入了一种肥皂剧式的口音，而且怪声怪气，把那些不知名的观众吓得要死，直接挑战了那种相安无事的心态。这种情况显然超越了一个寻找异国情调的游客的心理承受范围。那些面面相觑的游人立即四散而去，剩下澳洲人独自留在原处。在他们身后，那种古老而单调的韵律再次响起——宛如异域梦境中一种奇特的不良意识。

D.H.劳伦斯、查尔斯·达尔文、罗伯特·休斯，以及悉尼湾步行广场铜牌上援引的众多作家，都曾描写过澳大利亚这种令人不知所措的时空错乱经历。他们总是担心自己的价值体系会在西方人难以理解的恐怖空洞面前瓦解。有一种力量迫使他们面对这种异域的存在，这种存在只有置于欧洲的理论知识之下才能被容忍或理解。欧洲人认为，存在仅仅是一种暂时的逗留，只在一定的空间和时间驻留，因此任何形式的意义都是不可见的，即便是棕榈树像广告里那样舞动，海獭在沙滩上安睡，花里胡哨的鸟儿在形状如史前植物的树上不知所云地叽叽喳喳。

说实话，那些习惯于心不在焉地游走各地的人并不适应这种空洞，毕竟，他们不是在的里雅斯特海湾或比萨棋盘状大理石建筑面前走马观花。它是一种能够推动你前行的巨大空洞，来自这座酷热大陆中心的空洞已经一如既往地将城市限制在沿海地区：在这块大陆的中心，沿海地区的人至今无法适应。那种情况没有解决的可能，只会令人绝望。

此时，阿兰·科尔班[1]所谓的"对海滨的渴望"并非敦促人们寻找可以宣泄远古欲望的终极宝地，而是一种逃离地狱般的内陆世界的尝试——人们仿佛不得不逃离这座大陆从艾尔斯巨石和爱丽丝温泉辐射出的视觉压力，继而几乎要跳入一望无际的大海之中。

关于澳洲内陆的不良印象并非子虚乌有，人们后来得知，英国曾于二十世纪五十年代在那里进行过不可思议的、不负责任的、见利忘义的核试验，而那里曾是澳洲原住民的圣地，相对而言也是一块禁地：它仿佛是歌谣中发出的诅咒，笼罩在这块土地之上——在阿德莱德的塔达亚博物馆展出的震撼人心的核试验照片旁边，就是那些古老的咒语。

澳洲人懂得这种压力，他们背负着它，就像背负一种压抑的罪恶。这就意味着，虽然他们对日益衰落的原住民文化提供了善意的补偿，澳洲社会依然无情地背负着殖民时代的罪恶，而它显然在竭力与那种罪恶划清界限：仿佛澳洲内陆有一面幽幽发光的巨大镜子，没有人敢去照照自己。他们最初在这里登陆时，身份是服劳役的罪犯，他们曾在旧世界犯下罪行，继而在新世界犯下另一种罪行，即殖民主义及其种族灭绝行为。澳洲人已被禁锢在这两种罪行之间，一种是欧洲资产阶级的某种恶毒遗产，

---

[1] 阿兰·科尔班（Alain Corbin），法国著名学者，代表作品有《十九世纪巴黎的卖淫现象》和《大地的钟声》。——译者注

一种是原始而世俗的种族灭绝罪行。时至今日,他们仍在通过澳洲复兴项目为自己赎罪。没有什么显明的原因,有些对话就是不容易展开——墨尔本的摩托车赛事,品尝美味的澳洲肺鱼;不小心提及布鲁斯·查特文[1]的名字,可能会突然引发争论,有些人的感情受到伤害,一种对维多利亚时期可怖的欧洲文明的怨恨呼之欲出,尽管这里的每一个人都尽其所能,让游客相信自己来到了一个充满无限可能的美丽新世界(综合而言,这确实是游客的基本印象)。当你最后离开的时候,它仍能保留一些真相,你却会痴迷于背后那种空间的吸附感,一面是野地和丛林,一面是眼前的海洋天堂:长达六千公里的海岸线几乎要到达南极,海水几乎没有任何污染,空旷而纯洁,寂静温热的水面之上,跳跃着白色的小鱼,然而你的内心却无法平静下来,感觉自己就像一个孩子。

因此,从空间的层面来看,澳洲文化中的原住民世界已经成为澳大利亚人潜意识里"受诅咒的珍宝",从历史的层面来看,他们与当代美洲人同病相怜:他们内部有一种压抑的"他者",一种未知的"他者",在不断的危机和恼怒中渴望一种身份认同。

罗伯特·波西格[2]在他的第二部名作《寻找莱拉》当中,提出了一个非常有感染力的讽刺话题,它可以归结为一种观念,即当代美国各州嗓音浑厚、表情冷峻的大城市居民,其实都在不由

---

[1] 布鲁斯·查特文(Bruce Chatwin, 1940—1989),英国著名作家,代表作品有《巴塔哥尼亚高原上》。——译者注
[2] 罗伯特·波西格(Robert Pirsig, 1928—2017),美国著名作家,代表作品有《禅与摩托车维修艺术》和《寻找莱拉》。——译者注

自主地扮演那些被压制和屠杀的苏族印第安人。第一批殖民者抄袭了这种明显迥异于欧洲人的讲话方式，以及美洲原住民自己都浑然不觉的高深莫测的表情，后者的克制能力给他们留下了极深的印象：作为"高尚的野蛮人"，这些受害者映照了他们灵魂深处充满浪漫和理想主义色彩的"伟大的他者"形象，印第安人吐出的每一个字眼都仿佛是被压抑的罪犯的鬼魂。因此，在浑然不知的情况下，所有在任何场合都刻意冷酷讲话，并以此低沉的男性嗓音为阳刚之美的美国人，为了使他们的殖民地生存下来，最终谋杀了"他者"。不仅如此，正是这种无意识的状态，将自制力融入一种矫揉造作的美国癖好：谁若无法展示这种嗓音低沉的冷峻，就会令人怀疑他是不是一个真正的美国人。（美国影片中的纳粹分子嗓音十分尖刻，这种现象绝非巧合：它与欧洲人的歇斯底里情绪有关，他们没有见识过"权威"的版本，那些被谋害的美国原住民才是正宗——欧洲人学不来它，似乎这种技能"浑然天成，只是失去了生存空间"。）

这就解释了米基·洛克[1]在《斗鱼》中扮演的"雷鸣小子"说的一番话，他宣示了一种精明而独立的形象：他拒绝"纯正美国男人"那种杀气腾腾的文化图腾，就像马龙·白兰度嘶哑的嗓音似乎总是预示着灾难。这些人物之所以极富魅力，是由于他们似乎凌驾于以浑厚嗓音为男性标志的"自然"法则之上，从而使他们的"不自然"成为一种独特而神秘的权威：因为他们可以在任何场合都能保持冷峻。美国原住民的嗓音尖利刺耳，几乎是以一

---

[1] 米基·洛克（Mickey Rourke, 1952— ），美国影星，代表作品有《摔跤手》《斗鱼》和《罪恶之城》。——译者注

种奇怪的方式发出的神秘腹语——虽然听起来十分怪异，但依然清晰可辨。只有一种人在不能保持这种苏族印第安人式的冷峻风格时，才是着实不可原谅的：即很快流露出对异性的漠视。（随便举个例子来说，在意大利或法国影片中，这种男性欲望和品质并不是一种优先考虑的要素。）

在环形广场的棕榈树下，我和一位朋友探讨了几个问题：二战之后，那些被谋害的犹太人会对德国人的行为产生什么影响？仍然令人沮丧地谈论诗歌和哲学的不可能性？不欢迎精神分析学，只因其主导者是犹太人？我的旅伴 M 说道："只有没心没肺的人，才会反思这些崇高的问题。"他一边笑着，一边举起酒杯向我致意，然后深深地饮了一口澳洲霞多丽白葡萄酒。

那天晚上，我们准备去著名的悉尼歌剧院听贝多芬的歌剧《费德里奥》——剧情本是法国大革命背景下的奴隶解放，此时却极为不幸地成了十八世纪输入澳洲的罪犯和奴隶的有力象征。通过《费德里奥》的奴隶解放场景，这些罪犯终于对曾经驱逐他们的真实而合法的世界认罪了。正是从这个"真实世界"，"乾坤颠倒的澳洲人"（Down Under）才从"地狱中解脱出来"。在那个二月的温暖夏夜，音乐厅中的气氛既热烈又舒适，人们仿佛在庆祝某些只可意会不可言传的东西：在费德里奥这个理想主义者身上，所有的澳洲人都意识到了自己身上的某种力量，他打开了监狱的大门，释放了每一个人。这是澳大利亚版本的法国革命理想。

夜幕下的悉尼，天空焕发出迷人的色彩，码头的渡轮像钟摆一样上下起伏，让人感觉这里就是二十世纪的威尼斯，它的繁盛时期才刚刚开始，日后再来此地的人若是对过去失望透顶，把现在的生活原封不动地留在博物馆，就像我们对待旧威尼斯那样，一定会受到谴责。因为这里的世界还很幼稚，它生机勃勃，充满新意，每一个角落都令人心驰神往。遥远的祖国的半是压抑、半是神秘的历史，在新国家的无尽形象中褪去了颜色。任意一条街道都有可能通向一处没有历史的空空荡荡的可怖空间。这也是为何当地人依然有着英雄情结和历史困惑，他们什么都能做，对任何事情都处之泰然，不管那些曾被压制的黑人前辈损失有多大，他们如今仍会在人行道上一边打盹，一边乞讨，黝黑的皮肤上涂抹着失传已久的符号，一只手拿着五颜六色的迪吉里杜管。这些"伟大的他者"坐在那里，以古老的智慧高傲而怨恨地看着白人占领者，乞讨一块钱或一支香烟。过不了多久，你就会在精神上觉得这种无声的抗议难以忍受。当你向澳洲人提起这种情况时，他们就会耸耸肩答道："朋友，你瞧，他们不想工作，不是吗？"有时他们也少不了给你讲一个故事，那种人会把人们好心给他盖的房子放火烧掉。如果你的回应是这种行为虽然激烈，但也可以理解的话，那么这个话题就立即结束了。

或许，受害者总会淡出人们的视野，那些消失的弱势群体滋养了他们，通过榨取他人的血汗，他们的力量得到了增强。或许，欧洲民族已经榨取过一些吉普赛人、一些西班牙系犹太人，以及每一个消失的游牧民族，作为一种无意识的悔罪心理，有些东西背叛了他们，形成了一种碎片化的记忆，他们已意识不到它的本源了。精神分析法是人类学中的恶魔。它仿佛是一种以活人为祭品的仪式：那些被压抑的灵魂，消失了的同胞，游牧者和贱民，都要被吞噬，只有这样才能为那些活人带来力量，使最强大的人、杀人犯摆出一副高高在上的面孔，伴随着这种献身和遗忘，他们才能专注于子孙的未来，而且坚信，他们是在按照古老的法律体系行事，从而为自己的行为找到一些正当性。

这种情况当然也适用于澳洲人和原住民：那些被压制的文化通过无意识行为，通过所谓的"自然"的冷漠态度表现出来——那是一种中庸的"自由放任"，它与一种强烈的道德意识相关，它持续关注的其实是恐惧之上的同理心——人们对"他者"又恐惧又痴迷，因为他们占据了"他者"的土地，夺取了"他者"的生存空间。

"总体而言"，克尔凯郭尔说道，"你可以这样讲，一个人的缺陷只能从他的对立面那里获得弥补"。

关于澳大利亚身份认同之中吸收的理想民族形象的考察，仍是一个热门话题。在一个晴朗的午后，我乘车前往阿德莱德北部遍布葡萄园的山谷，途中讨论起一个话题，即澳大利亚的某些地方是否具有鲜明的爱尔兰特色。作家戴维·马洛夫说他知道昆士兰百分之三十八的人口曾经信仰天主教，那里可能有爱尔兰人聚居区。阿德莱德周边地区居住的主要是苏格兰人的后裔（连澳大利亚的小孩都可以从阿德莱德这几个字判断出来）。的确，当你驱车来到阿德莱德的北部山谷之后，就会发现当地的广告牌上开始出现"麦克"（Mc）开头的姓氏。苏格兰人培育出了优质霞多丽和苏维翁白葡萄。坐在汽车后排座椅上的一个人笑道，"如果那是开拓澳大利亚的胜利果实的话，那些罪犯当年遭受的苦役也没有白费"。凤头鹦鹉发出了震耳欲聋的尖叫，它们大都躲在长得像史前植物的桉树上。在暖风的吹拂下，巨大的桉树皮随风飘荡。

此时，我们开始讨论另一个话题，即罪犯当年聚居的地区与"普通移民"居住的地区是否依旧存在某些可以察觉的差异。这些问题很难回答，一个澳洲之外的人应该保持冷静的沉默。在澳大利亚人看来，如果你认为自己必须援引罗伯特·休斯或布鲁斯·查特文的名言，那你就大错特错了：他们对这两位作家嗤之以鼻，或矢口否认。一位长者后来以一种不列颠岛民特有的倔脾气告诉我，这两位作家的错误在于：世人根本就对澳大利亚的身份认同一无所知。

于是，在阿德莱德娱乐区的辛德利大街上，身材瘦削、脸色像英国人一样苍白的小伙子，若是突然遇到一个醉醺醺的澳洲原住民惟妙惟肖地模仿鲍勃·迪伦的鼻音，站在那里弹奏着五弦吉他，就会置若罔闻地走开。这种反应似乎是没有历史意识的当地人的通感，为方便起见，可以用一个广为传唱的神秘名称来总结，那就是"澳大利亚"。

澳大利亚人口当中至少有百分之六十由第二次世界大战之后的移民构成。这个数据很难反映出他们有哪些人口特征。一些人会不时涌现出来，为一些孤魂野鬼鸣不平，其代表人物是满头金发、一脸无辜的作家海伦·蒂米邓科（Helan Demidenko），她是布里斯班大学的学生，曾经采用过这种叙事方式。1994年，她出版了《签署文件的那只手》(The Hand that Signed the Paper)，这本书讲述的是一些乌克兰人如何在波兰的特雷布林卡集中营成为恶棍的故事。这些人的头脑中只有一个目标：为他们在大屠杀中死去的家人报仇，这些农民是被人为饿死的。这本书的故事情节令人毛骨悚然，细节突出，而且极富洞察力。正因如此，这本书获得了一些极有分量的文学奖项。海伦·蒂米邓科在每一次接受采访时都坚称，该书的争议性话题源于她从乌克兰裔父亲那里听来的故事，她希望把这些故事传承下去。围绕书中的生存权利问题或反犹主义问题，争论变得日益热烈，全澳大利亚都参与其中，直到那条最不可思议的爆炸性新闻出现：海伦·蒂米邓科并非乌克兰移民，她的父母都是普通的英国移民，她的真名其实是海伦·达维尔（Helan Darville）。她不仅虚构了整个故事，还伪造了自己的身份，更有甚者，她的作品存在严重抄袭，大量的引语都没有使用引号。我们很难描述这一事件对澳大利亚人的想象力造成了何种冲击。作为英国文化的延伸，更准确地说是维多利亚时期英国文化的延伸，澳大利亚人本能地认为应该维护好社会公德。然而，这个依然以开拓者自居的移民社会感到脚下的大地正在动摇。一部罔顾史实、纯属虚构的作品讨论的基本上是欧洲人的问题，涉及的是历史上的暴行，但却像一个气球一样，在澳大利亚湛蓝的天空中骤然爆裂：原来它根本不是那么回事！争论各方此时竭力把该书当作一部小说和虚构作品来看待，但却依然被迫得出结论，认为真实的情况不可能是这样。公众对这位说谎成性的骗子引发的问题表示厌恶。然而不管海伦·蒂米邓科究竟是谁，她的意图究竟是什么，都说明有些东西非常危险，但却让全澳大利亚沉迷其中：在历史的表象后面，是一种虚无。它们不但终究会变成故事，而且还会成为公共财产，可由任何人加以使用，并被后人信以为真。这样一来，欧洲人的反思就会成为一种有生命力的谜团。或许正是由于这种"信息自由流通"，才使澳大利亚人如此担心自己的社会公德：在无人之地建造灯塔，是一项需要自己设定标准和边界的任务，他们为此每天都心事重重。他们极为诚实，而且时常显得过分挑剔。

然而真相问题，如果能够找到的话，也是一种没有空洞的真实，只有当人们不找它的时候才能被发现。而且，我们有可能会在自己行走的道路上遇到陷阱：坚持把"自然"当成真实，坚信不用触犯某些禁忌就有可能讲出真相。

在这场争论中，似乎只有一个群体极少受到干扰，这个群体就是意大利人，他们构成了澳大利亚移民中的一个重要组成部分——他们对自己的身份极为自信，每卖出一份炸小龙虾（scampi fritti），都会让他们感觉自己依然在西斯廷教堂工作，从而使他们不太关注英语社区的沮丧以及微妙的道德折磨。他们也不理会现代政治正确性问题，而那却会让澳洲人极力主张在道德判断的基础上追求集体自由，听起来有点像新维多利亚主义。他们也不会纠结于面对伦敦或纽约这样的中心城市时，需要庄严宣布澳大利亚文化的存在。他们完全不用努力与欧洲竞争，原因很简单，即便他们毕生住在世界的"边缘"，就像这个具有宿命色彩的澳洲幻象一样，罗马和米兰依然是世界的中心。

由于这种无可置疑的肤浅，澳大利亚经常给人留下的印象是：它就是美国版本的瑞士。这是因为澳大利亚的任何事物，包括那些大城市，都带有地方特色，这种地方特色没有贬义色彩，反而是一种已被传播到现代大城市的最棒的地方主义。热情好客和天真烂漫的开放心态是创建新生活的前提条件，它把地方主义和城市化结合了起来。

当然，这些条件不可能在任何情况下都能保持如此浓郁的田园牧歌风格。你会发现，瑞士体验——置身于清新的空气与热忱中庸的人民中间，你会因为远离本国嘈杂且固执的人群而骤然释怀——最多在两周之后就会开始让人烦恼不已：你所追求的那种朦胧变成了一种可怕的亲密,你不得不略带惭愧地承认,你只不过是想逃离自身的偏见。那种感觉,就像你在瑞士发现那里的"现代"木质雕塑不过是亨利·摩尔作品的简化版本;在法国发现那些"不朽"的普罗旺斯水粉画其实是以紫色或黄色粉饰过的凡·高作品;在澳大利亚发现那些维也纳风格的城堡只不过是对洪德特瓦瑟[1]作品的粗劣仿制,那些绘有五线谱片段的音乐主题作品,只不过是某些"真迹"的二流仿品。这种类型的地方主义显然不可能产生令人感兴趣的艺术品,但是如果想要呈现一些新意,而且不至于使众多耽于享乐的欧洲大城市居民目瞪口呆的话,偶尔闪现一点也无妨。

我到达悉尼的第一天,买了一幅世界地图,那是一个上下颠倒的世界——也就是说,西伯利亚、加拿大和格陵兰位于地图的底端,开普敦、火地岛和阿德莱德则位于上端。这幅地图名叫"乾坤颠倒"(Down Under),言下之意是把世界地图翻转过来不会引起逻辑学或制图学方面的争议。我饶有兴味地发现,从那座建于十九世纪的商店的精致橱窗看过去,这幅地图的版本不仅真实可信,而且立即觉得它更加吸引人,甚至更加和谐,我当时想不出这是出于何种原因——除了那种独特的心理震撼,感觉澳大利亚人是以颠倒世界的方式,自负地让自己成了世界的中心。

我坐在那家商店旁边的比萨店,一边品尝一杯澳大利亚产苏维翁葡萄酒,一边观看这幅奇特的世界地图。此时,一位身

---

[1] 洪德特瓦瑟(Friedensreich Hundertwasser, 1928—2000),奥地利著名建筑设计师,代表作品有马格德堡绿色城堡,纳帕谷的堂吉诃德酒庄,以及普罗新根的白水大厦。——译者注

材高大的金发女服务员过来招呼我。我觉得她长得有点像海伦·蒂米邓科，但要漂亮得多。我和她聊了起来，然后惊奇地发现她是挪威人，来到这里才不过几个月，而且决定在澳洲再待几年。从北极思维转换到南极思维——这种跨越地球的经历，如今在一天之内就能实现，它让这位姑娘显得格外欢快，那种感觉就像米兰·昆德拉笔下的某个尚未定型的中欧社区，但在这里表现为一种宏大开放的感觉。澳大利亚的存在确实给人以一种朦胧感："我不知道自己想去哪儿，但我知道自己要的就是这种感觉。"

这位靓丽的挪威女孩红扑扑的脸上淌着汗水，像一盏闪光灯一样穿梭在悉尼湾这座奇特、浮华而又朦胧的码头，端着意大利肉酱面、比萨饼和通心粉走来走去，这幅场景让她变成了一个十足的澳洲人。她极为自然地把大瓶的维多利亚苦啤酒放在烤好的意大利美食旁边，转动着曼妙的身躯回到厨房，习惯性地用臀部挡开弹簧门。我回头看了看地图上方的悉尼和下方的奥斯陆，感觉到一阵释然，这种感觉自那个二月份的夜晚一直伴随着我——那是一个夏末的舒适夜晚，码头的白鹭旁边有许多棕榈树，树下有许多一边漫步一边欢声笑语的人们，在一条地铁线后面，一些灯火通明的高大楼房拔地而起，一直伸向虚无缥缈的夜空。

第二天，我和M在丛林中来了一次远足。太阳依旧在北面的天空上高照，我们按照一些破烂不堪的木质指示牌去找寻一处温泉，但却没有找到。一次又一次，宽得出奇的沙土道路变得出奇地宁静；一次又一次，我们只能看到长满桉树的起伏不定的无尽大地。当我们在一棵禾木下小憩时，汗水流进了我们的眼睛，突然看到眼前有一条大鳄鱼。它就坐在那里，高傲地盯着我们，就像 D.H. 劳伦斯有一年春天在陶尔米纳遇到的那条蛇一样不紧不慢，威风凛凛："土褐色的身躯，仿佛是燃烧的大地深处孕育的土金。"它在那里坐了一会儿，每隔十秒眨动一下巨大的圆形眼皮。接着，它毫不费力地悄然消失在热浪之中。我们推测博特尼湾还很遥远，几乎要从海边走上一天。寂静而广阔的大地在我们头脑中逐渐增大，很快我们就忘掉了一切。后来，在走了十公里之后，我们浑身是汗，脸也被晒伤了，于是转身往回走，脚上磨了一些水泡，一边胡言乱语，一边咯咯傻笑。我们迷了路，渴得要死，感觉双腿发软，抵达一座废弃的车站时已经筋疲力尽。那座车站有一列火车，待在那里一动不动，否则它就只是一处空荡荡的荒地。回到悉尼中央车站之后，我们感觉突然看到什么东西从意识当中一闪而过。那天晚上，我们在铺设有名人名言铜牌的码头上，抱着澳大利亚产的优质葡萄酒，喝得酩酊大醉。我迷迷糊糊地记得，就在几天之前，在欧洲时间的一个午夜，我从新加坡机场起飞之后，看到太阳正在从南中国海上空升起。在我们的飞机下方，是被荷兰作家穆尔塔图里[1]称作"翡翠腰带"的印度尼西亚群岛。但在澳洲，我从飞机上只能看到林立的楼房笼罩在醉人的薄雾之中。两个小时之后，我们已经飞过达尔文市，飞向布鲁斯·查特文极为痴迷的无尽平原。回想起来，阿拉木图、塔什干、巴库、叶卡特琳堡和伊斯兰堡这些城市似乎离欧洲很近，在一夜之间，我们的飞机就飞过了北半球和南

---

［1］穆尔塔图里（Multatuli, 1820—1887），原名爱德华·陶威斯·德克尔（Eduard Douwes Dekker），荷兰著名作家，代表作品有《马格斯·哈弗拉尔》《荷兰人在爪哇的末日》。——译者注

半球的分界线。

超越现实的技术便利意味着我们只能在梦中完成真正的旅行。如果一艘宇宙飞船被迫在这块被烧得光秃秃的大地紧急着陆的话，才会开始一段真正的旅行，就像库克船长[1]和拉彼鲁兹[2]当年那样，为我们讲授一些新东西：征服一座空旷的大陆，然后被殖民者几乎耗尽一切，使其在他们眼中焕然一新。有些神出鬼没的东西就像酷热的岩石下的蜥蜴，以闪电般的速度消失了。由于人类的肤浅，他们眼睛依旧会像盲人一样忽视和排斥一些东西，包括后来会像忘却的记忆和压抑的梦境一样被吸收进来的东西。几天之后，我再次从比萨店门前走过，发现那位挪威女孩已经不在了。"她走啦，说要去内陆看看。"店门口的一位意大利人说道。他坐在一把椅子上，眼睛盯着一艘刚刚停靠在现代艺术博物馆后面的大型邮轮。在博物馆的入口处，吹拂着清爽的晨风，耸立着杰夫·昆斯[3]设计的一只巨大而轻浮可笑的哈巴狗，它由鲜花和绿草建成，几乎有二十米高。M和我仍然有些宿醉，决定到这座花团锦簇的大狗身上撒尿，因为它似乎把人们当成了傻瓜。"好家伙，"M笑道，"这可得花费不少钱，不过它也能保证可观的收入，它周围有成群的游客，还有同样多的照相机。"在码头上，一股人流已经从白色邮轮上走下，还有一些人坐在长凳上。人们走过通道，朝博物馆的巨大入口走去。到处都有游客驻足观

---

[1] 库克船长（Captain James Cook, 1728—1779），英国著名探险家，曾经三次赴太平洋探险，是最先在澳洲和夏威夷群岛登陆的欧洲人。——译者注
[2] 拉彼鲁兹（Laperouse），法国著名航海家，曾于1788年航行至悉尼博特尼湾。——译者注
[3] 杰夫·昆斯（Jeff Koons, 1955—　），美国著名艺术家，擅长用不锈钢材料制作以气球玩具为原型的动物雕塑。——译者注

看那只巨狗。我们绕着它走了一圈,然后走进它尾部最低处的草丛开始方便。我们站在那里,看着对方,一边发汗,一边笑得打嗝。我们系好裤带之后,重新回到通道上。只有一只白鹭和流浪狗看到过我们。

平行世界究竟存不存在?

2

图宾根的哥特涂鸦

只有漫步在德国南部小城图宾根狭小逼仄的环境中，你才能意识到，这种带有迷惑性的欢乐而纯粹的德国自然景观，以及和谐小镇的形象，如何把弗里德里希·荷尔德林变成了一个过度紧张、喜怒无常的人——这种极为透彻的亲密关系吸引着他，使他痴迷于事物神秘的外表，痴迷于这幅可能出自乌托邦，实则来自中世纪晚期集市的世界图景。

老式大学宽松的整体环境，山坡上笼着轻雾的密林（从小镇的城墙上看过去，显然是一派田园风光），清晨从林中渗透到最狭窄的街上的清新空气，内卡河畔寂静而奇特的乡村，即便是在中午——靠近古老的镇子中心时，你也会像置身于森林当中一样感到异常宁静和孤独。所有这些都会让人产生一种幻觉，普鲁斯特所说的极乐体验当中迷失的那一段是可以延续的，它可以延续到我们的时代。你可以从斯图加特乘坐一列东倒西歪的火车来到这座乡间小镇，继而把它的最后一段接续起来。在布满沙土道路的树林中，每条小路仿佛都在邀请你走出家门，开启一段新的旅程，它可能有些非理性，正因如此，它也可能扣人心弦和荒诞不经。

荷尔德林在与自己的门徒黑格尔交好期间，曾在哲学方面抱负极大。黑格尔本人也是毕生致力于在历史的形而上学体验和历史哲学领域有所建树。师徒二人继而构成了一个致命的组合：毫无疑问，部分由于这种舒适而张扬的小镇生活，荷尔德林才会变得疯狂，因为它提供了某种并不存在的东西——那是深不可测的哲学世界才具有的严密和深邃。除此之外，他还痴迷于"崇高的希腊式简洁"（当年非常流行），正如向德国人传染了"言必称希腊"病毒的考古学家温克尔曼所宣传的那样，任何事物都对应着一个放大了的、非人类的、纯粹、可信、严密的世界形象，更要命的是，个人不可能在那里获得幸福。这就产生了一个哲学意义上的同时也是十分幼稚的愿望，希望能够探寻这一难以捉摸的天堂景象的实质。随之而来的，则是希腊式超人观念的延伸，它也曾使尼采不断改变研究方向；而在荷尔德林生活的图宾根，沐浴着远处森林与缓缓流淌的内卡河飘来的午后和风，令人昏昏欲睡，它反倒成了一个惹人生厌的世外桃源，使人对所有德国的东西都感到恼怒和厌烦，就像韦尔纳·施瓦布[1]等人所做的那样。（我有时在想，施瓦布就是二十世纪的荷尔德林。）

就是这样，我在内卡河畔突然看到了荷尔德林，他就坐在我的旁边，精神萎靡，打着盹儿。他的思想遭到歌德的差评，继而被谢林抛弃，他痛苦万分，但在自己的头脑和心灵中，有一种旁人尚未察觉的先知意义的伟大和公正。他的指甲已经长得出奇，里

---

[1] 韦尔纳·施瓦布（Werner Schwab, 1958—1994），奥地利著名作家，代表作品有《第一夫人》《圣母》以及《特洛伊罗斯和克瑞西达》。——译者注

面尽是些污秽的泥土。(当官员和护士把他送上马车前往精神病院时,他用长指甲到处乱抓,直到手指流血。)他那稀疏的头发已经凌乱不堪,身上也因长期不洗澡,散发出难闻的气味。正是这位邋里邋遢的疯子,使我想要悲悯地拥抱他,尽管为时已晚;也想暂时降低他额头的热度。不管他是不是一个"高尚的冒牌学者",或是今日我们所谓的精神病人,都已经完全不重要了。任何一个装疯卖傻长达三十五年的人,肯定会受到干扰、贬损或伤害。当我试图实实在在地描绘出他的画像时,更是为他做出的错误选择吃惊不已——他试图以伟大的赞美诗和挽歌来解读德国资产阶级普遍关注的思想纯洁问题。(普罗旺斯的光照对凡·高产生了同样的影响,这位忧郁症患者试图理解这种强大的视觉效果的来源,继而做出了一个致命的错误选择:也就是说,他没有无意识地顺应它,而是提出了一个个痛苦的问题,例如为何当你试图抓住它的时候,这种奇特的感觉却消失不见了?这种错误的根源在于,具有某种精神癖好的人无法接受一个事实,即风景和气候的宜人效果并无更高的意义。)

这就使得人生不可能继续下去了。蓝天、清晨、树林、河流、古老的德国巴洛克集市上美妙而朦胧的亲密场景、水果摊和有坡度的街道,都变成了一场噩梦,人类理解力的挫败感从远山传来:它是攻不破的。的确如此,这一发现可以逐渐令人精神崩溃。

在荷尔德林塔楼的一个高层房间,我独自一人不受打扰地坐了几个小时。这里早已被前来朝圣的游客污染了。十年之前,我曾与当时的恋人 A 第一次来到这里。那是一个夏日,我几乎是偶然发现了去荷尔德林塔的路。走在集市的广场上,我的脑海里闪现出一个"伪春天"的概念,后来我把它写成了一本故事书,不过当时我还没有任何头绪。我只能记起那个时刻,十年之后的一个夜晚,我回到了那个集市,重新拾起了"伪春天"的回忆,仿佛又闻到了她头发的气息。这就是人类记忆的荒诞不经之处。此时,我已喝醉,又累又乏,刚刚与荷尔德林塔的犹太裔女门房结束一段长谈——谈的是荷尔德林和他的父亲——集市的另一侧灯火通明,把夜空照射得宛如巴洛克舞台的场景,我看到诗人G像布莱希特歌剧中的某个人物一样走了过来。"老兄你好",他热情地说道,一边以他特有的、几乎是无意识的热忱挽起我的胳膊,一边向我讲起他那天在吃早饭时开始思考的一系列德国历史与意识形态问题——我不知道还有谁能像他这样引人入胜地谈论德国,以及它的所有苦难和甜蜜。后来,我们一起站在荷尔德林塔楼下面绘有涂鸦作品的一面墙边,并拿它来开玩笑。

  那天早晨,我静静地坐在塔楼里,向窗外凝望了好长时间,只能听到内卡河里野鸭戏水的声音,以及对面河上某处的一艘小船发出的划桨声。我能闻见蓝色鸢尾花与河水的味道,听见附近有画眉鸟在鸣叫,天空亮得吓人,我眼前的所有事物都变暗了。我猛然意识到,自己在这里很快就会变成另一个人,也许是一个流浪汉,也许是一个罪犯。在那种纯粹性的压迫下,你不可能找出任何讽刺性的遁词,只能采取一种立场。你要么堕入善意的忘乡,在自己老去之前,每天大喊"好,非常好"五十遍,看着那些男男女女面无表情地掂量水果的轻重,无动于衷地闻着肉架旁边臭烘烘的、尚有余温的血腥味道;要么变成一个怪人,奋力摆脱这种要命的安全感,追求内心的平衡,把头高高地露出水面,以抗拒这幅极为病态的纯正德国味的世界图景:一个难以捉摸的、自由的、完全"不用动脑子的"世界，它就在那里，在人的头脑中产生一种无法理解的纯洁形象，而且不做任何说明——它根本没有为那些形象留下存储的空间。或许，即便到了那个时候，心事重重的荷尔德林独自站在人群之中，像一个病人一样孤独而悲惨，周围的美景和秘密迅速变成一种折磨。午餐的味道继而成为反抗绝望的十足动力，他很快冲到门外，一边干呕，一边挣扎着大口呼吸，眼里充满了泪水。在一棵低垂的柳树下面，蠢笨的鸭子摇摇摆摆地拍打着水花。"你没事儿吧，荷尔德林先生？""没事，没事，我很好，我一会儿就进去。"然而，到了晚上，人们没有看到他，那天晚上谁都没有再看到他，直到第二天清晨，人们发现他坐在厨房外面的凳子上，病怏怏地朝着德国味的单调而耀眼的白光眨着眼睛。

这种走火入魔的状态很快转移到另一个焦点上：在《夏》这首诗中，荷尔德林呼吁一种"公开性"（Unhidden）——这个字眼日后令海德格尔如此痴迷，以至于为它作了一幅漫画。"公开性"——那是一切事物和面孔的公开表现：其实，阳光下的美景是某种冷漠的疯狂产物，它的结果之一，就是立即变成某种让人难以忍受的东西。

在这座小博物馆里，我长时间地盯着一幅字迹模糊、几乎难以辨认的急就章，那是荷尔德林潦草记下的一首宁静安谧的诗。他的笔法并不娴熟，而且显得无助、焦虑而仓促。他何以能够用张牙舞爪的字迹写下有关夏天公开性这一宏大主题的诗句——我也能在此处看见自己感受到的所有安详宁静的事物，但却无法加以证明。它在纸上总能表现得"宁静而纯粹"，仿佛在发着高烧、精神错乱之时，由于某种东西，它——不管它究竟是什么——暂时展现出了自身宁静的一面。不过，它仍会使人走火入魔。凡是体验它的，终究无法承受。荷尔德林几乎要用笔尖划破纸面，让人联想到他曾像猫一样伸着肮脏的长指甲抓向护士。当时，马车颠簸着行驶在铺着鹅卵石的路上，人们匆匆忙忙地给他穿上了紧身衣，有人强迫他坐回到红色的座椅上。这位精神病患者发出了歇斯底里的尖叫，呈现出一副悲惨屈辱的样子。马车摇摇晃晃地穿过小镇狭窄的街道，当这个危险的人物经过时，人们不约而同地耸耸肩——"又是那个疯子"——然后继续吃烤肉，在酷热而贪婪的宁静氛围中，土豆泥已快煮好，青菜也已熬成浓汤。

我走出塔楼，来到河边仰望他的窗户。窗下的房间建造得像座博物馆，本身就是一座非常适合二十世纪普通人家居住的建筑；此外，这座老式塔楼还有一个颇具浪漫气息的塔尖。在荷尔德林生活的年代，它看上去无非就是一个六边形，吊窗也很低矮，如今却已成为一个著名景点。当年真正的遗迹已不可能再现，只有外面的环境、楼内的装饰、古老的河流可能仍是他当年看到的样子：垂柳下面有两只天鹅，一艘小船顺流而下，河面闪烁着蓝绿相间的微光，时值中午，河坡上的一座花园飘来浓郁的丁香气息，夹杂着德式烤肉的味道。楼顶上方，修道院教堂的塔尖清晰可见，尖顶下的山墙爬满了盛开的紫藤，散发出浓郁的香气。当你走上狭窄的楼梯，感觉就像进入了一条小巷。不论是凉爽还是温和，它们都各有独特的气味。在玻璃后面的游客留言册上，我看到了后来成为诗人的一些人的名字，例如安德烈·杜布歇[1]和保罗·策

---

[1] 安德烈·杜布歇（Andre du Bouchet, 1924—2001），法国著名诗人，代表作品有《酷热假期》《白色马达》。——译者注

兰[1]。1970年，也就是说，策兰在从容地走向死亡[2]之前，曾经来过这里，看到这个留言册之后，做了一件在我看来与他那极为谦逊的性格不太相符的事情。他在留言册上签了名，自己肯定十分清楚这意味着什么——与旁人有所不同的是，他把荷尔德林的朦胧风格与神秘莫测的光明概念融入自己独有的诗句中，那是写给他一个人的。或者，我们可以说，那是写给他自身的"他者"的——下面这首诗就是一个例子。

图宾根，一月

说着说着，眼睛
就瞎了。
他们的——"一个谜团有着
纯粹的
起源"——，他们的
记忆中的荷尔德林塔漂浮不定，周围
盘旋着海鸥。

溺亡的木匠来参观
这些
　　淹没的词汇：
如果

---

[1] 保罗·策兰（Paul Celan, 1920—1970），德国著名诗人，代表作品有《死亡赋格》《罂粟与回忆》。——译者注
[2] 策兰于1970年4月20日在巴黎塞纳河投水自尽。——译者注

如果一个人
如果一个人今天来到世上,长着
发光的胡须,像个
家长:他会,
如果说起这个
时代,他
只会呜哇呜哇
一遍,一遍
一遍又一遍。
"呜里哇啦,呜里哇啦"。

(选自《保罗·策兰诗选》,1988年版)

好吧,对于一个战后五十年的乡间小镇,过完普通的一天,迎来宁静的夜晚之时,你会做何感想?你会听见鬼魂和石头互相倾诉吗?结果可能简单得多,一个文化游客的感情共鸣不会伤害任何人,也不会帮助任何人。而且,在战争期间,对作家进行评判或批判根本就是不可能的事情。

在那个德国夏夜的晚些时候,我再次借着凌晨的微光走进河边的塔楼,闻着里面死尸一样的气息,那是一位沉睡的诗人在漫漫长夜发出的气息,它一有机会就统治了这座博物馆。在诗人的前半生,他的伟大智慧显得愚不可及;在他的后半生,他的疯狂反映出一种伟大的存在主义智慧。我开始怀念自己待在塔楼里的那几个小时了,天色大亮之后,我再次发现,他虽然什么都没有留在那里,因为任何事物一旦经历过后,就会变成一种观感,甚或剥削形式,但是,曾有那么一刻,我离自己身上的某种东西很近，那是我在二十岁时用漫画手法描绘的自画像，我看到它的时候，感觉非常吃惊。我已彻底无语：在我和我本人之间，事情变得太复杂了。

然而，我的记忆正在竭力变成他的记忆，它在准确无误地前行，走向他设定的终点。(**引自彼特·赫尔特林**[1]**《荷尔德林》**)

第二天，我乘坐火车沿着壮丽的莱茵河开始了从美因茨到科布伦茨的旅程。天空中似乎有一座高大的穹顶，闪耀着无尽的光芒，我的随身听里播放着布克斯特胡德[2]的作品："不，不，不——我们永远也不分离。"莱茵河在崇山峻岭之间蜿蜒前行，火车也随之缓缓转弯，威风凛凛地驶过富含凄美历史的土地。莱茵河中的驳船仿佛勉强露出宽阔的水面，沿途小镇的简陋月台一闪而过。每一次转弯之后，前面的景观就开阔起来，展现出激动人心的德国新面貌。在圣戈阿，我完全被它的景色吸引住了：有那么一个时刻，它真的就像是在十六世纪。那是一个阳光明媚的午后，两点钟的时候，天高气爽，在我的视力所及之处，一切都显得光彩夺目。它仿佛是布克斯特胡德和巴赫时代的巴洛克风格的德国，严肃，庄重，令人望而生畏。村民在庆祝节日，他们吟唱的赞美诗给人一种神秘的感觉，集市上则在进行一场处决，这些画面十

---

[1] 彼特·赫尔特林（Peter Hartling, 1933—），德国著名作家，代表作品有《被遗忘的保罗》《本爱安娜》。——译者注
[2] 布克斯特胡德（Dietrich Buxtehude, 1637—1707），丹麦著名作曲家和管风琴演奏家，代表作品有《我在天上之父》《美丽的晨星》。——译者注

分自然地涌现出来。我看到一位女子从克拉纳赫[1]的画布中走了出来,头上戴的却是一条澳大利亚出产的围巾。我也看到山顶上的城堡,周围的山坡上到处都是葡萄园。在河岸的这一侧,呈现出琐碎的生活场景:航船激起了回浪,有人在划船,一支钓鱼竿从一辆宝马车中伸了出来,一条狗刚从河里游上岸来,甩着身上的水花,溅得到处都是。然而,过了一会儿,我同样清晰地看到,在二十世纪的德国某处,圣戈阿这座看起来清白无辜的车站里,站着一群长着棕色眼睛的流放犯人,他们在等闷罐车。在这两个时刻的间隙,当然也是两个不同世纪之间的间隙,我看见"他"从某处走来,消失在落叶松丛生的静谧山谷,那里的景象在米兰·昆德拉看来,只会让人怀疑建有虐囚集中营,与德国的自然景观格格不入。不过,那个人就是他,背部微驼,精神恍惚,"可怜的荷尔德林啊,他可没疯啊"——这个傻子远没有疯掉,图宾根荷尔德林塔外面的哥特涂鸦如此说道,正如诗人G研究的那样,情况确实如此。G一边摇头,一边苦笑。然后,我们在夜空下继续漫步。

那天深夜,我从自己那座平淡无奇且已被污染的城市下了火车。这座城市带来的震撼几乎要把我逼疯,我早就想走近那位十九世纪的德国诗人,并明确无误地想从他那里窃取一些秘密。出租车司机告诉我,那天下午城里的主要环路堵得十分严重,有几辆车撞在了一起,一辆可能装载有毒物品的卡车在破旧的家畜市场附近翻了车,目前虽然仍有一些零星抗议,也已于事无补——当时正在下雨,出租车里充满了烟草和酒精的臭味。通过车里的广播,

---

[1] 克拉纳赫(Lucas Cranach, 1472—1553),德国著名画家,代表作品有《黄金时代》《躺卧的泉源仙女》。——译者注

我听到一种德国口音在报道西伯利亚地区发现集中营的消息。新闻广播员翻译了那条消息，然后，透过汽车挡风玻璃上的雨刷器，我突然看到自己小区的狭窄道路隐约出现在眼前，它们普普通通，灰不溜秋，冷冷清清，远不如内卡河那样迷人。大雨夹杂着冷风，仍在无休无止地下，地上的积水不断涌入北海这个肮脏的咸水沟，风雨中只能依稀看到几扇窗户。一切都显得可有可无，无精打采，让人提不起精神。然而，真想不到，正是这种无法振奋人心的场景，突然之间让我感到极度振奋。

3
的里雅斯特的夹缝生存

詹姆斯·乔伊斯在这里嫖妓时,他的配偶却即将分娩。如果没有经历这里的艰难岁月,他不可能创作出《尤利西斯》这样的作品。就在不远的地方,莱纳·玛利亚·里尔克曾在那里漫步,期待上天给他一个启示,继而将其写入《杜伊诺哀歌》的开篇。安伯托·萨巴[1]曾在圣尼可洛街开办一家二手书店,那条街道如今仍是藏书家的小天堂。大考古学家温克尔曼在这里被人悄悄谋害,根据一些人的说法,凶手是一名男妓,作案动机是从他那里窃取一些值钱的古币。英年早逝的西庇阿·斯拉泰伯[2]在这里创作了一部充满浪漫色彩的传世作品,其中回顾了他在卡斯特山区度过的童年:"天色一亮,我就仿佛获得了新生。我不知道为何如此。天空清澈无比,我能看到山下美丽的白色城市,还有刚被犁过的土

---

[1] 安伯托·萨巴(Umberto Saba, 1883—1957),意大利著名诗人,代表作品有《歌集》。——译者注
[2] 西庇阿·斯拉泰伯(Scipio Slataper, 1883—1915),意大利著名诗人,代表作品有《我的卡斯特》《的里雅斯特》。——译者注

地。"伊塔洛·斯韦沃[1]从米兰乘火车出发之后,曾想创作一部老式的旅行记,刚刚写下目的地城市的名字,他的钢笔就永远地放下了。这座城市就是的里雅斯特。

我本人也曾想从威尼斯乘船来到这里,但轮船在城外某处就开走了,它并不能真正到达的里雅斯特,而是在附近的科佩尔[2]结束了航程,那里几乎已到克罗地亚,而我根本没有那么多时间,当时正在举行大罢工,沿海运行的铁路也指望不上了。于是,我和一位女摄影师租了一辆汽车。在几个小时的时间里,我们似乎成了老朋友。最后,我终于来到自己几年前曾经住过而且早就想再住进去的酒店:剧院招待所(Albergo al Teatro)。从这座富丽堂皇的老式楼房的窗户向外望去,可以看到意大利统一广场的一部分,广场之外,就是大海。

在酒店旁边,穿过一条狭窄的街道,就是我最喜爱的咖啡店,店里烘焙咖啡豆的香气,混合着甜点的香味,以及淡淡的海风,那种味道令人难以抗拒,至今仍令我回味无穷。咖啡店前方有一座门廊,在下班之后,意大利女孩就会衣着暴露地坐在那里聊天,一些穿着吱吱作响的新鞋的男孩则会上去搭讪。

这是我第二次来到的里雅斯特。第一次是出于好奇——在我读过的一些作品中,这座城市给那些作家留下了不可磨灭的印象,从而激起了我的探索欲望。故地重游,我自己也体会到了他们当年的一些体验:与世隔绝感——那种感觉仿佛置身于欧洲边缘的某个地方,尽管你确定无疑地待在一座被遗弃的中心城市:一种温

---

[1] 伊塔洛·斯韦沃(ItaloSvevo, 1861—1928),原名艾托雷·施米茨(Ettore Schmitz),意大利著名作家,代表作品有《季诺的意识》。——译者注
[2] 科佩尔(Koper),斯洛文尼亚西南部港口城市,与意大利交界。——译者注

和而可靠的孤立状态,你只有在某些被人遗忘的边境地区才能找到这种感觉。在这里,虽然一切都很亲密,但看上去十分遥远。的里雅斯特是西欧的最后一站,再往外就是"他者"的地方了。也许正因如此,它才如此旗帜鲜明地强调自己的意大利身份:因为这种双重性格一点儿也不明显。的里雅斯特曾先后被威尼斯公爵,哈布斯堡王朝,德国人,意大利人征服,继而被铁托夺回。在第二次世界大战之后,它一度成为英国人和美国人托管下的自由区,自1948年之后才重新成为意大利的一座城市。1963年,它成了弗留利—威尼斯—朱利亚地区的首府。近来,臭名昭著的塞尔维亚将军姆拉迪奇[1]的血腥统治如日中天,他不断威胁要把的里雅斯特变成塞尔维亚统治下的城市。目前而言,这座城市似乎还能摆脱后面这位疯子的魔掌。

不管怎样,正是由于身处这块争议之地,的里雅斯特才十分注重自己的历史身份。然而,那些"他者",此处指的是斯洛文尼亚人和克罗地亚人,却不断从附近的边境地区涌入。例如,在一个星期天的下午,在一条尘土飞扬的街道上,或在通往普拉、奥帕提亚、里耶卡[2]的老汽车站,或在十月份,干枯的草丛和稀疏的树林,石头丛生的山林,广场上长着黄红相间的树木的小村庄,都有可能看到他们的身影。南面是克罗地亚的普拉市,乔伊斯曾被迫在那里讲授英语,在他看来,那里仿佛是西伯利亚南部的某个地方,但若走近来看的话,它分明也是克罗地亚一座风景如画

---

[1] 姆拉迪奇(Mladic,1942—),波斯尼亚塞族军队总司令,涉嫌在1992—1995年波黑战争期间犯有种族灭绝罪、战争罪和反人类罪。——译者注
[2] 普拉(Pula)、奥帕提亚(Opatija)、里耶卡(Rijeka)都是克罗地亚著名旅游城市。——译者注

的地中海小镇，有着美妙的圆形露天剧场和温馨的街道。东面是斯洛文尼亚的山区，零星分布着一些农场，再往前一点，大约走一百公里，就是它的首府卢布尔雅那（Ljubljana），过去曾被称作莱巴赫（Laibach）——那个同名的宗教极端组织就是来自这里——原意是哈布斯堡的一种巴洛克风格的纽扣插花。北面是卡斯特山区的起点，坐落着戈里齐亚（Gorizia），那里的地貌十分奇特，有许多中空的石灰岩和巨大的石灰溶洞，让里尔克联想到了地狱的入口，俄耳浦斯就是从那里开始了寻找欧律狄刻[1]的旅程。西面是异常平坦的亚得里亚海湾，海上的光亮总在变化，遥远的地平线上，就是水城威尼斯。基于这种地理位置，的里雅斯特就把东欧文化和西欧文化微妙地融合在一起。

　　我不觉得在的里雅斯特独自旅行有多难。我感觉自己像一只占据着有利位置的猫。但是，我忽略了一种情况，那就是亚得里亚海岸边的这座小型维也纳人口有多么密集。在码头附近的海滩，人们来来往往，聊着天，晒着日光浴，钓鱼或者接吻，在奇形怪状的石头上看风景或者睡觉。早晨，在拥挤嘈杂的酒吧里，的里雅斯特的本地人会一边品着咖啡，一边跟人聊天。到了下午，你会发现他坐在那里，出神地盯着锚地众多铜柱中的一个，流露出好奇与满足的复杂神情。或许，这就是当地主导的一种休闲心态。当地人似乎把这种开放心态带到了繁忙的市中心，以抵消他们自己制造的城市喧嚣。因为，尽管身处的里雅斯特的闹市，我也从未感觉到焦虑或烦恼——但在其他一些意大利城市我迟早会有这种

---

[1] 欧律狄刻（Eurydice），希腊神话中俄耳浦斯的妻子。相传她被毒蛇害死之后，俄耳浦斯以神技打动冥河艄公，驯服地狱恶犬，终于感动冥王。冥王准许他带妻子出地府，但途中不可回头看她。俄耳浦斯未能守约，终致欧律狄刻永陷地府。——译者注

感觉。就像前来观看演出一样，的里雅斯特的男女老幼蜂拥而至，飞行员夹克挨着范思哲套装，老式夏季连衣裙挨着皮裤子，手杖挨着老式汽车。他们走向码头的尽头，在距离宁静的海面只有几步之遥的地方，奇怪地停下了脚步，仿佛站在那里崇拜他们早已看过上千遍的景象：古老的海关大楼，几艘亮着灯的航船，等待进港的远航归来的轮船，远处的亚平宁半岛若隐若现的灰色污染带。在他们头顶上方，伊斯特里亚半岛艳阳高照，即便已是十月末，依然温暖如夏。此时的北欧则已进入雨季，时有倾盆大雨浇注到拥堵的车流之中。或许正是这样，他们才如此强烈地意识到自己是意大利人：他们从远处遥望这个统治着他们的国家，从哈布斯堡帝国分离出来之后，他们最终选择了这个国家的文化。他们仿佛选择了一处更远的长凳，坐在那里，他们感觉要比置身该国的闹市区更加幸福。他们仿佛是在遥望一座巨大的广场，由于海面又高又平，使它看上去像是一条铺着石头的无边的液态走廊，上面似乎有什么超然的东西呼之欲出。海水的光亮与天空的光亮交织在一起，就像一场仪式一样，让每个人在每一天都感觉像是焕发了生机。

这也让的里雅斯特显得与众不同。显然，他们都是坚定的民族主义者——为了成为意大利的一部分，这座城市付出了巨大的努力。然而，在该城的某些地方，也有一种更加中庸、更加冷静的边缘化生活方式。在大运河的内陆港口，有一座带有洋葱状蓝色穹顶和精美镀金装饰的俄罗斯东正教教堂。在乔伊斯曾经居住过的邦迪罗素街区（Ponterosso），有一座蔬果市场，里面的许多商品来自遥远的斯洛文尼亚果园，并在的里雅斯特大区出售。在汽车的广播里，你能听到斯洛文尼亚语歌曲（仿佛几百年来一切都很甜蜜愉快），以及乌利兹单簧管[1]演奏的后共产主义时代作品，还有一种源自莱巴赫的傻里傻气、别别扭扭的摇滚乐。这种花里胡哨的异域风情，让人感觉的里雅斯特更加接近维也纳，而非罗马。因此，这里难怪会不时以涂鸦形式出现"自由北方"（Nord Libero）组织的标语：它们并未从米兰人那种狂热的"北方联盟"[2]那里取得多少灵感，反倒是罗马，尽管存在一种民族主义（呼吁意大利兼并的里雅斯特），却似乎总是对这座半带哈布斯堡色彩的城市心不在焉。这里不讲意大利语的人越来越多，他们说德语比英语还要好。迟至二十世纪二十年代，里尔克谈到的里雅斯特海湾地区时，还称其为"奥地利沿海地区"。在乔伊斯寄出的每一封信上，地址写的都是"奥地利的里雅斯特"。

在意大利统一广场的镜子咖啡馆（CaffedegliSpecchi），这种维也纳风格呈现得盛气凌人。在大广场（Piazzagrande）的小咖啡馆里，情况同样如此。它不仅呈现于非意大利风格的美味糕点和优质"卡帕佐"（capazzo）——当地人对"卡布奇诺"的别称，还呈现于大酒店里炫目的拼花地板和双向门。

克劳迪奥·马格利斯[3]热衷于讲述下面这则轶闻。比亚吉奥·马林[4]这位来自格拉多的大诗人曾在维也纳大学进修。（格拉多是位于威尼斯海湾和的里雅斯特海湾交界处的一座海

---

[1] 乌利兹（Wurlitzer），德国著名单簧管制作师。——译者注
[2] "北方联盟"（Lega Nord），意大利极右翼地方政党，1991年由安伯托·博西创立，主张意大利北部自治甚至独立。——译者注
[3] 克劳迪奥·马格利斯（Claudio Magris, 1939—），意大利著名作家，代表作品有《奥地利文学史》《多瑙河》和《微观世界》。——译者注
[4] 比亚吉奥·马林（Biagio Marin, 1891—1985），意大利著名诗人，代表作品有《岛国歌集》《美人鱼》。——译者注

滨小城。)当意大利卷入第一次世界大战时,马林请求会见校长,希望表达他的退学欲望。他告诉校长,他打算加入意大利军队,准备在摧毁哈布斯堡王朝的斗争中贡献自己的绵薄之力。令他吃惊的是,校长以纯正的意大利语向他道别,并祝他好运。然而,马林还没穿好军服,就遭到意大利军官大声训斥。马林愤怒地回答,作为两个王朝统治下的公民,他尚不习惯被人如此称呼,而且他在任何情况下都不会忍受这种待遇。(摘自《哈瑟梅尔先驱报》)

你若是想独处的话,没有哪个城市比的里雅斯特更能带来愉悦的体验了。从夜里十一点开始,这里就会进入一种完全的静谧状态,它充满了地方特色,一定深得罪犯的喜欢。晚上八点,街上一片灯火通明,但在漫步了四个小时之后,我就完全可以想象温克尔曼如何在这种黑夜之中遇害。此人刚好死于维也纳和罗马的中点,非常具有象征意义。当我想起温克尔曼时,我想到的不是庞培或雅典,也没怎么想到那种"崇高的简洁与宁静的伟大",而是的里雅斯特不为人知的一面:一座典型的意大利老城,靠近山脚的上城区破败不堪,在圣朱斯托教堂周围的狭窄街道,分布着一些邋遢的小咖啡馆,还有一些外形丑陋的房屋,一些古城遗址,以及考古发掘出来的碎石——乔伊斯在午夜之后常到这里厮混,直到凌晨醉得迷迷糊糊之后,才跌跌撞撞地往回走。他把后背靠在墙上,摸索着往前走(用他的话说就是"用屁股开路"),直到走回他那拥挤不堪的公寓,孩子们在屋里哭个不停,他的妻子则在屋顶上读书。白天,上城区则是一个美妙的去处,那里总是吹拂着微风,你可以站在那里俯瞰整片海湾。过去的妓院已经消失，但在一些街道，你依然可以看到排水沟，它们过去一定曾是传播疾病的高速通道。在进入老教堂之前，你得爬过一些已经废弃的街道，穿过一道据说是狮心王理查建造的罗马拱门。当年，理查曾经率领基督徒组成的大军途经此地，他们的目的十分荒唐：即从伊斯兰世界的中心夺回一座犹太城市，恢复其所谓的耶路撒冷主权。即便如此，国王理查的凯旋门仍是一座清白无辜的建筑。坐在拱门下面，我想象着自己八十多岁的时候，牙齿掉光，远离一切享乐和重负，在太阳下打着盹儿。旁边还有三位老人，当我在他们面前经过时，发现他们看上去仿佛活过来的橄榄石雕像。夜里，当一个女人踩着高跟鞋快步从你身后超过，回头看你时，表情中明显有一丝骄傲，同时夹杂着一丝不安。在一家饭馆，我喝得微醉，一边闻着下水道的气味，一边在本子上写着笔记。不久之后，我来到码头上，抽了一支香烟。前天晚上，透过盐湖上弥漫的秋雾，我看到威尼斯菲拉纳教堂上空的月亮已经满了一多半。今晚，在的里雅斯特宛若原始定居点的旧城区，我看到月亮已经很圆。在下面稍远的地方，最后一班公交车正在驶离海湾。到了晚上，的里雅斯特进入一派温暖而宝贵的虚无状态，只有轻轻拍打着勇士码头巨石的浪花提醒人们这不过是一种假象。

> 对凶手来说，受害人预感到了危险，但却并未采取规避措施，这种情况也不是没有可能。对于一个自愿让人劫杀的人来说，还有什么方式能让一个背叛了自己的阶级和性别的人更好地抚慰自己的感情呢？凶手的尖刀仿佛就是耻辱的王冠。（摘自多米尼克·费尔南德兹《乔万尼先生》）

这是摘自基于法庭审判记录而创作的有关杀害温克尔曼的凶手的故事。这部中篇小说也可以当作托马斯·曼《死于威尼斯》的翻版来读。这两部小说描写了两个不同的城市，涉及两个不同的命案，讲述了两个不同的爱情故事。或许这才是夜间漫步的人感受到的情景：在近乎可以互换的场景下，对死亡有着莫名恐惧的意大利人上演着禁忌之爱。这种鸡尾酒式的故事不是到处都在发生吗？

几百年来，作家们都注意到了的里雅斯特海湾那种出奇的宁静——"那是我第一次看到这样的海面"，德国诗人冯·柏拉腾[1]写道，"一片死寂，一动不动，连风都吹不起任何波浪"。弗朗兹·格里尔帕策[2]注意到，"我从未想到大海是如此之美，美得妙不可言……其实，的里雅斯特的海面一点儿也不壮观"。正是这片巨大的海面散发出的静谧和亲切打动了他。阿达尔贝特·施蒂弗特[3]也曾在这座码头驻足，他写道，"我也在海边待了好几个小时，还是觉得看不够——我从未想到大海可以如此迷人"。

这些文字，还有其他一些感想，可在巴斯·鲁贝豪森出版社编辑的《啊，的里雅斯特！》一书中找到。这本书后来被译成了意大利文，还添加了副标题 *Sguardi stupiti dal Nord Europa*——翻译过来大意是"来自北欧人的惊叹"。那么，作为令我们惊叹的镜子里的观察对象，的里雅斯特人又是如何看待自己的呢？下面这种

---

[1] 冯·柏拉腾（Graf von Platen, 1796—1836），德国著名诗人和剧作家，代表作品有《康布雷同盟》和《阿巴希登》。——译者注
[2] 弗朗兹·格里尔帕策（Franz Grillparzer, 1791—1872），奥地利著名剧作家，代表作品有《太祖母》《萨福》和《金羊毛》。——译者注
[3] 阿达尔贝特·施蒂弗特（Adalbert Stifter, 1805—1863），奥地利著名小说家，代表作品有《晚来的夏日》和《维提科》。——译者注

看法十分普遍，绝非巧合：的里雅斯特之所以变成现在这个样子，就是因为太在乎外界的评价。几百年前，它曾是一块阳光下的净土，直到卷入哈布斯堡王朝的政治漩涡。几百年来，斯洛文尼亚人、德国人、克罗地亚人、意大利人、英国人和奥地利人曾经先后到过这座城市，但只有当哈布斯堡王朝要公然把它变成自己的属地时，才刺激意大利人通过统一运动使它全盘"意大利化"。城市的熔炉继续存在，但自现代以来，产生了一个城市身份的问题，而此前它只是一个不证自明的问题，正如维也纳作家赫尔曼·巴尔所说的那样，它更像是一个"有没有名气"的问题，而非"叫什么名字"的问题。

如果没有在的里雅斯特生活过的话，乔伊斯无疑不可能开始以这种大都市的眼光思考问题。他在那里接受了一个跨语言的伟大传统，并且自豪地展示着它的开放性。他写完《尤利西斯》之后，也会在新著当中再次施展同样的笔法。

这座城市的文化和文学身份都是直到二十世纪才开始确立，这两种情况并非巧合。在此之前，的里雅斯特一直近于精神恍惚地沐浴在灿烂的总站的光环下，那个总站就是统治着伟大的北方帝国的维也纳。这个帝国虽然想把它打造成第二座首府，但这里依旧保持着宁静和难以言传的神秘。这样一来，维也纳人开始把的里雅斯特视作哈布斯堡帝国的一座港口，因为在他们看来，就像克劳迪奥·马格里斯所写的那样，它似乎是一座"非民族"的城市。任何人都能清楚地看到它的这种双重属性，即便只是从远处看上几秒钟：它的上方是一座意大利古城，那里的房屋色彩鲜丽，屋顶上铺着长圆形的瓦片，四周是厚厚的老墙；它的下方是一座十九世纪的哈布斯堡城市，使人联想到十八和十九世纪规划的同类城市，到处都有米兰的影子。在海拔较高的老城区，产生了乔苏·卡杜奇这样半带古典风味的意大利诗人（他歌颂大海的文章刻在了那座考古学博物馆的牌匾上）；在海拔较低的城区，则孕育出了现代文学史上焦虑不安的知识分子。一旦的里雅斯特加入意大利之后，它就开始转向一种南方文化，对它而言不啻是一种考古知识。所以，正如克劳迪奥·马格里斯所说的那样，只有在否定传统身份时，新的身份才会表达出来。从此，的里雅斯特基本上成了它不想变成的那样，它已不再是过去的它，但尚未成为它想成为的它。萨巴、斯拉泰伯、斯韦沃以及流浪于此的乔伊斯等作家——包括后来马格里斯本人——都写到了这种未定的状态。通过现代主义作品，以及张扬的资产阶级生活方式，的里雅斯特变成了一个文化城市，因为它遇到了一个身份未定的问题，就像穆齐尔《没有个性的人》的主题那样——世上所有的文化城市都面临着这样的问题，它已成为一种重要的文学意识的基础。马格里斯说，这座城市的文学史——觉醒于它那不合时宜的梦想——始于一部名为《当男人变老的时候》的小说（斯韦沃1898年写出的作品）：的里雅斯特的文化身份始于它对那种沉寂的旧传统的否定，过去是一个漫长的梦境，在卡索公路的两条车道恢复宁静时，它仍会不时地浮现出来。的里雅斯特的"意大利特色"诞生的同时，也对自己难以捉摸的性格感到惊讶。如果没有意大利这面镜子的话，这种跨语言的自我意识可能永远也不会如此明亮地闪现出来。这就是它的文学和文化的基础。实际上，的里雅斯特的意大利特色意味着它与意大利普通城市不一样，同时又全面接受意大利文化。举例来说，如果一个来自米兰或罗马的意大利人走得太近的话，的里雅斯特当地人就会像闪电一样诉诸自己的哈布斯堡背景，或是自己与伊斯特里亚民族——即克罗地亚人和斯洛文尼亚人——之间的联系。然而，当他们面对任何一个斯洛文尼亚人或克罗地亚人的时候，就会表明自己是与罗马和米兰有联系的人。斯拉夫人西庇阿·斯拉泰伯的命运和作品就是这种中间文化立场的有力证明。因此，的里雅斯特的普通居民似乎都不想跟外地人显得一样。

　　一个人之所以生活在那里，不是由于他生在那里或长在那里，而是由于他想在文学的基础上成为他自己，并以此来获得一种自己能够接受的存在价值。意大利特色这种观念本身，以及反抗这种观念的斗争，变成了一种文化。（**摘自克劳迪奥·马格里斯与安杰洛·阿拉《的里雅斯特的边疆身份》，1982年版**）

按照马格里斯的说法，斯洛文尼亚元素——它长期以来"威胁"着这座城市，因为它宣称自己才是当地文化的缔造者——恰恰刺激这座城市走上了相反的方向：即意大利化。意大利民族统一运动最初就是一场公开化的反斯洛文尼亚运动，力图接续起伟大的意大利传统：这场运动旨在使该市摆脱斯拉夫文化的影响，而非排除维也纳主导的那种文化。二十世纪初，随着哈布斯堡帝国的崩溃，的里雅斯特人意识到，如果他们不想被一种基本上属于农业文明的斯洛文尼亚文化吞没的话，除了发展成为一座大港口，几乎没有多少选择。马格里斯进一步指出，意大利民族统一运动的主力是一小群知识分子，反斯洛文尼亚运动的群众基础则更加广泛：所以，间接地讲，正是卢布尔雅那获取一座海港的最低目标，使的里雅斯特投向了罗马的怀抱……在1910年前后，的里雅斯特市内的斯洛文尼亚居民数量已经很多，甚至比首府卢布尔雅那的人口还要多。

对西庇阿·斯拉泰伯这位斯拉夫人出身但却用意大利语写作的作家而言，这座城市具有一种历史使命，即延续这三种文明或文化——奥匈-哈布斯堡文化、意大利文化和斯洛文尼亚文化——并使其生生不息。只有这样，这座看上去清白无辜而且略显破败的海港城市，才会成为欧洲三种主要文化的历史交汇点：德意志文化、罗马文化和斯拉夫文化。他尖锐地批评该市缺乏这种文化意识。1914年，在经过多年思考之后，斯拉泰伯酝酿了一个计划，准备在的里雅斯特创办一份杂志，名为《欧罗巴》。不用说，这个计划失败了。不久之后，斯拉泰伯就在欧洲的大战中作为一名年轻的士兵战死在卡斯特山区的某个地方。

第二天，我几乎漫无目的地在这座城市闲逛。在所有的书店中，都展示着数十本新版的里雅斯特畅销书——《的里雅斯特旅行指南：詹姆斯·乔伊斯》，那是一位研究乔伊斯的专家伦佐·克里韦利编著的带有地图、地址和逸闻的乔伊斯朝圣指南。这里的每一个人都会告诉你，《尤利西斯》描写的里雅斯特的文字与描写都柏林的文字一样多。的里雅斯特人称乔伊斯为"朱伊斯"（Zois），他不久就成了"宙斯"（Zeus）一样的人物。我想象着那个奇妙的日子，他第一次听到别人这样称呼他时，产生了创作一部新书的念头，主人公就是一位像他一样每天醉醺醺地在城里游荡的希腊神仙。或者，不妨把他换成一位希腊英雄？也许是奥德修斯？毕竟，"朱伊斯"跟妓院里的每个水手都很熟，并从他们那里学到了粗俗至极的话语——后来他在作品中很好地使用了它们。在安伯托·萨巴书店，店员兴致勃勃地教了我几句的里雅斯特方言——这种方言是城市文化身份的终极证据——它们同样粗俗不堪。作为交换，我教他如何念"阿姆斯特丹巴斯·鲁贝豪森出版社"，这几乎是一项不可能完成的任务，不过，他的书架上有鲁贝豪森出版社编辑的有关他的城市的书（甚至还有其意大利语版），于是他执意要学会"ui"的荷兰语读法。不久之后，他向我展示了书店的"镇店之宝"：一部完全手写的三卷本萨巴诗集。我获准在那里翻阅一个半小时来研究这部古书。同样也是在这座城市，乔伊斯一度沉迷于模仿另一位文化名人，来自意大利北方（实则生于亚历山大港）的托马索·马利内特，法西斯主义美学理论的创始人。1918年，已经移居苏黎世的乔伊斯询问他的朋友弗兰克·勃金，他是否能在《尤利西斯》的"独眼巨人"那一章发现"未来主义"的痕迹。勃金的回答已不得而知，但当乔伊斯义无反顾地移居巴黎时，他把马利内特的作品全都留在了的里雅斯特。

他从的里雅斯特带走的物品当中，包括《尤利西斯》中声名狼藉的"娜乌西卡"（第十三章）手稿。在乔伊斯笔下，布鲁姆接受了他从远处偷窥的残疾女孩格蒂·麦克杜维尔的挑逗。难怪这段描写北方海滩的文字竟然流露出南方的意蕴，而且不太符合爱尔兰的风格：乔伊斯在写这部作品时，一定是坐在码头附近眺望亚得里亚海。

一天下午，在明亮的午后阳光下，我坐在码头上看海，旁边有两位年轻的女子。突然,士兵过来命令我们离开:整座码头都要清场,为一场军事演习服务。过了一会儿,消防车缓缓驶过,有些滑稽地停在防波堤上。的里雅斯特的年轻人轻蔑地看着这一切,年长者则流露出自豪的神情。半小时之后,一架黄色的小型直升机降落在这里,手持卡宾枪的士兵一边冲向它,一边打着各种手势,不一会儿,那架小飞虫一样的直升机又消失在大海上空。我已全然忘记那次演习的主题。的里雅斯特人很快重新回到码头,仿佛什么事情也没发生过。此前我还在徒劳地尝试戒烟,此时则从旁边的女孩那里讨了一支烟,然后一起聊了起来。她们是来这里做研究的,曾经受教于当时该市最著名的市民克劳迪奥·马格里斯。他笔下的十八世纪西班牙系犹太人的故事令她们感到抓狂,她们于是决定到东方做一次短途旅行,主要是去罗马尼亚和保加利亚。当她们邀请我晚上一起喝一杯时,我一度有些负罪感,因为我已答应自己要独自行动,可是转念一想,算了吧,跟当地人聊一聊也不算破戒。她们带我来到一家人声鼎沸的咖啡店,店里的音响把"恐怖海峡"乐队的歌曲放得震天响。在此前度过了沉思默想的三天之后,我体内的肾上腺有些冲动,已不可能再保持那种微妙的独处静思状态。凌晨一点半左右,在品尝了各种让人思路打开的东西之后,我站起身来,尽量斯文地离开咖啡店,然后略带兴奋地沿着街道独自走回码头。码头上的宁静让我忘掉了一切,我一直睡到上午,一个梦也没做。第二天,我愉快地发现,至少码头上有足够多的氧气和宁静,从而可以暂时缓解一下严重的头痛。

突然,一场重逢不期而至,完全出乎我的预料。在统一广场,我惊讶地发现了那位卖花的斯洛文尼亚老妇人。多年之后,她仍在那里,一如既往地忧郁,浑身散发着穷困和伊斯特里亚地区特有的干草气息。她手里拿的花束，极有可能是她在路上从卡斯特山区摘来的。她几乎是在乞求行人购买，而那些行人几乎要把她撞倒。对我来说，她忽然成了一种象征，象征着弱小而顽强的日常琐事，她本人就像一朵生长在贫瘠山地的野花，如同斯拉泰伯所说的那样，仅凭一支花梗就能撑起整个人生，只因她崛起于一无所有的岩石。这位乞丐反映了这座城市历史上的一种被压抑的文化元素——那是一种与卡斯特有关的文化。她哼唱着斯洛文尼亚歌曲，不时喃喃自语，一脸焦虑，来来回回地走着，到了晚上，累得精疲力竭，也几乎挣不到一万里拉，最后只好放手，然后消失得无影无踪。她一天还卖不了五束花，至于那些剩下的枯萎的花如何处理，我不得而知，但在第二天早上，她仍会准时出现，向那些打扮得花枝招展的女孩，还有那些几乎要把她撞倒的、腋下夹着新秀丽牌公文包的油头粉面的男士兜售鲜花。她仿佛是从过去穿越而来的黑色幽灵，是斯洛文尼亚旧梦的最后见证者：她以此地为家，以此地为重，她随风而来，随风而去，衣服和头发上还带着大山深处生长的草叶，而的里雅斯特早已转身背对那座大山，兴致勃勃地把目光投向了大海。

地中海人天生依恋城市，胜过依恋国家或民族。对他们来说，城市就是国家和民族，以及另外一些东西。城市居民更加拥护贵族制，而非共和制。**（摘自克罗地亚作家普雷德拉格·马特维耶维奇《地中海》）**

第二天，我到海边散步，整座亚得里亚海滩都是极佳的散步场所。距离的里雅斯特大约十公里，有一座沿海小镇西斯提亚纳，它的海滩上有一条里尔克小道，沿途一派田园景象，可以看到岩石、山洞和壮观的海景，附近还有一座杜伊诺城堡。据说，里尔克经常在这里散步，并且构思文章，后来写成了前两部《杜伊诺哀歌》。从这块美不胜收的海滩望去，可以看到克罗地亚境内的远山，在夏秋之交，天高气爽，显得极为宁静。然而，就是在那里，刚刚发生了二十世纪后半叶最为血腥的战争。这种现象并非巧合。这条小道仿佛可以通向天堂，但已似乎不可能重现里尔克在二十世纪初期的所感、所闻和所见。一个可能不会多看里尔克两眼的女孩从我身旁慢跑过去，头发在身后上下飞舞。我能听见挖掘机撞击柏油路面的声音。过气的杜伊诺城堡仿佛一个破败的洞穴，被高高在上的老贵族傲慢地葬送了。在这个季节，年轻的斯洛文尼亚小伙子会向躺在岩石上晒太阳的意大利女孩目送秋波，或者聚在二手宝马车旁边，炫耀自己的太阳镜。下午晚些时候，当我想乘公共汽车返回时，发现它根本不按时刻表运营。在等了几个小时之后，我试图搭个顺风车，后来还是放弃了。我走了一段路，然后坐上一辆快要散架的汽车来到了奥比辛纳的卡斯特岩洞，沿途经过了一些紧邻斯洛文尼亚边界、看上去就像普罗旺斯的葡萄酒庄。谢天谢地，我从那里坐上了一辆返回奥贝丹广场的旧电车，尽管晚高峰喇叭声震耳欲聋。

在最后一个晚上，我到底有点郁闷了。在广场后面的一条狭窄的小巷里，我找了一家十分寒碜的饭店用餐。我是那里唯一的顾客。店里的饭菜同样十分寒碜，于是我点了一瓶优质朗布鲁斯香槟酒。我喝得微醉，那种感觉刚刚好。

第二道菜是店里的特色菜，里面放了太多的红辣椒，辣得我几乎喘不过气来。我的身上已被十月末的太阳晒伤，听着音效不

的里雅斯特附近的"里尔克小道",照片由本书作者拍摄

佳但却声响极大的斯汀专辑（"雨点滴个不停/仿佛太阳落泪/我们多么脆弱"），店里免费送了我一杯普罗塞克白葡萄酒，还有一份饭后甜点（不错，我现在真的必须回去了）。坐在教堂旁边的长凳上，我从老城区看到海面上有灯光起起伏伏，暗处的凉凳上，还有几个未成年的小情侣在笨手笨脚地亲热。

第二天，当我准备乘火车去威尼斯时，发现铁路又在罢工。于是我赶紧租了一辆汽车，但还是很快被的里雅斯特上街游行的学生堵住了去路，地面交通一片混乱，最后我只好往回开，听着车内广播里的意大利室内音乐，沐浴着汽车天窗照进来的阳光，到杜伊诺那边去绕行。几个小时之后，冒着无休无止的比利时暴雨，闻着令人反胃的烤肥肠味道，听着让人提不起兴趣的音乐，看着布鲁塞尔中央车站东边严重污染的街区，我发现火车已经宣布晚点，在经过协商之后，突然在另一处月台停了下来。我只得在车上乘客冷冰冰的注视下，踩着他们丢弃的皱巴巴的弗莱芒语报纸，朝相反的方向走过二十节车厢。这种经历，突然使我觉得，相比于自己在最偏远的卡斯特地区体会到的孤独，还要孤独十倍。

4
德累斯顿

一些城市之所以坐落在河畔，其选址原因看起来极为自然：它们不需要给游客提供任何东西，因为一旦游客穿过空空荡荡的大街，走到码头上来，眼界就会骤然开阔，远处的美景也会如约而至。显然，这是一个理想的位置。即便没有城市建在那里，也是一个不错的地方。在河畔的某些地点，例如大河转弯的地方，人们很容易顺流而下，把马匹或车辆运载不了的沉重货物带到下游去。

泰晤士河畔的伦敦，美因河畔的法兰克福，哈德逊河畔的纽约，塞纳河畔的巴黎，默尔西河畔的利物浦，多瑙河畔的维也纳、布达佩斯和鲁斯库克，密西西比河畔的新奥尔良，沃尔塔瓦河畔的布拉格，塔霍河畔的里斯本，罗讷河畔的里昂，阿尔诺河畔的佛罗伦萨，所有这些城市都像手掌一样，把河流握在掌心，从而使城里的每一条街道都显得出人意料地开阔。另一方面，也有一些沿河而建的城市，仿佛把后背靠在了河上：例如斯海尔德河畔的安特卫普，默兹河畔的烈日，马斯河畔的鹿特丹，瓦尔河畔的奈梅亨，等等。一旦河流成为城市生活的中心，它就成为繁华与喧嚣的城市大动脉，可以提供氧气、美景、世界和历史眼光，以及一条随时可以逃离的通道——足以令旅客和市民感到安心。

德累斯顿位于易北河畔——那是一条有着诗情画意的河流，河水宁静而清澈，像帝王一样缓缓从开阔的河床流过。在河面较窄的地方，著名的奥古斯都大桥下面，坐落着易北河河谷。那是一片地势低洼，生长着各种湿地生物的大牧场。这条河没有山涧，随着水流的增减，它的河面也随之扩张或收缩。从河的一侧到另一侧，大约有半英里宽。这样一来，河水滋润的开阔区域——那里着实一派田园景象，就像一座大公园——构成了城市的中心地带。在德累斯顿市中心，你可以在河边路过大片的草地，头上和身后则是城市的交通线。从远处望去，你可以看到绿树掩映下的宏大建筑。这幅景象与西方人在1945年2月13日看到的场面可不一样：那是一座已被炸毁的黯淡无光的城市，到处都是瓦砾和尘土，成排的房屋被毁弃，变得空空荡荡，如同人间地狱。哈里·穆里施[1]的小说《石头婚床》的封面特写，就是来自上述画面。这座城市就是德累斯顿：一块被烧焦了的土地，一处永不愈合的伤口，一个被复仇的英国人肆意而盲目地毁灭了的地方——它就是英国版的广岛和长崎。然而，德累斯顿也是德国人居住的城市，所以对西方人而言，它更多地象征着纳粹主义自身的悖论。如果不是因为希特勒的话，德累斯顿可能仍会像在哈布斯堡王朝或萨克森时期那样，成为"易北河上的佛罗伦萨"。

这个话题至今仍然很难与当地人展开讨论。例如，圣母大教

---

[1] 哈里·穆里施（Harry Mulisch, 1927—2010），荷兰著名作家，代表作品有《暗杀》《石头婚床》和《发现天堂》。——译者注

堂曾被誉为欧洲最美的巴洛克式教堂，它的废墟若被视为抗议英国轰炸的少数遗存的惨不忍睹的纪念碑的话，当地人就有被当成保守恋旧的德国人之虞。但若把这些废墟当作控诉纳粹主义的罪证的话，则意味着德国人如今已经承认自己的国家曾经向自己开战，德累斯顿也就成了内战的牺牲品，也就是说，人们把真正的德国从希特勒手里争取了过来。这个话题曾在媒体展开讨论，不仅涉及德累斯顿，而且被视为一个普遍议题：为什么今天的德国人不能说他们赢得了第二次世界大战？人们不能从传统的意义上认为德国和欧洲其他国家一起战胜了希特勒，就像把"经济奇迹"视为对战时损失的补偿一样。如果人们顺着这个逻辑来推导的话，德累斯顿的废墟确实就是纳粹主义的罪证，而非英国轰炸的结果。然而，这种说法十分老套，因为世上所有的废墟当然都是某种不可抗拒的力量肆意为害的罪证，即便是在最"文明"的社会，它也会不时出来为祸。人们一旦发现棍子可以用来打狗之后，似乎就没必要把狗关在笼子里了。参加十字军东征的人看到君士坦丁堡惬意的生活方式之后，就开始为所欲为了。他们给这座城市带来了一场浩劫。在富丽堂皇的东正教大教堂里，那些文明的，甚至太过斯文的市民遭到大肆杀戮，他们的鲜血几乎没过了凶手的膝盖。那是1203年的一个夏日，艳阳当空，鸟儿仍在花园歌唱。

仅仅过了两年，杜布罗夫尼克——那是一座景色壮观的地中海小城——几乎被一群毫无历史意识的人从地图上抹去。由于不具备任何历史意识，他们对任何建筑艺术精品都无动于衷。毁灭城市这种行为，可以从关于索多玛与蛾摩拉覆没的圣经故事中找到先例，那是一种末世噩梦般的终极毁灭力量，一种最肆意妄为的发泄手段，同时也是对敌人的最大侮辱，相当于从他的脖子上扯下象征着文化与社会的珠宝。毁灭城市的过程中，有一种遭受天谴的意象，人体变成了盐柱，天空布满了火焰——它的现代版本，就是广岛与长崎的景象。不管怎样，那天晚上驾驶轰炸机从英国前去毁灭这座城市的人，被全体英国人视为匡扶正义的复仇者。就在同一天晚上，他们安全返回了英国的土地，摘下头盔，与他们的指挥官握手致意。"干得好，伙计们。"后来，一些德国知识分子讲述了他们看到该市土崩瓦解时的感受。作家戈哈特·豪普特曼[1]是一位善于描写悲情愁绪的大师（他曾被托马斯·曼在《魔山》中有些无耻地写成了优柔寡断的彼得·皮普孔），也是一位人文主义者、一个相貌英俊的怪人、一个典型的歌德式作家、一个长得像阿波罗一样具有古典美的德国人。他老泪纵横地哭诉道，他羡慕自己那些已经去世的老友，因为他们不用体会这种痛苦。对他来说，那种感受相当于眼睁睁地看着威尼斯这样的城市被炸成粉末。就在那一年，他去世了。据说，他是因德累斯顿的毁灭而死。许多终身在前民主德国（GDR）生活的知识分子都曾记得自己儿时看到的德累斯顿被毁的景象。他们记得远处发出的亮光，一道红光照亮了夜空。市郊的金雀花烧得噼啪作响，空气中弥漫着尸体烧焦的味道。德累斯顿像地狱一样燃起大火。在那些像凡尔赛宫一样的庭院，在满是巴洛克艺术瑰宝的教堂，但主要是在普通的民居，许多人被活活烧死，而他们并不都是战时帮凶。然而，这就是战争。我并非不同意丹尼尔·戈尔德哈根[2]的观点：在驱逐犹

---

[1] 戈哈特·豪普特曼（Gerhard Hauptmann, 1862—1946），德国著名作家，曾于1912年获得诺贝尔文学奖，代表作品有《日出之前》《织工》《帕奈尔升天》和《信奉基督的愚人》。——译者注

[2] 丹尼尔·戈尔德哈根（Daniel Goldhagen, 1959— ），美国作家，曾任哈佛大学教授，对反犹主义有着深入的研究，著有《大屠杀：希特勒的自觉帮凶》（1996）、《道德负债》（2002）和《比战争还要恶劣》（2009）。——译者注

太人的过程中，全体德国人都以一种特殊的方式当了帮凶。但是，当一个人从任何一座德国城市经过时，都会立即感觉到那里的文化世界要比我们轻易联想到的德国更加古老，更加有趣。这同样是实情。无论如何，它显然仍是最典型的德国人约翰·浮士德的祖国。那些曾于战争期间在大街上羞愧地与犹太人深情握手的德国人——他们的行为会令自己被判死刑——也是德国军团的一员。

萨克森时代优雅高贵的古代世界与希特勒派往世界各地的柏林幽灵没有多少联系——那是一个来自奥地利偏远小城的精神失常的恶魔，一个在大城市里如鱼得水的乡下人。这种情况时有发生，但却从未造成如此巨大的灾难。德国人的世界，正如乔治·斯坦纳[1]反复说过的那样，不幸地与一个播放着《致爱丽丝》同时把一个犹太女孩殴打致死的世界重合。一个人如果来到距离德累斯顿不足一百公里的魏玛市，可以在伊尔姆河畔宁静的市政公园里面，看到歌德精心营造的和平的奥林匹亚花园房。然而，当他随后在城里乘坐公共汽车时，就会发现有一条线路通往布痕瓦尔德[2]，距离当地只有十公里左右的路程。魏玛市是一个充满诗情画意的地方，在知识分子看来，它颇具地方特色，十分迷人，而且极为热情好客。距离歌德故居十公里的地方，日耳曼民族的一部分人——而且是像尼采这位被许多人贴着反犹主义标签的人多年以前所说的那样，是最优秀的那部分人——被烧成了灰烬。君特·安德施称其为兄弟相残。纳粹主义，据我最近在一部电视纪录片中

---

[1] 乔治·斯坦纳（George Steiner, 1929— ），法国著名学者，比较文学大师，曾在普林斯顿大学、剑桥大学和日内瓦大学任教，著有《托尔斯泰或陀思妥耶夫斯基》《悲剧之死》《巴别塔之后》《马丁·海德格尔》和《何谓比较文学》。——译者注
[2] 布痕瓦尔德，德国建立的最早的集中营之一，1945年4月11日被盟军解放，但截至那时已有56000人遇害，其中约有11000人是犹太人。——译者注

看到的提法，已完全丧失人性，同时又反映了最恐怖的人性。正如若干年后阿多诺所写的那样，那是一种可怕的负面启蒙。

德累斯顿必定是萨克森王国的君主几个世纪之前精心挑选的风水宝地：晚风吹拂着易北河畔的春花，高高的河堤上耸立着具有萨克森巴洛克风格的"意大利式"宏伟建筑，空气中弥漫着清新的河水味道。在《石头婚床》当中，哈里·穆里施也曾借主人公诺曼·柯林斯之口表达了这种奇特的体验：

> （房屋）看上去大得无边。郁郁葱葱的树林深处，在众多的别墅当中，有一座极为宏伟壮观，但里面无人居住。一条公路蜿蜒着通向远方的铁桥，桥下辽阔的草场中间，就是易北河。河对岸的山谷当中，坐落着镇子的其余部分……

游客在德累斯顿穿行时，会惊奇地发现劫后犹存的建筑竟有如此之多。"蓝色奇迹"大桥仍在原处，优雅的钢架桥横跨河面；茨温格宫这座宏伟精致的建筑也在原处，仿佛不经意间建起的一座凡尔赛宫；著名的奥古斯都大桥也在原处；十八世纪修建的一些几何形花园也在原处；大建筑师森佩尔[1]设计的老歌剧院也在原处！想不到吧，它们倒下之后，被一位市民重新唤醒了：所有这些建筑都曾被夷为平地，后来才被民主德国的市民一砖一瓦地重新建造起来。在事情过去五十年之后，心怀怜悯的游客可能觉得战争早已平息，但当他们得知所有这些古典花园、喷泉中的流水、

---

[1] 森佩尔（Gottfried Semper, 1803—1879），德国著名建筑师，德累斯顿歌剧院、维也纳城堡剧院、维也纳艺术史博物馆，以及维也纳自然历史博物馆都是他的得意之作。——译者注

奥伦治公爵夫人的花园、塔尖上的小矮人雕像、楼梯……所有这些巴洛克风格的建筑，都是出自当地农民和工人之手，一定会惊讶得目瞪口呆！情况确实如此。有照片为证，人们徒手清理了废墟，像柏林人那样用烧焦的房梁支撑起倾斜的墙壁，把石块打扫干净，清点数目，堆放整齐，还把扭曲的铁轨拉直。这些人里，妇女的数量多得惊人，她们身穿短裙，头上戴着卷发夹子，脚上穿着白色短袜，都是当年的时髦装束。令人吃惊的是，这些强烈信奉反精英主义原则的劳工大众，竟会把如此有限的资源投入到重建奢华的巴洛克精英建筑中去。然而，史上所有的利他主义行为背后都隐藏着另外一个故事。这里是萨克森，当地的历史遗迹曾经象征着东方王冠上的明珠，从凉亭等一些建筑来看，这座城市一定曾比布拉格一带还要美丽宜人。从更深的层面来讲，昂纳克的梦想当然是与他的萨克森祖先相通，就像密特朗是现代法老的最佳体现。当人们最终惊奇地发现那些历史遗迹并非真正的历史遗迹，而是重建的历史遗迹时，就会对德累斯顿的伤痕有所理解。正是在德累斯顿这座城市，而不是在别的什么地方，席勒写下了著名的《欢乐颂》。慕尼黑印刷的新版德累斯顿旅行指南极力强调了这一点，试图使人最终忘却那些伤痛。

在城区深处，一切变得一目了然。萨克森时代的宏伟建筑只有极少保存下来，这座城市就像牙齿全被敲掉的一张嘴：例如丑陋的布拉格大街，或民主德国时期有碍高空景观的大楼，都会遭到游客的藐视，从而暂时忘掉鹿特丹和科隆其实也有同样的街区。

我越来越惊讶地发现，荷兰最著名的描写德累斯顿的小说《石头婚床》，只展示了这座双面城市的一面：它的过去就像一座矗立在宽阔壮丽的河畔的巴洛克纪念碑。直到此时，我才意识到，鉴于我们已经如此深入这座城市，就有可能对易北河进行重新审视。穆里施笔下的德累斯顿没有河流，没有广场。它就像一座地狱（"坐落在水里含镁元素的大河之滨，周围环绕着影影绰绰的群山，这是一座充满白色恐怖的城市。"他借主人公诺曼·柯林斯在飞机上的一段话描述这个城市）。我所见到的"原来的"德累斯顿，早已不复存在——也就是说，"尚未出现"。这是一个具有悖论性的真相。在《石头婚床》当中，这座城市的过去，依我之见，只有在未来才能显现……

重建的美术学院也许最能反映市民与这座城市之间的复杂关系。如今，西德的钞票成吨地涌入东德，后者的经济发展速度已达到极限。相比之下，民主德国时期的小规模重建工作显得有些寒酸，茨温格宫的镀铜圆屋顶即是其将就行事的一个例证。如今，闪闪发光的镀金小天使比比皆是。胜利女神也再次骄傲地立在被人们称作"榨汁机"的美术学院尖顶上。然而，由于时间的关系，那些金灿灿的神话人物依然与那些承载着历史记忆的焦黑建筑拼接在一起。谁若想见证这些景象的话，可得抓紧时间。每一天都有更多的黄金把"剧中人"的记忆埋葬，德累斯顿的天空再次变得辉煌灿烂，但对任何一位记得往事的人来说，它仍能唤起人们痛苦的回忆。它是一个焦黑的历史见证者？抑或仅是被特拉贝特牌汽车和烧煤的烟囱排出的一氧化碳熏黑了？英国记者安东·基尔曾在"大转型"（Wende）初期穿越东欧，他向我们证明，那些焦黑的建筑都是1945年2月23日夜间那场浩劫的遗物。历史就是这么吊诡。即便如此，还是没有人敢碰这座历史遗迹，这座德国天使雕像的广岛版。它象征的是他者、历史和残缺，而非任何教科书上杜撰的那些丰功伟绩。

不错，德累斯顿必定曾是一座人间天堂。它赢得了对波兰的战争，在政治和文化领域也取得了许多可喜可贺的成就。与伟大的哈布斯堡王朝统治下的维也纳相比，它仿佛是一个小兄弟；实际上，它更加雅致，更有生活乐趣（joie de vivre），也更加迷人。总体而言，它更具有人文气息。易北河也比多瑙河更有诗情画意。萨克森王国的君主曾经居高临下地俯瞰脚下这条蜿蜒流入波西米亚的大河。距离上游二十公里左右，有一个名叫威特纳的地方，他们也在那里建了一座避暑山庄，厚颜无耻地过着穷奢极欲的特权阶层生活。导游向我保证，沿着易北河乘船进入捷克共和国境内，将是一段极为惬意的旅程。她说这番话的时候，灰色的大眼睛憧憬地望向了远方。她还很年轻，目前在莱比锡大学任教，当她经过德累斯顿市内的一些街道，回忆起她在东德祖母家度过的宁静周末，仍会遗憾地摇头。后来，她带我来到一家书店，向我展示了最初清理城市废墟的人的黑白照片。她的父亲是前民主德国的一位著名作家，但她不愿提及此事，因为向外国人解释起来的话，事情显然太复杂了。

萨克森王国的君主在德累斯顿建造的这些宏伟建筑，绝佳地反映了这些人与他们的同辈及臣民在思维和眼界上的巨大差异：他们希望以大欧洲的文化视角来看问题，并刻意追求视觉上的享受，而且考虑得十分周到——他们着实是自己那个时代的偷窥狂。这些君主把世界当作一处宜人的景观，并且厚颜无耻地纵情打扮它——他们给世界的面孔作了整形手术。德国纸币上神情自负的绅士显然试图重复这一历史。

与哈布斯堡王朝一样，萨克森王国的君主也想在中欧大地上把美第奇家族比下去。在德累斯顿，你也可以发现有些建筑——比如学校——完全仿照了文艺复兴早期的佛罗伦萨宫殿……人工雕制的巨大石材、高大的墙壁、高达三米的一楼窗框，它们让每一个路人都感觉到自己的渺小，从而心生敬畏。然而，后来的一些建筑理念——十八世纪轻快、宜人、华丽的巴洛克风格——打破了过去的传统，从而为上流社会提供了一个新视角：观景是为了成为景观，因此要尽情打扮这个世界。装饰这个世界的，不仅有那些景观，还有那些欣赏景观的人。这些令人耳目一新而且让人跃跃欲试的理念，可供那些贵族隔岸观景和排遣无聊。

在十八世纪的某个时刻，威尼斯大画家卡纳莱托的侄子来到了这座城市。这位本名伯纳多·贝鲁托的人很快就厚颜无耻地冒用了叔父的大名，并在此后一直被人当作卡纳莱托。那位被冒名顶替的画家曾在城市风景画（vedute）中，以细致的笔触和多重的视角，为威尼斯留下了不朽的形象。对我来说，这位真名安东尼奥·康纳尔的卡纳莱托本人就是美术界的维瓦尔第：他们的作品层次清晰、内容丰富、主旨鲜明，而且具有轻快活泼的假象。与维瓦尔第一样，那位伟大的威尼斯人卡纳莱托，也试图在一座城市的巅峰时期记录下他的感受。开阔的空间，亲切的场面，高贵的仪态，淡淡的哀愁。在宽阔的眼界之外，还要留意主旋律和小细节。通过自己的视角，卡纳莱托不仅为威尼斯留下了不朽的画作，还为伦敦做出了同样的贡献。对于那些不知道这位蜷缩在其叔父卵翼之下的人，还以为德累斯顿是卡纳莱托着力描绘的第三座城市。在当地博物馆，藏有几幅萨克森的卡纳莱托画的城市风景画（意大利人给"Canal"这个名字加上了"detto"的昵称,从而成了所谓的"卡纳莱托")——这些风景画之所以能在轰炸之后保存下来,是因为它们事先早已安全转移。如今,它们已被放回原处。可惜,我到德累斯顿的时候,博物馆已经关闭了。我决定在第二天乘火车离开之前参观一下那些画作,哪怕只有一个半小时的时间。第二天早晨,我因事耽误了一些工夫,具体原因如今记不清了。此外,考虑到自己的身体经不起疯狂地来回折腾,就更加觉得无精打采。不管怎样,我那天早晨在餐桌旁坐了太长时间,请莱比锡大学的同伴给我讲这座城市的故事。离开的时候,我感到一丝愧疚。中欧列车经过了传说中的普夫塔中学,那是尼采上过的寄宿学校。学校教堂的尖顶掩映在宁静的农田之中,几乎与地面的景观融为一体。尼采也是一个喜欢散步的人。所以,就是在这里,在车窗外像幽灵一样飞驰而过的景观里,尼采写出了他的第一组浪漫主义诗歌,并模仿舒曼创作了一些乐曲,在他的"狂飙突进运动"当中,为黑格尔时代的德国人,以及全人类定下了基调,并在后来成为一些人厚颜无耻地操纵历史的工具。但在此时,普夫塔中学已被甩在中欧列车后面,售票员则在拉扯我的衣袖。

一个多月之后,当我准备在沃克卢斯的一座老房子里打印自己的旅行笔记时,发现自己无法在屋子里安心工作,因为那里满是修补房屋时落下的灰尘。它看上去仿佛遭遇了一次小型轰炸:到处都是拆毁的横梁,即便是最细小的器物上面也沾满了细小的灰尘,老式厨具摆放得乱七八糟,窗帘半悬在窗帘架上,有些房门关不严实,有些则关上就再也无法打开。后来,我勉强清理出一间里屋,屋里尽是些布满灰尘的橡木横梁,旧家具,以及各种垃圾。

我用砂纸把红色的旧瓷砖打磨干净，直到它们恢复了原来的颜色。我把窗户擦洗干净——灿烂的阳光照了进来，红色的瓷砖几乎变成了橙色。我擦掉了墙上的尘土，干活的时候，不得不把一幅挂了几十年的相框取下来。相框里是卡纳莱托画的威尼斯圣乔凡尼保罗大教堂。它可能是前任住户从书中裁下的图片，然后配了一幅可爱的相框。屋子的主人曾在这里度过几十个夏天，失明之前经常坐在门廊前读书。他用第二次世界大战之前老人们学的那种无法模仿的字体在相框背面写道："《圣乔凡尼保罗大教堂》，卡纳莱托（1697—1768）"，并在下面注明："德累斯顿博物馆"。这位威尼斯的卡纳莱托显然是其在该博物馆所属城市生活和工作的侄子。

于是，在一个掩映在疯长的百里香和棕榈树之间，本身就是中世纪犹太人藏身之所的古老村庄的这座旧房子里，我正准备完成的工作聚到了一起。我把两张维瓦尔第的唱片放到随身听里，然后坐了下来，开始用放大镜观看那幅布满灰尘的图画。当我用手擦拭它上面的灰尘时，仿佛也驱走了时间的灰尘。我非常熟悉图画中的威尼斯街角建筑，以及那里的阳光和小桥——此时它们就在眼前。深蓝色的窗帘飘扬在教堂敞开的门外，仿佛风是从教堂内部穿过，试图吹到街上去。阳光非常充足，一切都在闪闪发光。维瓦尔第就是在距离这座教堂几百米的地方进行创作，而此时这些音乐正萦绕在我的耳际。我几乎可以听到威尼斯运河中的流水声。这幅画的原作藏在德累斯顿，我在那里错过了它，却在这里发现了它，仿佛是它飞到了我的面前。

德累斯顿之所以收藏这位威尼斯画家的作品，并非出于偶然。因为我现在知道德累斯顿为何能够如此吸引我了：那里的光照和威尼斯一样能够形成出人意料的反差——在开阔与狭窄的空间交替时具有同样的效果。这种相似性没有逃离另一位卡纳莱托的眼睛。他创作的德累斯顿风景画，借用了威尼斯风景画的透视法和聚焦法，极为细致地描绘了我们所知的那些已经烧焦的建筑上的吊饰，以及被炸毁的城市尖顶上的黑色天使。如果你从今天的茨温格宫俯瞰这座城市，从建构主义的角度来看，城市上空那些早已发灰的建筑显得十分碍眼。作为一个游客，也就意味着习惯于批评那些粗制滥造的作品，并且期待看到一些纯粹的东西。人们有时会放弃一部分批判意识，这种感觉在自己的故乡十分突出，那是一种未知的力量，你自认为已经将其克服，却总是回到原处。那里的居民会耸耸肩，然后以一种无所谓的态度说出那些令你厌恶的建筑物的功能，仿佛在说：好吧，我们必须活下去，不是吗？

我们必须活下去。如有必要的话，可以借助墙上那幅布满灰尘的小相框。我曾认为卡纳莱托是一个幼稚的画家（当我在大学里力捧毕加索时说了这么一句幼稚的话），在威尼斯做了一些独创性的贡献，他的侄子在德累斯顿复制了他的经验。城市风景的迷人之处必然会在老卡纳莱托那里汇聚起来，然后呈现在他的全景式作品里。没有人能像卡纳莱托那样观察一座城市。他是人类广角镜的发明者。一个朋友曾经向我介绍过他的工作方法。为了取得广角效果，卡纳莱托至少会为他想呈现的地方画出四幅素描。他会站在城市的正前方来进行素描。几天之后，他会来到二楼的某个地方，看着相同的风景，然后将其画出。他经常重复这一工作，先是把右边画面画出来，接着再画左边。然后，他把这些画面结合起来，进行最后的加工，他会把空间放大，调好颜色和亮度，让人感觉一切拿捏得恰到好处，从而能够引人入胜。人们很难把视线从卡纳莱托的城市风景画离开。它们散发着欢快的气息，到处都画着白色的光点，暗示着一切都沐浴在光亮之中。画面的主题非常突出，有一种纵深的空间感，仿佛画家本人也时常对那些壮观的景象惊叹不已。他意识到，这是一种体验，一种关于视觉和视角的游戏。如此一来，他就比后来的自然主义者更擅于描绘动态的景物。

尽管缺乏这位大师的崇高悟性，卡纳莱托的侄子依然创作出了杰出了德累斯顿风景画。这座在十八世纪光彩夺目的萨克森城市，必定为他提供了建筑与光影的视觉盛宴。

小卡纳莱托也曾画过圣母大教堂——那是一座建筑艺术的瑰宝，外观紧凑得超乎想象，汇聚了许多建筑奇观，像巴赫的音乐作品一样，歌颂了新教徒的生活方式，在丰富的内涵与节制的原则之间的冲突中，不断汲取着灵感——它可被称为一种道德艺术，通过外在的形式不断升华道德。实际上，在任何人看来，炸毁圣母大教堂的行为没有任何借口，只能被视作最恐怖的摧残文化之举。黑色的遗迹仍在那里，使人们联想到另外一幅悲惨的景象——柏林的感恩堂。有些人从纳粹政权的恐怖统治出发，认为这些惨痛经历都是他们罪有应得。然而，这种逻辑相当于认为，一个杀人犯的祖父母即便已经八十岁，也应被折磨至死，因为他们是杀人犯的祖父母。他们真的罪有应得吗？十八世纪歌德时代的德国建筑鼻祖，不应为希特勒政权的罪行受到惩罚。

维克多·克莱普勒是一位犹太教授，他从大屠杀、大轰炸与长达五年的饥饿、迫害和骚扰中幸存下来，曾在日记中记述了大轰炸之夜的恐怖景象。这位性情温和的德累斯顿居民，学识渊博的罗马法学者和语言学家,把德国视为歌德、海涅和托马斯·曼的德国,把自己视为彻头彻尾的欧裔德国人。尽管曾经灰心丧气,他仍以超人的毅力,把记录着十二年非人生活的日记小心翼翼地保存下来。1944年7月5日,他在日记中写道:"我们都深信德累斯顿能够幸免于难,我们发现逃往防空洞的过程极为讨厌,会受到不必要的干扰。这真是一场耗时的游戏。"他不愿相信德累斯顿会被夷为平地,但最终还是估计错了。轰炸机夜复一夜地对这座城市进行低空轰炸,他知道末日即将临近了。他的心情十分复杂——希特勒的覆灭已指日可待,但这座美妙的巴洛克城市也将被毁。他从燃烧的废墟当中走过,在度过了那个恐怖的夜晚之后,迎着清晨的第一缕阳光,又一次来到曾被誉为"欧洲阳台"的布吕尔露台,而在过去的五年里,犹太人被禁止涉足该地。在易北河沿岸,到处都是漫无目的游荡着的无家可归者。城里各处仍在燃烧,不时传来房屋倒塌的声音,以及毁灭的气息。空中刮来的热风,仿佛来自地狱。他看到地上躺着一名奄奄一息的军人,喉咙还在咕噜咕噜地呻吟。这幅景象他也爱莫能助。他的妻子不知从何处找来一支香烟,当她从地上捡起一块余火点烟时,才注意到那是一具燃烧的尸体。他把这座被毁的城市写成了一个抽象的梦境,四处都是末世般的巴洛克废墟,但他最关注的,是一杯热水,一口咖啡,一件毛衣或一座可以藏身的地窖。他化名逃到了慕尼黑,直到1945年6月才返回故乡。后来,他参加了民主德国时期的城市重建工作,并多次荣获杰出市民称号。

威尼斯的卡纳莱托观察和描绘的风景,与萨克森的卡纳莱托竭力模仿的画作之间,必然存在着一定的关联。然而,到了十八世纪，威尼斯的巴洛克艺术已经开始走下坡路——在这座浴火重生的城市当中，我们可以从更广的层面来加以想象。仔细观察老卡纳莱托的作品，就会发现它们早已呈现出拉斯金[1]那种病态的画风，随着时间的推移，越来越倾向于赎罪和道德主题，从而满足那些收藏家召唤古人、古屋和历史的欲望。卡纳莱托一开始就给那些景观和人物罩上了一层光环。他的巴洛克画风与维瓦尔第的曲风一样，必须建立在独特的体验之上，那是一种层次分明的生活体验。城市中心的景观仿佛是从游泳池中呈现的大海形象，总是显得那么虚幻，难以唤起画家内心的创作欲望。老卡纳莱托创作的巴洛克油画就是这一神秘历史现象的反映。

从这个背景看来，萨克森的小卡纳莱托的视角显得极为独特：在他描画的巴洛克建筑当中，那些经过专业设计的宽阔街道和宏大广场傲然呈现，它们代表了一种巅峰时期的话语，至少是想表达出那种巅峰状态。老卡纳莱托代表的是地中海的存在主义，小卡纳莱托则以最能突出光影效果的画法来讲述城市的故事，从而最佳地呈现以市民为主人公的历史场景。老卡纳莱托拥有的巴洛克式生活体验就像通过水藻和颜料表现的一种时间节拍，它形成于带着咸味的古城及它的亚得里亚海忽隐忽现的倒影之间；小卡纳莱托则生活在一条宁静的大河旁一座有些夜郎自大的城市，那里的巴洛克艺术具有自己独特的风格。老卡纳莱托描绘的是他对一种生活方式的印象，小卡纳莱托描绘的则是反映了各种印象的生活方式。

艺术史专家克拉多·里奇曾经说过，如果威尼斯被摧毁的话，

---

[1] 拉斯金（John Ruskin, 1819—1900），英国著名艺术评论家，代表作品有《现代画家》《建筑学的七盏明灯》和《威尼斯之石》。——译者注

拜卡纳莱托所赐，它依然能够存活在他的画作之中。在里奇出版著作之后，过了几年，他的这番言论在小卡纳莱托的德累斯顿画作中得到了恐怖的应验。

这一历史玩笑开得实在是太大了。小卡纳莱托所在的德累斯顿其实早就有过被摧毁的经历。1756年的夏天，普鲁士国王弗里德里希二世不宣而战，侵略了萨克森王国。10月14日，萨克森军队宣布投降，但民间的反抗一直持续了很多年。1760年，普鲁士军队把德累斯顿炸成了废墟。一位普鲁士军官写道："全城都燃起了恐怖的大火，许多著名的街道整个都烧了起来。一些不亚于意大利任何城市的宏伟宫殿，也被烧成了灰烬。时刻都能听到楼房倒塌的声音……"歌德后来参观德累斯顿时也曾抱怨道："如今王宫已被摧毁，宏大的布吕尔露台也变成了废墟……"他说这番话时，其实正在吟诵戈哈特·豪普特曼挽歌的第一个叠句。

1765年，小卡纳莱托画下了圣十字架教堂的遗迹。即便是在那时，人们已把它视为欧洲王冠上的陨落的巴洛克明珠。这座城市后来得到了重建。萨克森的卡纳莱托也画下了圣母大教堂。在他那个时代，这座教堂还是一座很新的建筑：它由建筑师乔治·巴尔设计，1743年才刚刚建成。所以，当它第二次被毁时，距离上一次几乎刚好两百年，此时德累斯顿被盟军炸得只剩下一片焦黑的石头。维克多·克莱普勒1945年回到德累斯顿之后，每天都能看到这座曾是新教国王珍宝的城市的惨象。他没有多少演说天分，对宗教问题也完全不感兴趣。这位恬淡的学者曾像野狗一样被人追捕，年轻时也曾在弗兰德斯作为德国志愿军参加第一次世界大战，也曾为了妻子的缘故正式"皈依"新教。他彻底反思了自己的身份，认定自己是传承着伟大的人文传统的德国人。只是在纳粹统治时期的大迫害和大清洗中，以及在孤独与饥饿当中，他才变成一个犹太人。在民主德国时期，他却成了一名共产党员，被他钟爱的德累斯顿工业大学授予荣誉博士学位，尽管他自1935年起就像一只丧家犬一样被该校开除，而且没有任何薪水。他可能多次笑着走过这些废墟，以他特有的含蓄和日常的嘟囔，庆幸自己还能再次穿上袜子，喝上咖啡，并在戒酒期间喝上一口他赞誉有加的"酒精"，还能再次笨拙地驾驶汽车，并且照料妻子收养的许多只猫。他死后葬在了位于市中心高地的多尔兹肯，那里建有大片绿地。在二十世纪三十年代的艰难岁月里，他曾受到国社党市长的迫害，自己在多尔兹肯建的一座小屋也随即被盖世太保没收。后来，在经历了轰炸、饥荒和穷困之后，他终于在十年之后一个炎热的夏日回到了那里。克莱普勒依然记得茨温格宫的整体模样，也记得它被毁之后的样子。他生前未能看到民主德国对它重建之后的样子（他于1960年去世）。在一生的大部分时间里，他都把圣母大教堂视作某种不言而喻的事物，然后眼看着它被摧毁。我不知道他是否想象过它重建之后的样子。在长达一千多页的战后日记中，他极少提及城中那条河流的迷人之处。时机确实有些不当，生活在时时有可能被盖世太保骚扰和屠杀的阴影下，他的心中充满了恐惧，即便如此，他仍顽强地相信，有一天这种情况会得到逆转。战争期间，在他被迫居住的三座犹太房屋中，在某些冬天的早晨，当他不必在凌晨五点之前赶到工厂时，他会盯住易北河上的城市一角发呆，但那些景象都稍纵即逝，仿佛一切都是偶遇。一个人如果太过沉浸于眼前的俗物，就会认为它天经地义。当人们在2005年走过德累斯顿时，会发现小卡纳莱托风景画的"城市模特"仍像当年一样矗立在那里。这样，小卡纳莱托笔下的德累

伯纳多·贝鲁托（即"卡纳莱托"）1749年在帆布上绘制的《鲁登霍夫酒店门口的德累斯顿新市场》，今藏于德累斯顿国立艺术馆。

斯顿再次从废墟中拔地而起，而克莱普勒记忆中的民主德国时期的德累斯顿正在消失。

这座城市是一组反战纪念碑。这些纪念碑上每一块焦黑的石头一定会说："永勿再犯。"人们真的能够重建这座圣母大教堂吗？德累斯顿这片令人神伤的被烧黑的中心地带，还能重现昔日的辉煌吗？看着那些在脚手架忙上忙下的工人们，我心里想，纪念碑是什么呢？如果纪念碑保存着记忆和历史的话，被毁的圣母大教堂可能是一座终极纪念碑。那么，人们该对它撒手不管吗？1997年，在教堂后面的新市场，建了一座超乎想象的极为动人的考古博物馆。只有通过一座网状的篱笆才能看到它，看上去就像一座建筑工地——事实的确如此。那里整齐码放着一望无际的标有编号的石头。这项工作一定花费了多年的时间，每天都令人们沮丧不已。它们是被炸坏的框缘，圣像的碎片，基座、窗框的散片，以及无法辨别原型的石头。每一件物品都被分门别类地重新放置，即便是弯曲的钟摆也在编号之后，与其他各类变形的铁器整齐地放在一起。这种干劲或许出自一种"悲剧精神"。我们关于民主德国的印象与此大相径庭。我不知道该如何解释这一现象，我实在找不出任何熟悉的视角。我已有很长时间没有在旅行期间拍照，因为很少有值得拍摄的主题，任何事物的本质形象总是更加深刻，而照片只会抹去那种印象。但在此时，我突然觉得需要记录下一些东西，我不知道为何如此，或许是被这些公开展示的、与众不同的、令人伤感的、仔细编号的石头感动了。我来到一家照相馆，买了一幅胶卷和一架内置镜头的卡式照相机。店里的女售货员向我保证，它可以拍出效果极佳的照片。我对自己手中的相机感到羞涩，拍了几张照片之后，就把它深深地塞进大衣兜里。

英军于2月14日停止轰炸时，仿佛奇迹一般，圣母大教堂仍然屹立不倒。它那巨大的穹顶，即德累斯顿市民所称的"石钟"，显然起到了保护作用。但在第二天早晨，幸存下来的市民听到一阵刺耳的巨响，在曾经起到保护作用的穹顶的巨大压力下，内部早已完全被毁的教堂最终倒塌下来。这座教堂像一头野兽一样死去了。当时的情形一定会被人们视作世界末日。就像圣经里的索多玛和蛾摩拉，任何回头看它们的人都变成了盐柱。后者至少曾被在当地投入大量资金的西方资本家视作历史箴言；然而，他们试图忘掉一段历史的乐观主义，就像那些焦黑的废墟一样，让人觉得不舒服。

圣母大教堂的重建资金严重短缺，即便如此，人们仍致力于在2008年之前将其重建完毕，那时德累斯顿也将成为欧洲的文化城市之一。根据这一安排，至少要在2005年将那座著名的穹顶放回原处。人们只有不到十年的时间，去重建当初用五十多年的时间才建成的教堂。摧毁它只用了一小会儿，炸弹投下来，就变成了如今这个样子。穆里施曾把那位飞行员称作"英勇无畏的炮手"，他完成了自己的任务。卡纳莱托·贝鲁托曾为这座宏伟的教堂创作了一幅宏大的壁画，从新市场看去，几乎有一百米高。在旅行指南上有这幅画的内容，旁边的著名照片中，就是市政大厦尖顶上俯瞰仍在缓慢燃烧的废墟的黑天使。

我是在粉饰某些东西吗？我觉得这是一个与众不同的观点。我站在一座垂死的纪念碑前，它正像噩梦一样流露出历史的真相。矛盾堆积如山。我为什么要为一座巴洛克风格的宗教纪念碑感到惋惜呢？是因为它突然成了文化和记忆，以及暴力文化的保存者，并与那种崇尚"生活乐趣"的文化紧密相连？还是自然而然地联想到奥斯维辛集中营那些幸存者的感受？在教堂对面的一条小巷里，人们可以看到一幅巨型壁画，那是一幅十九世纪流行的条状卡通画，长约五十米，反映了萨克森历代国王的历史。在那些历史人物之间，唯一的差别在于他们穿着不同的服装。他们的面部表情，从中世纪到近代，看上去都是一个样子。

教堂的另一面被完全包裹起来，外部围着脚手架，上面悬着巨大的条状塑料薄膜。中午时分，当阳光照进来后，工人就会把薄膜取下。教堂对面饭店可以提供丰盛的萨克森美食，还有泡沫丰富的淡啤酒。正如广告上的标语所示，这是德累斯顿所能提供的最可口的饮食。在教堂附近，你可以买到圣母大教堂的小样本。这些商品销售收入的四分之一将会用于重建圣母大教堂（你可能立刻会想，那四分之三去哪儿了，而非联想起带有理想主义色彩的资本主义——如果没有它们的话，这座教堂肯定仍将成为城市的一个黑洞）。

在易北河上空，一只飞鸟随风翱翔，高高地掠过蓝色奇迹大桥上的行人，消失在沿着河边公路朝向外地疾驰的车流中。此时的天色朦胧得就像卡纳莱托的风景画。

我把那副相框小心翼翼地挂回那座古老而凉爽的地中海房屋的厚墙上，正是在这个房间，我写下了上面的文字。房子外面变得越来越热。中午的阳光照在群山之上，就像一幅几公里长的静物素描。

遗忘具有一种奇特的魔力，因为它使记忆成为可能。这也是为什么所有的古建筑都像一种关于空间的音乐，它环绕在周围，向我们传递那些需要不断解释的画面。或许,我们想记住每一幅画面,不管它是自然景观还是城市景观,从而不得不变换三四种姿势,才能形成一幅合成的画面。即便如此,也不可能看到全貌,因为白天的光线隐藏了一层又一层的东西。

在城市中,能见度是历史的终极构造。

5

城市之间

> 当你爱上城中的某个人时，这座城市就成了全世界……
> ——劳伦斯·达雷尔[1]

劳伦斯·达雷尔这位如今几乎已被人遗忘的作家，在二十世纪六十年代曾经凭借一部小说《亚历山大四重奏》而风靡一时。这部小说讲述了神秘莫测的贾斯汀总是在亚历山大的大街小巷游走，寻找那些他无法理解的东西，它仿佛自己渴望的女人身体里的一种承诺，总是在逃避着他，抑或至少超出了他的理解能力。

书中性格冷漠的达利缓缓揭示了这座城市的神秘性，它仿佛真真切切地存在于贾斯汀的身体里，但城市的迷宫同时向他展示了更多的东西——那些街道如何通过密码表明那个女人隐藏着更多秘密，它们超越时空，只能通过她的爱人贾斯汀的身体来解码。

---

[1] 劳伦斯·达雷尔（Lawrence Durrell, 1912—1990），英国著名作家，曾于 1988 年获诺贝尔文学奖提名，代表作品有《亚历山大四重奏》《阿芙洛狄忒的反抗》和《阿维尼翁五重奏》。——译者注

因此，这座城市其实象征着她的身体和秘密，她的身体则象征着打开这座城市迷宫的钥匙。

城市与爱人的身体合而为一，吸收了彼此的特征和伪装。雨后城市上空出现的海市蜃楼，与他刚刚告别的那位情人身上的汗珠——虽然这些都是偶遇——但当我们离了这两样东西时，就会对它们产生强烈的思念。当你独自在城里游走时，脑海里就会不断出现爱人的影子，而你只能通过她来了解这座城市。当你听着爱人有节奏的呼吸睡着时，肯定会在梦中不断观看城里的那些街道，而且开始爱上它们。

当你爱上城里的某个人时，你才会了解这座城市——只有此时，人行道上吹过的一角报纸才会产生意义，每一张面孔才会有话对你说，每一个角落才会出现让你的梦暂停或继续的东西。由于一场新的恋爱，你走过的街道也焕发了勃勃生机：它就像一个不断袭来的危险，令你十分警觉，因为忽略一个细节，就有可能让你自食其果：回到原处，在机动车道上搭顺风车，或在车站举着一张上面写有日期的纸，却极有可能飞快地把它忘掉。

几乎是在二十年前，我开始了解阿姆斯特丹这座城市。如今，我身处希腊的一座小岛，只因一位年轻的阿姆斯特丹女性曾在午后的阳光下说起此事。我刚与一位准备乘坐帆船穿越浅湾的人挥手道别。在我身后，是这个小岛无人区的一座又小又破的海滨露台，我们五十来个人晚上就睡在那里。我向一个朋友挥手告别，并为我们之间发生的误会摇头不已。我看了一小会儿在阳光下不断闪烁的海水，就转过身去。我看到她坐在那里，感觉自己脸仿佛被打了一下。她把红色的长发挽到了身后，把脚搭在了折叠凳上。她坐在那里，静静地卷了一支烟，用她美妙的绿眼睛盯着我，说道:"嗨,你的鼻子晒伤了。"她大笑起来,指了指身边的椅子。我走了过去,用自己的指尖摸了摸鼻子,发现她是在开玩笑,于是不禁笑了起来。我从她手里接过那支烟卷,弯下腰,从她那儿借了个火。她又卷了一支。我们相视一笑。烟草刺痛了我们的喉咙。我们什么也没说,却感到体内的肾上腺素在逐渐升高。在我们身后干旱的小山上,有几只山羊在吃草。每个人都在盯着大海,等待一艘平底船送来第二天所需的蔬菜、水果和肉食,这样的话,混凝土小屋内那位沉默寡言的老人才能为我们所有人做饭吃。几个小时之后,我们在带着咸味的浅水中游泳,被海胆刺痛了双脚。风从山后吹来,当我们往回游时,发现几乎无法前进。过了一会儿,我们精疲力竭地上了岸,相互搀扶着,几乎喘不过气来。那一刻,我突然觉得世上一切皆有可能。在这块无人居住的荒岛上空,星星开始出现。我们一边抽烟,一边看星星。我们在那里待了一个星期,然后就各奔东西。我在雅典浑浑噩噩地待了几天,觉得那里只有一条路是通的:那就是通往阿姆斯特丹的路。一个半月之后,我在阿姆斯特丹的一条街上与她重逢,激动得几乎无法呼吸。后来,我和她一起生活了四年。但在四年之后的漫长岁月里,有些事情在我的生活中保留了下来。我们仍会时不时地在咖啡馆见面,仍会一起散步,像兄妹一样泡酒吧,关心彼此的喜与忧:所有这些都与阿姆斯特丹难解难分地纠缠在一起。它闻起来就像运河中的流水或是凌晨两点半的莱兹广场的气息;它听起来就像你从电车上走下时的脚步声——那种声音在我们分别之后的最初几个月里,像我被迫丢弃的一个符号一样进入我的梦境。阿姆斯特丹已经真正成为我的故乡。当我驾车进入这座城市,远远看到弗雷德里克斯酒店大楼,把车停在一条以十七世纪某位画家命名的街道,然后和她一起走到艾伯特市场购物,身上带着肉桂、咖喱和橄榄的味道回到她小阁楼时,那种回家的感觉比世上其他任何地方都更强烈。然而,只有当我把远在比利时的家搬到这里,它才会变成一个家。我开始从城市的内部来了解它,就像世代居住在那里的人一样。我接受了当地的风俗,像当地人一样定期做一些事情,例如于周日固定去做的事情(比如在市立博物馆喝咖啡,或骑自行车沿阿姆斯特尔河旅行),但有些琐事只能在平日完成。不管怎样,你的全部经历都是由于自己在那里生活:做印度尼西亚菜,与马尼克斯街上一对争吵的情侣聊天,在弗拉斯卡蒂剧院约会,在"岁月"咖啡馆喝醉,然而这些事情当时并未发生,尽管它们的画面想象起来十分自然。我开始知道一座城市的奇特悖论,我在当地买书的时候从未怀疑过自己将来会在那里出书,我知道了它的狭隘之处和开放之处,和女友一起拜访她的各种朋友和熟人,和她一起在酒吧醉得直不起腰来,有时也会觉得在这座城市一切皆有可能,然后又觉得它在各方面都管理得一团糟。我曾在演讲中说过,谁若能理解那种变化的实质,就开始明白阿姆斯特丹的人情世故了。不过,这种暗语从不明示,你只能自己用心去领会。每一个符号都有其独特的含义——它们在我的佛拉芒老家有着完全不同的含义。我开始把那些手势、表情、支离破碎的语句、挥舞的手掌翻译成另一种语言。这座城市和许多大城市一样,从它的市民身上自动反映出自己的语言。这种语言具有一种强大的一致性,总能把外人拒之门外。这座迷宫本身逐渐变得清晰起来,只有当一切开始变得更加明朗之后,我才发现自己在当地的朋友和熟人面前是多么的清澈。这座城市的身体不仅变成了我爱人的身体,它也使我认识到,它日益成为照见我特殊性的镜子,使我意识到自己曾经处在一个完全不同的成长环境。虽然我想尽快掌握所有那些必须学会的难以捉摸的东西（例如面包店里使用的词汇，每一个读起来都与我家乡的方言不同），但却只会发现，与这座城市越亲密，就越使我强烈地感到自己哪怕是在最细微的方面都是一个外人。过了一段时间，我可以识别出阿姆斯特丹街道在不同季节里的色调，新年之夜燃放烟花的喧嚣，一个人在街边停车时撞到另一辆车的保险杠的声响，救护车在夜间有规律地发出的三个升调，以及随之而来的空虚感。这里周三午后的雨中风景，与我经常往返的家乡的周三风景相比，竟是如此不同。我痛苦地掌握了迎合普通市民的最佳办法，以及如何使人明白自己本来难以解释的想法。或许是因为时常同情这座城市的外来户，我也开始有些同情自己那座城市的外来户——我也懂得，要成为阿姆斯特丹既特别又彻底的代表，就要标榜自己来自阿姆斯特丹之外的荷兰某地。当然，这些都是老生常谈。不过，当你在某地生活，发现自己应该留在身后的东西再次拍上你的肩膀时，就会明白这种老生常谈的含义。它关系到许多细微的差别，包括讲话的方式和表情。我努力学会的所有话语，都是因为有人爱着我，我也爱着她。正是由于这种难以言传的东西，使我如今在阅读阿姆斯特丹作家写的书时，能够辨别出它的特色。有些东西我无法解释，但我知道当大多数比利时人只能看到文字时，我却能像任何一个在阿姆斯特丹待过一段时间的人一样，会注意到一种独特的味道，或是带有后花园的房间，或是察觉出阿姆斯特丹人特有的怪癖。在随便一个句子中，我有时就能听出那些文字背后的声音，例如把自行车放在狭窄的楼道挂钩上的声响，或者当你打开房门时，门铃会发出何种声响；当人们在饭店等位时，发现自己预订的餐桌腾出空位时，将会说些什么；我也记得，让一个新来的醉汉记住"皮特—库特—豪格—舒嫩"这句话是多么有用（这是一种有助于记住运河顺序的记忆法，它们分别代表王子运河、国王运河、绅士运河、辛格运河）。

如果你想知道自己变成了什么样的人，或许应该鼓起勇气专门写写上述那些老生常谈。当你不再经常去一个地方时，这些东西就会跟踪你：咖啡里加入牛奶之后的味道（牛奶需要用平底锅来加热，一定会令比利时人觉得非常不便——荷兰人则会想，牛奶要是变凉的话，喝起来是多么恶心）、报刊亭的气氛、比仁考夫百货公司与依诺维绅商城的区别。声音、器物和面孔都与一种生活态度有关。只有在多年之后，当你考虑一些重要的事情时，才会不再老想那些老生常谈的东西，甚至把它们完全忘掉，不再能如数家珍般向偶尔前来参观这座城市的同胞讲起它们。我认为，总结一座城市的特点，是为游客做的事情；然而，在那段日子里，我做的恰恰就是这种事情。我有时近乎可怜地想吃面包，因为周六下午从市中心买来的面包到了周一早晨就变味了（这个问题在比利时根本不存在，因为那里周日仍有许多面包店营业）；我也怀念艾伯特市场难闻的异国杂味。到了此时，我就明白，该是给那里的女友打电话的时候了。

你唯一的真正意义上的家庭成员，是通过爱慕与干傻事，通过包容与重逢所找到的一位伴侣。从这个意义上说，阿姆斯特丹让我有了家的感觉，但我也会不得不再次离开，因为我显然不可能永远住在那里：为了写作，我需要一个不同的空间，在那里，我能找到一片没有杂音的净土，这种缺失本身就是一首难以捉摸的诗，从而使我与自己追求的东西保持距离。你会产生一种流浪的感觉,尽管仍会不断回到某个固定的地方。你会乘坐电车漫无目的地旅行,会在夜间到城里行走,有时你想看到一切,有时你什么也不想看:这是太多与太少之间奇特而新颖的组合,太少的人,太少的空间——这是一种国际村落的气氛,那里不需要谦虚,而且只有在那里,人们才会产生一种强烈的批判意识。另一方面,这种自我意识往往体现于修辞之内,而非现实之中。正是由于这种语言意识,我总能在阿姆斯特丹发现与犹太人相关的东西,而且比别处发现得更多,这既能使我找到回家的感觉,又能置身事外,但对我所追求的目标而言,它似乎提供了某种东西。在我们比利时,从未出现过这种语言上的混乱局面——我指的是作为一种身份认同的始终如一的语言体验,也可以用来指一座城市以另一座城市为重要参照的特殊现象——这是对物质世界的一种漠视。与此同时,在众多阿姆斯特丹的知识分子中,也有研究犹太圣经的学者——也许在德累斯顿、华沙、巴黎或柏林丧失了的某些东西,在这里则比其他地方较少中断:它能让人有一种接续感。人们讨论事情的方式源自一种具有自我意识的语言传统。一方面,它具有丰富的自我批判意识;另一方面,它也有一种唯我独尊的心态,有时让我感觉有些吃不消,从而想立即返回佛拉芒宁静的地方小城,在那里品味以法国文化为主的神秘氛围。不过,几周之后,最多不过几个月,我终究会充满乡愁,迫切地想再次体会自己置身其中的感受,知道自己究竟如何看待自己,以及那些与自己居住在一起的人们。在阿姆斯特丹的阳光下,在充满了呢喃的都市鹦鹉的笼子里,我能重新找回自己的方向。

在那些年里,我在阿姆斯特丹的生活经历融入了我的荷兰口音,除了我的职业和简历之外,这是最能证明我身份的东西。与此同时，我已很久不用那种口音讲话，然而一旦我回到阿姆斯特丹，不管我喜欢与否，它就会重新出现。我有时甚至意识不到自己有这种口音，因为它在比利时总是十分恼人：在那里，它被视为一种装腔作势的荷兰口音，比大河以北的一些习语还要过分。实际上，如果你忘掉自己本来的佛拉芒口音，即便不是故意忘掉的话，也是一种背叛。它相当于对荷兰的语言帝国主义俯首称臣。最常见的情况是，即便是最进步的佛拉芒人，在来到阿姆斯特丹之后，心里也会暗藏一种民族主义情绪：当他们看到阿姆斯特丹人对一些比利时常用语皱眉时，内心就会加重这种情绪。他们开口时喜欢使用低音，说起话来声音更加低沉，引诱普通荷兰人接受他们这种循循善诱的立场。使用方言讲话反映了地方主义的终极反抗态度，它毫不留情地反击了那些总是对它们大惊小怪的人，后者对那些不符合北方语言习惯的每一句话或每一个用语，都会善意地或是傲慢地加以纠正。可以理解，这种情况会在佛拉芒人眼皮底下经常出现：当六百万人都在使用一种特定的表达法时，它自然就会成为那种语言的组成部分，即便从社会学的角度来看，它也有权存在。当马赛人来到巴黎，的里雅斯特人来到米兰，维也纳人来到法兰克福或柏林，他们也会持有同样的态度。不过，如今我已不再参加这种拉锯战，因为许多佛拉芒人的防御性自我意识同样令我烦恼不已。这样一来，你很快就会发现自己不会站在任何一方，这对双方来说也许更好。在比利时，我会不断被佛拉芒人充满自我意识的语言惰性激怒；在阿姆斯特丹，我也经常对荷兰人充满自我意识的语言狂热感到厌烦。但是，我早已说过，我对那些已成陈词滥调的比较不感兴趣。阿姆斯特丹的本质，就是当我拨通一位男性或女性朋友的电话时，能听到熟悉的问候；或者当我乘电车抵达某处，从车上下来之后，能听到它重新回到轨道时的咔嗒声；或者当我走到楼上，经过那些挂在墙上的自行车时，能够受到邻居们的欢迎：多年以前，这里住着我的女友，大约在二十世纪七十年代中期，我们过得非常甜蜜。那时，我们也突然领教了这座城市生活中的许多阴暗面。我生命中的许多东西都是在那里开始，也在那里结束。

大约十五年之后，我同样带着流浪和新奇的感觉来到一座自己童年时期就已熟知的城市；然而，由于此时的一段恋情，这座城市的每一个街角开始可怕地变成情人与城市的化身，使最渺小的事情变得既危险又光明：这座城市就是布鲁塞尔。虽然我从童年开始就已了解这座城市，但直到此时它才真正开始讲述我记忆深处隐藏的那些画面的意义，那些黑暗而模糊的画面来自我叔叔在布鲁塞尔开的一家熟食店，而我已有二十年没有见过这位叔叔了——那家店铺所在的街道如今也已消失了。记得当时我还在上学，同时在港口的海关综合大楼和图恩—塔克西斯大厦打工，我还记得午后时分在北站周围弥漫的非洲气息。我曾和她一起在街上散步，那些街道的名字我一时想不起来，只记得小时候肯定曾路过那里，此时似乎需要借助密码才能看懂那幅神秘的地图。这样，我就知道布鲁塞尔大街旁的公寓熄灯之时与阿姆斯特丹的房间有何不同，尽管客观上那些灯光并未有何影响，只不过是自己的感觉有所变化而已。我来到市郊充满巴黎风味的街区，走在这座伤痕累累的城市冷清而空旷的街上，并因这种巨大的反差而欣喜不已。

关于比利时人与荷兰人之间的误会，没有什么陈词滥调能更好地将它们讲清楚，只能设想一下，当阿姆斯特丹人来到比利时，或比利时人来到阿姆斯特丹时，将会是何种景象。仅从街道的情况来看，最常见的陈词滥调会立即得到证实：阿姆斯特丹市民中的富有者会把家中的自行车打扮得极为时髦，布鲁塞尔即便最穷的人也会驾着三手的奔驰车到街角去买烟；荷兰人一定会觉得布鲁塞尔有点儿像南方城市，比利时人则通常对此没有什么概念。身份是一种意识盲点，它是那些陈词滥调所无法解释的东西。要成为真正的布鲁塞尔人，就得准备好接受相对性，忘记自己在世界中的位置，忘记自己的身份，很大程度上也要忘记自己的语言，继而融入这座乱得超乎想象的城市，接受那种生气勃勃的五湖四海精神：它的文化杂糅，它的缺乏自重，它的模糊标准，以及它对城市化的怀疑。如果你想主动突出自己的佛拉芒身份，就得把自己限制在十家酒吧中的一家，在那里跟所有居住在布鲁塞尔的佛拉芒人碰面——这就意味着你选择迁入城中一座佛拉芒人聚居的布拉班特村庄，而且必须在一个大都市中标出那些无形的界线。这也意味着，你可以选择在一座基本上已经法国化的城市过着惬意的佛拉芒小镇生活；但是，如果你不想坚持那种已沦为"濒危少数群体"的地方身份，可以搬到比利时这个"欧洲走廊"所能提供的最好的环境之中，那种感觉与你在阿姆斯特丹的感受完全不同——你会失去孤独感、身份感、资产阶级意义上的道德感、效率感、组织才能和批判意识——基本上任何评价标准都变得无足轻重，取而代之的是一种只能在大都市才能形成的张扬个性。就精神层面而言，你可能曾经听人说过，布鲁塞尔与布宜诺斯艾利斯的共性要超过它与阿姆斯特丹的共性。（这是生活在布鲁塞尔的荷兰人的另一种陈词滥调，他们把阿姆斯特丹蔑称为"围海造田"

的村庄，完全无视那座城市的世界大同主义。）

布鲁塞尔至少可以让一件事情马上变得十分清楚：荷兰人可以分为两个圈子，一个是拥有一千六百万人口的德语圈，一个是拥有六百万人口的拉丁语圈。广义而言，一些深层的文化冲突都可以从这种分裂中找到根源。阿姆斯特丹的时尚圈明显受到柏林、伦敦和纽约的影响，布鲁塞尔的时尚圈则钟爱巴黎和米兰；阿姆斯特丹的建筑风格可以延伸到北至奥斯陆的地方，布鲁塞尔的建筑风格则可以延伸到南至罗马的地方；阿姆斯特丹的《自由荷兰》周刊与《泰晤士文学副刊》比较相像，佛拉芒语《晨报》显然从法国的《解放报》汲取了更多灵感；对境外文学类电视节目感兴趣的荷兰人，喜欢观看马瑟尔·莱希·拉尼奇[1]在德国电视台主持的书评节目，而佛拉芒人多年以来喜爱的国外节目是贝尔纳·皮沃[2]主持的《文化汤》脱口秀；在弗兰德斯的知识分子当中，劳瑞·阿德勒和她主持的巴黎访谈节目小有名气，在尼德兰，人们通常只会读法国哲学家著作的英译本或德译本；在弗兰德斯，电台的文艺频道会通过法语来广播，在尼德兰，如果它也有类似节目的话，无疑也会有德语版；我这个年龄的佛拉芒人是以法语为第二外语（从小学一年级就开始学），与我同龄的荷兰人则以英语为第二外语，对我而言则是第三外语。这种情况对文学、绘画、哲学、文化品位都产生了深远的影响。在意识到这个问题之前，我们惊奇地发现，"尽管我们说的是同一种语

---

[1] 马塞尔·莱希·拉尼奇（Marcel Reich—Ranicki, 1920—2003），德国著名文学批评家，有"德国文学教父"之称，曾于1988—2001年间主持德国电视节目"文学四重奏"。——译者注
[2] 贝尔纳·皮沃（Bernard Pivot, 1935—），法国著名文化评论家，曾于1975—2005年间主持法国电视文学节目"猛浪潭""文化汤"和"双重的我"。——译者注

言",却对文学作品、电影、舞台剧和其他文艺话题作出了迥异的评价。由于人们倾向于以自我为中心来思考问题,结果荷兰的这两个文化圈经常将对方称为"蠢货"。双方通常会在反加尔文教或反天主教问题上指责对方,但这种指责的理由并不充分。佛拉芒地区的新教徒与天主教徒之间的相似性,比他们与荷兰新教徒之间的相似性还要多;荷兰天主教徒则几乎与佛拉芒地区的天主教徒没什么共性。反过来看,佛拉芒地区那些老派的天主教徒,与小村庄里颇具特色的瓦龙人之间的共性,比他们敢于承认的还要多。即便是在十六世纪,选择信仰这两大宗教的人也分别受到了日耳曼文化和拉丁文化的影响。那些陈词滥调的历史根源会不断重新暴露出来。佛拉芒人发现荷兰人是"讨厌的亲美派",荷兰人则发现佛拉芒人做任何事情都"带有一种漫不经心的法国风格"。大多数带有"法语"词汇的荷兰习语都不怎么积极。这种通常以老套习语为基础的根深蒂固的差别,无法通过语言来弥合,因为它深深地植根于文化之中,继而渗入到心理学、传媒理论,乃至道德哲学,不管人们如何批评,它都已成为比利时近年的热议话题。

不仅如此,当你准备像当今世上几百万人所做的那样,把自己放逐到语言和文化混乱不堪的边缘地区时,布鲁塞尔的"生命之轻"就会使你感到震惊:他们讲的不是自己的语言,跟人打招呼时,用的是在街上学到的几句习语:洋泾浜英语、拙劣的法语、混杂着法语的死气沉沉的布鲁塞尔土话和布拉班特地区方言,还有基尔特·凡·伊斯坦戴尔所说的那种听起来极为刺耳的"分体式佛拉芒语"——所有这些话语都表明这是一个有着罪恶的殖民经历的城市,一个没有权利但却建有极为华丽的正义之宫的城市，一个房租高得吓人却有大量空房的城市；它的市民喜欢自吹自擂，举止怪异；它与自治市争执不下，它没有官方语言，它没有明确的象征物，它的官僚机构臃肿不堪，占用了大量资金，以致完全顾不上贫困人口——总之，那种乱象足以使它的市民以为我们谈论的不是他们的城市——这也正是我喜欢布鲁塞尔的原因，也是为什么在我的阿姆斯特丹朋友看来，我可能一直是一个古怪的比利时人；而在带有民族主义情绪的佛拉芒人看来，我是一个叛徒。

布鲁塞尔不属于任何人，它属于每一个人。不论是带有民族主义情绪的佛拉芒人，还是怀旧的瓦龙人，都不愿对这座城市施以援手。所有那些为该市进行决策的行政官、官僚和政客，本人几乎都不在市里居住。市区的衰败与他们有什么关系？从丑陋的办公大楼到王宫式公寓——佛拉芒人总是急于回到他们的乡下房屋——那些糟糕的石头营地吞噬了弗兰德斯所有的公共空间。他们每天都把资本浪费在毫无意义的事情上。如今，在城里那些讲法语的人与乡间和小城镇里的瓦龙人之间，也出现了深深的裂痕。列日和布鲁塞尔同属一个国家，似乎纯属偶然；即便如此，它们在合作或团结方面也没什么问题。布鲁塞尔相当于是一个充满变质商品的商店，人们趾高气扬地来到这里，偷取那些还不算太坏的东西，然后消失在他们各自的小圈子里。它是一个没有国家的首都，因此也不用负什么责任，也不讲什么道德。在对比利时进行区分时，布鲁塞尔应该成为一个独立的第四区，与荷兰语、法语和德语等另外三个语言区并列。没有人能够为它制定一个持久的发展计划，也没有人担心它的象征功能。实行政党政治的那些欧洲国家看得十分清楚，所有外国不允许的事情，在布鲁塞尔都可以完成。根本没有人在乎这些事情。一旦金钱可以肆意流动，一切皆有可能。这也是为什么那些真正的市民根本无力对抗这种乱局：为他们的城市制定的决策来自思想狭隘的外省，完全与国际社会脱节，那种气氛每天都能轻易渗透到议会中去。在极为豪华的新式佛拉芒"玻璃屋"——佛拉芒政府在那里就像住进了半透明的村子——里面充斥着东佛拉芒、西佛拉芒、安特卫普和林堡的文字游戏。为了捍卫本地的利益，当地政客从他们的外省安乐窝被"派遣"到了布鲁塞尔。当他们坐在那里扯皮时，没有人关心这座城市。佛拉芒人和瓦龙人都不把布鲁塞尔当成自己的首都，只有痛苦不堪的布鲁塞尔人才把它当作首都，还有零星的一些具有文化意识的人，通常被当作守旧的比利时民族主义者忽略掉。在这一社会真空当中，那些决策者都巴不得将自己的工作拖延下去，这种情况在布鲁塞尔十分常见。在阿姆斯特丹，市民拥有一定的发言权；但在布鲁塞尔，当地人却没有什么权力。布鲁塞尔人习惯于通过灰色渠道完成交易，他们的口头禅是，"我们自己可以搞定"。市议会的议员虽然都是布鲁塞尔本地人，但却对当地人的小肚鸡肠头痛不已，在任何重大议题展开之前，他们总是先要争吵一番。布鲁塞尔的历届市长更加关心的是退休之后的待遇，而不是像公务员应该做到的那样关注一下政治道德。这些弊病都能从他们的渎职行为中表现出来——布鲁塞尔是没有远见的城市，继而沦为一片让人想入非非的都市丛林。它就像一座混乱不堪的大厨房，被无数的租客使用，但没有哪位租客认为自己有责任清理旁人制造的垃圾。所以，布鲁塞尔是一座充满不确定性的城市——看到市内的空地或老城区，有时甚至会让人们自相矛盾地产生一种奇妙的感觉。这是一种在历史上形成的超然感,就像看到当年的波茨坦广场变成了光秃秃的闲置土地一样。闪念之间,仿佛电影特写镜头中的龌龊场景一样,这种历史虚无感暂时把布鲁塞尔行人与他们的本来面目剥离开来。当然,这种说法并不适用于阿姆斯特丹:在那里,你会很快明白自己身处何地,属于何方,或不属于何方。

布鲁塞尔的魅力,源于它在城市的边缘地带漫不经心地使用语言和空间——仿佛那里五花八门的语言正是为了适应混乱不堪的城市规划。或者,人们在建造这座别别扭扭的城市的时候,就已开始学会别别扭扭地讲话了?布鲁塞尔的独特经验在于,它使用的是一种边缘化的语言,不论是在正式场合,还是在通宵营业的最小最破的酒吧,你都能突然感到自己既无处不在,同时又无处可去,因为你听不清自己周围的人究竟在说什么——你也看不到它,除非那里没有评判你的立场和行为的标准,而且也不存在暗号(不像阿姆斯特丹那样),从而无法判定你是否属于某个"小圈子"。也许,只有当你爱上某个布鲁塞尔人之后,才能发现这一点,从而明白那些味道、手势、关闭的灯光隐含的意义,否则只能作为一个局外人不明所以地发愣。不过,当你爱上一个没有核心信仰的城市时,如何才能精通当地的文化?或许,只有不把任何地方当成"家",才能激进地认同一个城市的思想,或是一个乌托邦计划(为了做到这一点,你可能需要为情人精心绘制一幅人体素描)。当你开始梦想那些并不存在的地图时,你的城市就会在记忆中重叠起来,即便它们像布鲁塞尔和阿姆斯特丹那样极端。仅凭气味,你可能会把雨中的一条属于布鲁塞尔圣何塞区或伊克赛尔区的街道,误认为是阿姆斯特丹南区老城或克莱因·加特曼公园旁边的一条街道。这是一种无法想象的错觉,但你仍能牢记一些东西:其实,如果你想熟悉布鲁塞尔、阿姆斯特丹或任何一座城市的话,无须住在那里,只需关注城中的某个人就足够了。

幻想着宏伟的巴洛克建筑,再看看布鲁塞尔人对那些珍贵的老房子的轻视,仅从批判的角度来看,也会让行人产生一种无家可归的感觉。层层叠叠的楼房仿佛布鲁日那种过度膨胀的建筑(阿姆斯特丹有时也给人以这种感觉),令那里的人们渴望表现自己,渴望澄清自己,那是一种莫名的渴望,我有时也深有同感,继而重新感到厌恶。布鲁塞尔就像法国哲学家让·鲍德里亚描写的那种末日景象:它的外观不断呈现出你希望看到的那样——让你生活在一种文化的幻象之中。难怪很多比利时人觉得鲍德里亚的观点很有道理,阿姆斯特丹的许多人却认为他完全是在胡说八道:因为没有哪种环境可以提供这种体验。在荷兰,一切都很"纯粹",就像在比利时一切看上去都很真实,但却"并不真实"。那些把布鲁塞尔视为首都的人,与那些将阿姆斯特丹的经验视作思想和行动指南的人,之所以在哲学观点上不断发生误会,原因可能就在这里:或许,消除误会的更好途径,是到对方城市的街上走一走,感受一下那里的夜景,而不是在会议上接触那些穿着量身定做服装的大人物。这些呆板的公务员和行政官从不融入那些无名的城市,也不关注那些海量的细节,它们虽然几乎无人问津,但却以一种微妙的方式,讲出了有关文化及其局限的方方面面。

6
布拉迪斯拉发的年代错乱

> 我不想听什么建议，我只想听一个故事。
>
> ——克里斯多夫·兰斯迈尔[1]

月台上站着一名男子，正在专注地盯着对面的女人。但她仍在讲话，说到一半的时候，他小心翼翼地把两根手指放到她的上嘴唇，然后迅速捏出一根毛发，似乎是一根散落的胡须。那女人先是一愣，随后尖叫一声，打了男子一记耳光，然后两人很快吻在了一起。

斯蒂凡尼科瓦这条可以通往老城中心的长街，有些空空荡荡，冷冷清清，只能听到前方花园茂盛的接骨木的沙沙声，闻见路面晒化的沥青的味道。在一座完全被人类和动物抛弃的公园，在一片死寂之中，矗立着普莱斯堡著名作曲家约翰·尼波默克·胡梅

---

[1] 克里斯多夫·兰斯迈尔（Christoph Ransmayr, 1954— ），奥地利著名作家，代表作品有《冰雪与黑暗的恐惧》《最后的世界》和《狗王》。——译者注

尔[1]的塑像,掩映在怒放的鸢尾花和郁郁葱葱的板栗树之间。在胡梅尔塑像的基座上,有几个显然是"小胡梅尔"的拙劣塑像,这些巴洛克风格的小男孩,无一例外都胖得宛如小肥猪,身上都是一圈一圈的肥肉,脸蛋圆圆滚滚,长着多愁善感的卷发,还有小小的阴茎。它们就这么站着,竟然安全度过了胡萨克[2]时期,想想真是好笑。当年,没有人敢多看它们一眼,如今这里也成了旅游景点,当地人还大力修建了胡梅尔博物馆,那天下午的晚些时候,我在老城中心找到了它。万事开头难,这座博物馆在标示的开放时间紧锁大门。你必须按下门铃,才会有人开门,进去之后,还得等候导游。此时,我的幽闭恐惧症突然发作,于是连忙冲出门外。不过,真正令我感到恐怖的事情还远在后面。

在大街的尽头,我看到了第一批车辆。接着,我的眼前突然出现一道拱门,然后就进入了老城区。那里的景象乍看上去令人气馁:几乎每条街道都在施工,人们在星期日下午仍继续工作,为数不多的商店则闭门歇业,破败不堪的柏油路正在被挖开,到处都是新铺设的人行道:布拉迪斯拉发正在修建一座步行购物中心。再往里走一点,你会发现自己已经置身于一些几乎人迹全无的街道,所有的房子都无人居住,也没有窗户,废墟一片接着一片。那里一片死寂,只能闻到霉菌和旧木材的味道,瞧不见一个人影。那幅情景就像刚刚经历了一场内战。

在这块小小的市中心,几条新修的街道已经完工。巴洛克

---

[1] 约翰·尼波默克·胡梅尔(Johann Nepomuk Hummel, 1778—1837),奥地利著名作曲家,代表作品有《E大调小号协奏曲》。——译者注
[2] 胡萨克(Gustav Husak, 1913—1991),捷克斯洛伐克社会主义共和国总统(1975—1989),捷克共产党总书记(1969—1987)。——译者注

风格的老建筑被刷了新漆,有些却已开始褪色,或许是在大转型(Wende)之前才被刷上。那些新铺设的人行道好像在期待更多的行人,但由于时间的关系,这个愿望还未实现。这里的人与众不同,他们都在闲逛,而不是急着去工作。既然没有什么东西可买,他们为什么还要闲逛呢?有人告诫我,在布拉迪斯拉发,没有什么东西值得一看。情况的确如此。我感到十分好奇。在一些年久失修的房子中间,矗立着一座整洁的巴洛克建筑:贝利兹学校。一位身着棕色袍子的牧师,仿佛是从旧卡通画中走出来一样,在学校门口飘然而过。

在几个世纪的时间里,布拉迪斯拉发曾被称作普莱斯堡,它也曾是一座重要的城市,做过匈牙利王国的首都。在十八世纪下半叶,土耳其占领的南欧地区逐渐得到解放,这块地方的势力也开始向南大幅推进,延伸到了西欧。匈牙利大主教在城中有一座哥特式宅邸,其中最早修建的部分被称作"大主教宫",距今已有三百年的历史。后来,富裕而有名望的埃斯特哈齐家族对宫殿的主体部分进行了扩建。法朗兹·哈维尔·梅瑟施密特[1]这位臭名昭著的人面刻画大师和巴洛克雕塑收藏大师曾在这里从事创作,他的全部雕塑如今都被借出,去参加哈罗德·史泽曼在里昂策划的夏季大展——三个月之后,在著名的托尼·嘎涅博物馆,我也会参观它们。在那之后,这些雕塑也会马上被送还大主教宫。但在此时,我只能站在那里四处观望,迫切希望能够看到梅瑟施密特的人面作品,最终只能失望而归。正如此前邂逅的卡纳莱托画

---

[1] 法朗兹·哈维尔·梅瑟施密特(Franz Xaver Messerschmidt, 1736—1783),奥地利著名雕塑大师,擅长刻画人类丰富的面部表情,代表作品有《溺水的人》。——译者注

作一样，有些事物总是不期而至。旅行就是这样，它总能给你带来意想不到的收获。

在布拉迪斯拉发这个地方签订了1806年《普莱斯堡和约》。这份和约对奥地利帝国皇帝弗朗茨一世来说是一件苦事，由于拿破仑的干涉，他不再能够控制那些战略要地：威尼斯、伊斯特里亚、达尔马提亚和蒂罗尔。弗朗茨一世请求列支敦士登亲王在和约上签字，拿破仑却派来了塔列朗。此一事件标志着神圣罗马帝国急速崩溃的开端。直至今日，许多维也纳人仍执着地称布拉迪斯拉发为"普莱斯堡"。当你驾车从维也纳开往布拉迪斯拉发时，就会注意到该市的指示牌上仍将普莱斯堡划在维也纳境内。开出几公里之后，一旦越过维也纳地界，就会发现指示牌变成了布拉迪斯拉发。这个细节也许意义非凡。不管怎样，这座城市几乎已经不再具有哈布斯堡王朝的派头了。出于旅游开发的需要，它可能会修复一些古迹，但数不胜数的巴洛克建筑都遭到了毁灭。即便如此，它仍需引进一些必要的专门技术。当你从一座看上去像是维也纳东站的旧车站登上开往布拉迪斯拉发的列车时，就进入了另一个世界——那是一个遍地灰尘的世界，一个充满动物油和机油味道的世界，一个散发着热气和汗臭的世界。维也纳的青春气息、干净整洁、大城市风范、文明礼貌、尊重隐私，以及在格拉本大街招摇过市的摩登女郎，都一去不复返了。列车里突然坐满了身穿破牛仔服、头戴耳机的年轻男女。坐在我对面的一个女孩一边和她的朋友接吻，一边露出一只眼睛盯着我。她长着一双黑色的眼睛，十分迷人。那些尚未成年的男孩刻意嚼着口香糖，抽着香烟，用随身听播放美国歌曲，声音大得可以让所有人听见。与他们的父母不同，这些孩子一句德语也不懂，但却能用斯洛伐克口音讲出四个字母的蹩脚英语,而且语速极快,略微吞音。他们看上去有些玩世不恭,笑起来的时候,声音就像得了重感冒的德国牧羊犬。他们也很幼稚。你能感觉到他们认为这种行为方式——其实大部分都会得到父母允许——非常美妙。每隔十秒钟,也就是抽一口香烟的时间,一个年轻的男孩就会向窗外吐一小口唾沫,同时挑衅地看着列车员。"操!"他趾高气扬地吼了一声,把脚伸到了对面的座椅上,让对面的女孩吃了一惊。原来他在读一份英文版的摇滚杂志。我后来在这座城市发现,只有上了年纪的人仍会讲一点德语,因为他们的国界封闭了五十年。他们讲的德语晦涩守旧,还夹杂着一些如今让我们吃惊不已的文学术语。显然,他们没有多少兴趣重拾那段记忆。在离开维也纳不到十分钟的时间,我自己也没有心情再讲一句德语了。

我入住的宾馆前台那位漂亮女孩,也能讲一口流利的贝利兹英语。她能够清楚地发出"th"这个咬舌音。这家宾馆非常干净,内部装修成了后现代风格,但却位于一条老街之上,门面也很破旧。这座城市看上去死气沉沉,无精打采,街上偶尔出现几个闲逛的游客。没有一家商店在开门营业。斯洛伐克人还没有明白购物节的含义,西方的休闲娱乐概念——在周六下午懒洋洋地漫步于橱窗之前,把一周的剩余预算花光——在这里显然还很模糊。所以,周末你在布拉迪斯拉发什么也干不了,但这恰恰激发了我的想象力。我沿着那些灰蒙蒙、空荡荡的街道走下去,看到了一座又一座废弃的楼房,一些破旧的公寓楼已被熏得乌黑,昏暗的楼梯间绘制的巴洛克图案已经泛黄,我再一次惊奇地发现自己这一代人曾经见证过的不可思议的灾难性的历史试验:那是一种人们负担不起的国家制度,不但煤气、自来水和电力免费,就连房子也几乎免费供应,除此之外,人们没有多少自由,最终只能得到越来越少的东西,结果在半个世纪之后,一切都崩溃了。从大部分的楼房外观依然能够看出共产主义国家的痕迹。我们见证的是一种制度,一种无法在经济层面实现的意识形态的遗迹。这些都是令人震惊的真实历史事件,在波兰那样的国家,可以看到无数的残破大楼和废旧厂房。相比之下,眼前的情况并没有那么悲惨,但其范围同样广大。在数千公里的地方,到处都是废墟,锈迹斑斑的大门,破碎的窗台,还有长达数十万公里的废旧柏油路,看上去就像残破的褪色油画。不过,那里依然到处可以看见精致的古典大门,几乎仍旧带有中世纪的晦暗色彩,它们之所以能够保存下来,同样也是由于不受重视:在西方,它们早就被更新的房门取代了。所有的纪念碑、十九世纪的楼群、宫殿、公共设施、石头路面、新艺术流行时期或哈布斯堡王朝时期的公寓,要么破败不堪,要么完全废弃。

我在布拉迪斯拉发度周末期间,正好赶上一场全民公决:斯洛伐克该不该加入北约?总统科瓦奇主张加入,他可不在乎叶利钦的咆哮声。然而,以铁腕统治著称的总理梅恰尔不赞成这一决定,在他看来,那会使斯洛伐克与西方走得太近。虽然人们只需选"是"或"否",但选票上却被他工于心计地添加了一个问题:如果在斯洛伐克境内部署美国核武器,并且在必要时向外发射,你是否同意?在其他国家,此类问题肯定涉嫌操纵选举,不过,事情还没有严重到那种地步:梅恰尔骄傲地签署了一项发展巨型核反应堆的大单,从而首次把西方科技与俄国技术结合起来——这条消息在整点新闻中反复出现,成为技术领域的发展标志。

除此之外，关于全民公决却没有大肆宣传的迹象，尽管许多西方国家电视台表示要进行现场直播。布拉迪斯拉发一动不动地等着，仿佛一点儿也不关心投票结果。当然，城中也可以到处看见褪色的宣传海报，上面通常覆盖着"到西部去"的香烟广告。这两个事例——关于是否加入北约问题的全民公决和香烟广告——本质上都反映了对美国的痴迷，也说明了为何斯洛伐克不再与他们的奥地利邻居保持亲切友好关系：他们已经僵化得太久，有些情谊也断裂了太久，以致一方出现经济衰退时，另一方甚至会加以嘲讽。这种情况也滋生了另外一个奇怪的悖论：作为一个标准的资本主义国家，奥地利对本国的制度太过自负，当你看到布拉迪斯拉发那些四处游荡的时代青年，即便如此拮据，但却如此兴奋，就会突然感觉奥地利已经过时。不管它的经济多么发达，女性的服饰多么时髦，广告牌多么巨大，维也纳依然在吃老本。布拉迪斯拉发则不再留恋过去，几乎没有什么负担，而且美国人正在开进——欧洲正在实施新一轮马歇尔计划，这次扶持的重点是东欧。新的局面正在形成，彼得·汉德克观看塞尔维亚足球赛时也感受到了这一点，那是一种混合了不同历史时期生活方式的大杂烩，人们期待的未来没有商标，但却有一种形象——自由，而且带有各种配料，包括红辣椒炖肉、可口可乐和汉堡包，以此来对抗世界末日。这些青年比那些守旧的约瑟夫城居民更加能够适应布朗克斯鸡尾酒和居家办公方式：那是一种不断蔓延的资本主义，人们习惯了新旧更替。从背景来看，人们偶尔也会恋旧，就像坏掉的玩具，需要重新缝补起来。在当地的麦当劳快餐店，汇聚着一群激进的乌合之众。与西方那些陈腐的麦当劳不同，这里的麦当劳是一个尚未定型的地方：嘻哈音乐，棒球帽，跟着随身

竞技场风格的建筑

听里播放的音乐节拍摇头摆尾,节衣缩食攒钱买下的耐克鞋,有时甚至是奇形怪状的旱冰鞋。隔壁依然是衰朽不堪的办公楼,大门锈迹斑斑,窗户玻璃也被打破。一边是赶时髦的资本主义,一边是即将淡出人们记忆的老古董。

两者之间:一片虚无。

两者之间:面无表情。

两者之间:是记忆。

两者之间,是断层。

两者之间,是现在,是刺激。

在这个断层之中,一个复杂的真相开始显现——它就是年代错乱。德国著名学者汉斯·迈耶[1]在一篇评论海纳·穆勒[2]的雄文中,描述了这种年代错乱的生活状态:

> 这种年代错乱的生活状态十分醒目。社会秩序正在崩溃,因为此时发生的任何事情都会被视为无效,或者无足轻重……
>
> 法国的资产阶级消费文化,即路德维希·贝尔纳[3]当年在巴黎所称的"一种有毒的货币经济",令一些法国作家深

---

[1] 汉斯·迈耶(Hans Mayer, 1907—2001),德国著名学者,代表作品有《瓦格纳》和《重见中国》。——译者注

[2] 海纳·穆勒(Herner Müller, 1929—1995),德国著名剧作家,代表作品有《毛瑟》《柏林的日耳曼之死》和《哈姆雷特机器》。——译者注

[3] 路德维希·贝尔纳(Ludwig Börne, 1786—1837),德国著名政论家,代表作品有《让·保罗选集》和《巴黎书简》。——译者注

恶痛绝，其程度不亚于渴望旧制度的毁灭和波旁王朝的复辟，他们继而开始创作"人间悲剧"。在这些作家当中，有一位贵族出身的大诗人，阿尔弗莱·德·缪塞[1]。缪塞也曾以一种微妙的笔触描写处于年代错乱状态下的社会群像。在他的自传性著作《一个世纪儿的忏悔》当中，缪塞分析了这种社会病症："过去的一切已不复存在，未来某天将要实现的一切则尚未出现。我们遭受的磨难即来源于此。"他的判断十分准确。所谓的"人间悲剧"就是源于人们对现实的鄙视。那是对社会的一种极端厌恶。但若把这种现象解释为浪漫主义，或是彼得麦式的地方保守主义，则又纯属玩世不恭了。

1789年7月14日巴士底狱被攻克之后，又过了两百年，在所谓的欧洲西方出现了一种新型的年代错乱状态。过去的资产阶级社会已经衰落，缺乏远见的资产阶级启蒙运动同样也已衰落，新的社会则尚未孕育出来。

迈耶在这里显然是暗指年轻的民主德国所处的状态，它不再想把自己的社会契约奠基于过时的崇尚个人主义的人道主义，但在基于斯大林模式的新经济体制下，个人的经验显然严重不足。在这种情况下，任何有效的人际关系管理模式都已不复存在。正因如此，人们发明出各种严格而空洞的仪式，极力彰显外部因素的极端重要性，以弥补想象力方面的不足。这也是为什么在穆勒早期创作的剧作当中，工人总是陷入道德冲突，因为对于复杂的新形势下的人际交往活动，这些道德条款已不再有效。在布拉迪斯

---

[1] 阿尔弗莱·德·缪塞（Alfred de Musset），法国著名诗人，代表作品有《四夜》和《一个世纪儿的忏悔》。——译者注

拉发这样的城市里，你看到的情景与此极为相似。若把"人间悲剧"归为浪漫主义的话，不免有失偏颇，因为浪漫主义者会从政治和意识形态角度质疑整个社会秩序。同理，如果认为那些吃着汉堡漫无目的到处闲逛的浮华少年已经满足的话，那种观点同样幼稚可笑：他们清晰地反映了一个空虚的世界轮廓，在那种情况下，人类追求的首要目标是一种生活态度。这对他们的人权观念产生了重要影响。他们的挑衅行为与地方主义无关，而且既意识不到自己的行为背后有何根源，也意识不到自己的危险处境。他们要么想放弃一切，要么想得到一切。

在这种真空状态，出现了一种令人费解的东西，它具有极强的生命力，十分鲁莽地闯进未来。按照迈耶的说法，正是在这种状态下，形成了奠定未来世界基调的那些最重要的背景。由此，我也联想到了彼得·汉特克批判前南斯拉夫的一篇文章，不管他对塞尔维亚的感情多么丰富，都无法打消我对他的观点的疑虑。这倒不是因为他说了什么，而是因为他对前途莫测的新欧洲所持的那种态度。汉斯·迈耶向我们展示了两个年代错乱的案例——法国大革命和年轻的民主德国。如今，在二十世纪末和二十一世纪初，越来越多的人对世界充满了疑惑。在布拉迪斯拉发也是如此。人们有了连环漫画和炸薯条、架子鼓和低音贝斯、盗版游戏光盘，在迪斯科舞厅学会了新舞步和新的生活态度，在杂志上刊登那些当红人物的写真，学会了励志演讲，喝起了无醇啤酒（XTC 这种东西在这里还很昂贵），在那些偏僻的水泥大楼里打野战，同时仍在那些破败的老房子里将就生活——室内的装饰破旧不堪，用着二手家具，骑着快要散架的摩托自行车，在臭烘烘的车站慢慢地兜圈子。街上没有别的，尽是些残破的门面，商店一点也不吸引人。尽管起步时一团乱麻，也毕竟意味着自由市场的开端。他们都很年轻，很不安分，都想踏入不可预知的未来，正是由于它尚不确定，才显得如此迷人。在其他任何地方都找不到如此粗劣而炫目的东西，人们对舶来品极为亢奋，急于取得不切实际的成功，仿佛在这些自由地带，历史的面目已不复存在。它不是人道主义，不是极权主义，不是意识形态，不是传统意义上的自由，不是1968年"五月风暴"那种个人主义，也不是集体主义——它是上述这些东西的混合体，总之是一种特殊的产物，日后人们可能会给它一个新的名称——或许是一种东欧式的后现代主义。在布拉迪斯拉发这座多瑙河畔的空旷港口，五个小伙子听着蒂娜·特纳的音乐，旁边是一个出售旧色情杂志、啤酒和香烟的货摊。在一些缺乏想象力的平底船上，有两家水上餐馆，显然在东欧大转型之前就已存在，如今又被修补了起来。

在一家麦当劳快餐店，一个衣着寒酸的醉汉在追打一名浓妆艳抹、染过头发的女子，因为她拍了一张照片。他叫嚷着，威胁要把她的相机砸烂，并想把它从她手里夺过来，同时用另一只手击打她的手臂。女子开始喊叫起来。一位身穿条纹衬衫的厨师从柜台冲出来打抱不平，以闪电般的速度把那位激烈挣扎的醉汉扔出门外，并在他背后猛推了一把。那人失足摔倒在人行道上，然后起身攥起双拳，一脸屈辱地在屋子外面咆哮。快餐店的玻璃门暂时关了起来。此时，一辆旧电车像一头呻吟的恐龙一样，压过了破败不堪的水泥弯道。一个头戴麦当劳员工帽、身穿围裙的女孩走到那名醉汉刚才待过的地方，用消毒剂喷了起来。清洁完桌面之后，玻璃门被重新打开，快餐店继续营业。

在这座没落的城市,新的资本出现了。在新开业的宾馆桑拿房里,出现了小广告(相比之下,诸如电灯这样最简单不过的设施直到自由市场经济整整实行了七年之后才开始投入使用)。这里很早就变得漆黑一片,傍晚时分,宾馆周围就会出现一些十分惊艳的年轻女子,而且无一例外都会直勾勾地盯着你的眼睛。对这座曾被称作普莱斯堡的卫星城而言,维也纳似乎是一个遥远的星球。对于新一代年轻人来说,伦敦更是一个朦胧的迷梦。这座城市的背后有一片令人费解的阴影。在悬而未决的历史背景下,这种情况依旧十分复杂。在唯一一家生意红火的餐馆,有意大利面和可口可乐,那是一家具有新式纽约意大利餐馆风格的餐馆,沙拉吧内容很丰富,也可以单点,蛋糕搭配的特浓咖啡来自伦贝克,那是弗兰德斯东部埃克洛附近的一个城市——在我年轻的时候还是一片耕地,如今却蜕变成了温馨的城市郊区。就连比利时人也开始通过厨房挺进东欧了。我喝了太多的朗布鲁斯葡萄酒,一边抽烟,一边观看。

在第二个千年进入尾声之时,那些凡俗的男男女女是如此漂亮,如此无名,这样就能几乎毫无意义地交换身体了吗?所有的"个性"是否就像鱼群中的鱼儿一样,变得整齐划一了?也许,当你以陌生人的身份进入一座又一座城市时,只会产生一种错觉。生活似乎无边无际,压倒一切,却十分迷人,因为你看不到把人们联结到一起的任何关联或复杂情况。你看到的是外表,是手势和身体,是眼睛和当下,你其实生活在历史和空间的迷梦之中。你想从普遍意义上思考问题时,就得观察那些微小的事情,那些个体,否则你就会开始觉得自己了解这个世界——那种办法肯定于事无补。那些个体有时也会密集地闪现,它飘忽不定,你只不过是在几秒钟之内对它感兴趣,然后就被其他的东西吸引过去。

周围一片黑暗。在一个圆形小拱门的上方,有一个光秃秃的灯泡,照见了一片光秃秃的墓地。空中弥漫着霉菌和小便的气味。在一条破旧的长廊尽头,是一座大门。门后是一座庭院。在这座四层高的楼房中,只有零星的三扇窗户发出昏暗的灯光。我数了一下,有十五扇窗户已经有了不同程度的破损。在庭院的尽头,有一座外形奇特的木制楼梯,也装着一个光秃秃的灯泡。这次是一座略小一点的大门,门虚掩着,楼梯间听起来空空荡荡,有些摇摇晃晃。楼梯的尽头是一个圆形的入口,后面是另一座庭院。走过这片庭院,等待着你的是另一座木制楼梯,可以通向更高一层的庭院,在那上面还有更高的建筑。我此时必定来到了第三层,已经穿过了半条街,进入了一片复杂的楼房。它们其实都有私家过道,但我一个人也没遇到。我偶尔也能看到一丝昏黄的灯光,听到收音机里传来的模糊声响,或是三重奏的音乐。我发现自己处在一座城市中心的迷宫之中,这一切都是源于不小心踏进了一座敞开的大门。我不知道它的尽头在哪里,但却让我联想到了古斯塔夫·梅林克在《魔像》中描绘的那些房子。在极权统治下,无数的人们像20世纪初的弗兰兹·卡夫卡那样过着压抑的生活,与此同时,另外一些国家却走向了繁荣昌盛。在某个地方,有人在炖肉,散发出令人作呕的腥味。在另外某个地方,我闻到了炒辣椒的味道,听见一个男人在训斥一个女人。新的楼梯和大门层出不穷,如此往复。我已经意识不到自己身在何方,如果撞到某个人的话,我都无法解释自己是如何来到这个完全封闭,而且对我来说完全混乱的世界——这里的确是私人住所,同时也是公共场所。乍看上

6 布拉迪斯拉发的年代错乱

去，到处都显得十分冷清，过一会儿你才会发现里面居然有人居住。它仿佛是按照中世纪城市的样式建造的公寓楼，令你浮想联翩。夜色已深，路又不熟，我坐在一座陵墓旁边，又一次感觉欧洲已经死去。直到一只野猫从黑暗中跳到我的肩上，把我吓了一跳；就像一个黑色的小幽灵一样，它消失在楼道里。真是吓死个人。

我继续逛了一会儿，然后开始往回走，其间转错了两次弯，最后还是找到了来时那座看上去清白无辜的大门，整座城市仿佛就藏在门后。接着，我来到一座老教堂后面，周围是一座小广场，散发着重建的俗世气息。我联想起了记忆深处纷然杂陈的味道，那是二十世纪五十年代我青春岁月的一种气息。再过几年之后，新式建筑就会将这一整片隐秘而寂静的迷宫扫除干净。

在维也纳，到了晚上，我要么坐在约瑟夫老城的露台上喝酒，要么读书，要么去看戏剧，要么去听歌剧，但在这里，我和一个古巴小伙子一起闯进了当地的夜生活。咖啡馆里人头攒动，十分热闹，有许多热情奔放的女孩，也有许多虎视眈眈的男孩。店里播放着混剪的二十世纪六十年代到九十年代流行的摇滚歌曲。走过两三家酒吧，再穿过一条杳无人迹的长街，在一条昏暗的街道尽头，是一座紧闭的车库大门——它其实是一家私人酒吧，我们必须按三次门铃才能进去。这里可以欣赏脱衣舞，你的身边很快就会出现一个女孩。为我服务的是一个二十八岁的泰国女孩，身上带有一种高贵的气质，而且懂得如何讨人欢心。我们一边喝着强制消费的香槟酒，一边聊天。这种行为十分无聊，但我对那些女孩十分感兴趣。我对那个泰国女孩说，这些我都没什么兴致，我只好奇那些女孩子的想法。当我们聊到这里时，这个女孩觉得我作为一个男人聊这些话题纯粹是疯了。我不断打听各个女孩的年龄,来自哪里,为什么入了这一行。"亲爱的",她用涂了厚厚的唇膏的嘴唇贴着我的嘴说,"你很贴心,但却让我很闹心!"我们又要了一瓶香槟酒,一起喝了起来。她一支接一支地抽着我的万宝路香烟,例行公事地给我几个吻,显得极不自然。她对我试过了各种手法,过了一会儿,觉得还是在一起聊天更好,尽管我们早就超出了"常规服务"的范围。她的故事十分老套,以至让我觉得那是她编造谎言来取悦我:她要把钱寄给泰国某个村庄的老家,以抚养十三个弟弟妹妹。无论如何,我得为那两瓶贵得离谱的香槟酒还有她的服务费买单,然后我说自己该回去了。她精明而丑陋地沉下脸来,问我是不是觉得她不够漂亮。不错,她确实十分惊艳。可是,我会在第二天约她出来一起聚餐吗?那样的话,我就得付她一天的工钱,那可是一笔不小的费用。我说我不这么想。她于是耸耸肩,然后继续为我做抚触。乖乖,我的古巴朋友早已不知去向。

我又逛了几个小时,几乎走到天亮,先是走过空空荡荡的郊区街道,然后是门前带有花园的街区,继而是更加空旷的旧柏油路。夜幕之下,公园的树木掩映着一些古老的教堂,两边是令人压抑的水泥楼房。凌晨时分,夜色开始变得更加温和,这种感觉我以前从未有过。

回到宾馆的房间,我发现四个电视频道当中竟有两个是色情频道,内容尽是打扮成纳粹分子的蹩脚演员强暴他们抓来的女囚。电视画面十分机械,灯光也很糟糕,镜头的处理显然经过了官方的审查。虽然拍摄了强暴的整个过程,但镜头始终没有露出人物的生殖器——有些镜头处理得非常不可思议,有时甚至非常滑稽,其实是一种极为恶心的杂技表演。臀部在临近射精之前剧烈颤动,人物的口型和腹部看上去脱离了正常人的生理特征。它的内容总是关于"纳粹和女囚"的故事，而且女囚必须扮演"荡妇"，通过嘴角的淫笑、突出的舌尖和色迷迷的眼神来上演一场权力与服从的游戏。这种场面让人感觉莫名的压抑。显然，重口味的东西通常会令人兴奋——毫无想象力的昏暗灯光，黯淡的色调，镜头不时笨拙地推进，摄像师晃来晃去，工作人员的影子不时映入画面。扮演纳粹的男子显然是一个"他者"，是"野兽"；对观看色情片的人来说，还有什么比那些相貌丑陋、面色苍白、不苟言笑的蹩脚演员扮演的老纳粹更能刺激那些混杂了变态、异化、自渎的心理呢？那些没有灵魂的人物在头上挥舞皮鞭的时候都带着一丝厌倦。在片尾的几分钟，你会看到一个女人的头部起起伏伏，他们用骨盆推挤跪着的女人，臀部下方用力向前突出，或是从后面强暴女囚，两个人就像少年时代那样站在一起小便（你只能看到他们的颈部和背部在前后摇动，充满了侮辱的意味，接下来的两分钟则是那副丑恶嘴脸的特写）。那些画面如此恶心，有一阵子让我看得目瞪口呆。我意识到自己观看的是这个国家相当一部分人的内心世界。为了通过官方审查，才智平平的摄像师必须僵化地遵守规则，不能太过暴露。这种现象想来真是奇妙。摄像师本人就是色情业的代表，他能够看到全貌，却要严格控制观众最想看到的那部分内容：那是属于禁映的东西。从意识形态层面来讲，没有什么比讽刺旧制度更容易了，而且可以通过新时代的手段，以西方进口产品的形式呈现出来。当然，除此之外，扮演反面角色的同样是基督教世界的恶魔。在那里，撒旦是人们纵欲的借口。既要关联到性，又要假装厌恶，因为它既让人欢娱，又富于教益。这是一种禁忌。我的思路逐渐清晰起来，再次意识到这又是一种年代错乱。劣质香槟酒令我头痛不已。清晨，马尔克扎电视台的信号突然消失，屏幕上只剩下一片雪花。窗外，第一只乌鸦已开始歌唱。

第二天早晨，黑夜的魅影被南方的骄阳驱散之后，斯洛伐克人开始大批涌入教堂参加礼拜日的活动。一个小时之后，他们又大批涌出教堂——年长的人一脸安详，因为他们此生又能参加这种礼拜了：就像天真的孩童重新找回了童年的乐趣。尽管这只是一种仪式，但它具有的潜在魅力不可低估。那些老神父深谙其中的道理，若要使自己具有某种神性，就得做足功课。对他们当中最固执的人而言，在长达五十年的时间里，他们的历史可能只是一条黑暗的裂隙。那五十年的记忆，无论他们如何加以标记，终归会像广场上空的乌云一样，在艳阳的照耀下，消失得无影无踪。

为了打发周日的空闲时间，我决定参观一下当地的国立艺术馆。这里正在举办英国艺术家托尼·克拉格的生平回顾展，它究竟会被如何处理，令我十分好奇。前台突然出现的参观者令工作人员一阵惊慌。当我问起门票的价格时，他们咯咯地笑了起来——参观完全免费。

展品目录灰不溜秋，又小又丑，而且全是斯洛伐克语，不过，一位女工作人员好心地挽起我的手臂，陪我走进镶着木地板的房间，里面全是《烈焰当空》和《荷兰的天空》之类的作品——佛拉芒与荷兰画家居然在这里占有一席之地，令我十分惊讶。这也许可以从附近的老城堡加以解释，那里原来存放着一些哈布斯堡王朝时期的画作，继而在共产党执政时期被政府没收。后来，国家财政紧张，就把它们卖掉充公。不管怎样，这里最后一个房间的后侧还是安装了一座现代楼梯。女工作人员像船长在海上寻找陆地一样把手搭在前额，略带遗憾地看了一下，示意我必须自己爬上去。穿过一道玻璃大门，谢天谢地，我终于看到了那位标新立异的英国艺术家的城市垃圾。我突然发现自己置身于显然是在共产党执政时期建造的新馆之中，那里的电灯亮得吓人，这在当时还是一种特许。

在整整一个小时，也可能更长的时间里，我是这场大型展览的唯一参观者。没有一个人，没有一个工作人员愿意上来查看我在干什么，陪伴我的只有克拉格用石头或塑料制作的艺术品。在西方人看来，这些作品早已过气，但在这里，它们却具有一种"错位"效应，令我十分着迷。在那些毁誉参半的作品当中，有一件是用数百件毁坏的塑料制品按照合适的角度堆放之后上色完成，堆在地上，就像一个小孩在海边捡来的战利品——它也许是这里最引人发笑的一件作品——看上去就像被英国后现代主义作家瓦尔特·本杰明重新收集的沉入海底的人类文明遗骸。在这座城市，对那些尽力不与现代生活脱节的人们而言，这件作品一定十分费解：一个沙铲，一个旧打火机，一个滤网，一只青蛙，一只塑料鸭子，一个切成两半的喷壶，所有这些器物都有些破旧，或因长时间浸在水下或沙中，已变得锈迹斑斑。在这里，我周围没有人对艺术品头论足，世界开始自己讲述历史，再现那些逝去的生命——展厅里此时只有我一个人，仿佛这场展览是专门为我准备。这个黄色的打火机，还有这个保温杯，究竟是谁为它制作了奇特的拉环？它们从哪里被冲到岸边？那些被废弃的塑料制品有过怎样的经历——那辆没有轮子的消防车：当年把玩它的小孩如今是否已经长大成人？摆在床头柜上的那个已经破损的红色打火机，是否有人在床上抽烟，或两人吵架，继而重新和好，做爱之后，会用它来点一支"燃情香烟"？我可以站在这里花上几个小时观看这些动人的东西，孤独地待在这座无人问津的博物馆，让我强烈地感受到它们绽放出来的诗意。对于一个渴望创作灵感的人来说，它就是一座金矿：从第一颗蓝色纽扣开始，直到最后一颗红色的螺丝钉，破损的滤网，傲然挺立的小妖精的靴子，被烧坏的塑料鸭子，蛋糕模子，烫坏的托盘，洗涤剂的绿色瓶盖，浅紫色的塑料玫瑰花，暗红的手镯。这些年代不长的考古发现，如今已像泰坦尼克号一样归于沉寂。就在这时，一位工作人员走过来气呼呼地看着我，不明白我为什么会在这些东西上花费那么长时间——虽然我看上去不可能带走任何一件东西，但这么长时间盯着那些垃圾，肯定有什么不可告人的目的。在四十年的时间里，诗歌已经在这里沉寂。托尼·克拉格的晚期作品结构更佳，形状更美，内容更加丰富，并且综合使用了金属、玻璃和石质材料，但与早期充满诗意的作品相比，显得十分苍白。后来，克拉格太注重创作过程，看得出来，他开始表达立场，而非描述经验。他的作品变成了一个概念，但充满想象力的血液却逐渐流失殆尽。他不再呼吁"留住"事物，艺术评论家开始批评他的作品外观和材质，尽管他堆放的甲基溴玻璃十分雅致。这些创作于1979年的已经褪色的劣质塑料作品，仿佛是二十世纪简化的庞贝古城，希望能够得到艺术上的升华。这是一种奇特的争论，诗歌已经沉寂，这座城市正在以一种工业化的方式把它扫除干净（即便是在礼拜日，城中那些渎神的路面施工仍在继续）。在这座无人问津的博物馆静静地展示的作品所具有的讽刺意味，已经不会再被人知晓，同时，它们也尚未被人知晓，只会被那些无趣的工作人员鄙夷地进行摆弄。这里除了历史，没有什么别的东西可以丢弃。即便如此，这种年代错乱的生活，在"不想要"和"要不够"之间形成了巨大的裂隙。托尼·克拉格的作品就处在这个裂隙之中。在这个周日的早晨，有些东西已被遗忘，一些东西尚未确定。一座空洞的博物馆，还有一座同样空洞的多瑙河畔的地方小城，正是这个新国家的首都。直到此时我才意识到克拉格是在莱茵河畔捡到了那些东西。几个月前，我曾在疾驰的火车上看到它们一闪而过。它的象征意义是再明显不过了。

后来，我又看了看馆内收藏的年代比较久远的作品：主要是一些佛拉芒和荷兰画家的作品，基本上是一些二流之作，有的作者不详，有的画风拙劣，不过偶尔也能看到令人眼前一亮的作品。有一幅画作十分壮观，我简直不敢相信自己的眼睛，那是圣·塞巴斯蒂安的画像，作者是一位"那不勒斯画家，作于1620—1630年间"——说明文字极其模糊，令人不免生疑——画中人物一手放在左胸，另一只手紧紧握着两支箭，位置就在裆部正前方，箭头直指斜上方。这种画面很难不让人驻足观看：这位塞巴斯蒂安显然是在手淫，两旁却都是一本正经的肖像画或风景画，或是一些名人头像。我的第一感觉是难以置信，继而略带讽刺地看了看展厅那位一边看门一边郁郁寡欢地织着毛衣的老女人。她的眼神十分空洞，但看向我时，却充满了敌意。我问她展馆是否出售这些画作的仿品，足足花了几分钟才让这位只懂斯洛文尼亚语的女人明白我的意思。不，这里不卖仿品。不，不准拍照。不，不，不，画中那位塞巴斯蒂安依然在开怀大笑，一边摸着自己的胸，一边安静地手淫。仿佛着了魔一样，我走下展馆一侧的楼梯，看到了另一幅关于塞巴斯蒂安的画像，似乎是前一幅的续篇：这位圣人已经倒落在两块布料之间,手里仍然握着一支箭。他显然已经倒下,无疑遭受了痛苦,不管受到了什么样的折磨,我们只能凭空猜测。我不禁笑出声来,一位女工作人员迅疾赶了过来,查看到底发生了什么事情。显然,这两幅画作对她而言并没有产生类似的联想。这幅画像也没有说明主题,没有标明作者的身份,它的夸张画风有点像卡拉瓦乔,除此之外就一无是处了。

我走出了艺术馆,突然被外面的阳光笼罩——同时闻到了远处飘来的河边青草的气息。

围绕是否加入北约的全民公决已经结束——它并未取得任何实质结果。不出人们所料,斯洛伐克人出现了分裂,即便如此,这里依然十分空洞,街上的小型挖掘机激起一片尘土,从物质主义的角度来看,支离破碎的生活仍在继续。这块大地觉醒之后,再也不明白自己当初为何睡着了。

这个周日的布拉迪斯拉发看上去生机勃勃,尽管前一天它看上去黯淡而荒凉。在唯一一处生意红火的露台,可以提供极佳的意大利咖啡,用世家兰铎咖啡杯盛着。人们吃着超值的意大利肉酱面和通心粉,因为当地的红酒——用优质矿泉水稀释的白葡萄酒——可以无限续杯。在城里的老广场,老电车像史前动物的化石一样驶过,幽幽地提醒人们,有些东西正在迅速消失。然而,在这块新建的露台上,充满自信的女孩子在阳光下展示着自己的妆容,扭着腰肢卖弄风情,吸引着男人的注意力。那些男人则用嘴唇衔着一根牙签,腰带上悬着一个来回摆动的打火机,以此标明自己的生活态度。如今,人们突然开始在多瑙河畔散步了,尽管他们只有几十个人。远处有一群男孩随着混杂了重金属音乐和垃圾摇滚乐的斯洛伐克歌曲跳舞。一个胖胖的法国人盛气凌人地坐在一个羞涩的斯洛伐克男人对面。所有的天气预报都说这个周末是阴天,但临近中午,这里却晒得像地中海一样。新修复的巴洛克建筑在阳光下闪闪发亮,不论人们是在聊天,在闲逛,在听鸟儿和孩子们的嬉戏声,还是在晒太阳,都开始充满倦意。

在一条中间正在施工的街道上,一位身穿白色婚纱的新娘挽着母亲的胳膊蹒跚地走过挖掘机的大铲。不远处是一座新近修复的庭院,圆形的拱门漆成了粉红色,院中有一座生锈的未来主义风格的喷泉。一些人在那里等候,其中一位拿着相机,他应该就是新郎。

在离开这座城市之前,我顺路参观了一座破败不堪的老教堂。它依然沉睡在一种被遗忘的魔力之中,里面充满了湿气和积年的尘土,显得寂静而阴暗。看着那些陈旧的壁画,我心想,安伯托·艾柯[1]在1983年尚未重新装修的瓦豪的梅尔克修道院看到的应该就是这幅情景。奥地利人当年在多瑙河畔修建的这座大教堂如今显得破败而古老。在教堂的图书馆,艾柯一定看到了历史的痕迹,体会到了那种逝去的魔力。我来到梅尔克修道院的时候,显然已经太迟:我看到的是一座干净整洁、修缮一新的修道院,没有气质,没有品位,完全是旅游业的牺牲品,到处是傻里傻气的乳胶和塑料饰品,里面还有一家比萨店,店门口印着可口可乐的广告牌,还有修复后的修道院照片,它们正在抹去老修道院的记忆。艾柯的后现代主义哲学早已在这座修道院发挥它的魔力:它就像

---

[1] 安伯托·艾柯(Umberto Eco, 1932—2016),意大利著名哲学家,代表作品有《开放的作品》《诠释与过度诠释》《玫瑰的名字》和《昨日之岛》。——译者注

一个闪闪发亮的大塑料饼,一个缺乏深度或经验的历史主题公园。

在布拉迪斯拉发这座古老的洛雷托的圣玛利亚教堂,我却感受到了它的魔力。艾柯在沉寂的梅尔克修道院看到的一定是岁月的灰尘。我不想怀旧,我感兴趣的是那些痕迹,但从这座阴暗潮湿的教堂向外望去,广场上那些在光天化日之下施工的挖掘机的渎神行为着实令我震惊。不,不是因为我怀旧,也许是因为我很久以前读过米歇尔·福柯的作品,与许多人一样,我也对自己的记忆与遗忘层次十分着迷。

几天之前,我同一位在布拉迪斯拉发教荷兰语的人谈起了"显灵",还有它对我们这些在二十世纪五十年代出生,并且经历过东方社会主义阵营的人的意义。当我们胡扯拥有褐煤和旧墙纸是多么幸福时,一定会被这里的人当作疯子:就像被宠坏的小孩子的故事,他们怀念车棚里的旧自行车,却在这里的环境中连一年也熬不过去:由于缺乏了解,诗歌就成了借口。

我穿过一道大门,离开了老城区,发现自己置身于市郊空洞的长街上,正在沿着斯蒂凡尼科瓦大道出城,途中可以闻见门廊上挂着的烤肥肠发出的味道。

当我来到火车站时,一个身穿黑衣的人试图把我拦下,当我迅速躲开时,他不怀好意地命令我不许动,然后凑到我的耳边说:"同性恋。"

我当时就想转过身来说:"那又怎样?"

不过,我突然想到了另外一些事情。我转身面对那名男子,指着他的小胡子,示意他应该把它们一根根地拔掉。

然后,我匆忙抽身离去。幸运的是,开往维也纳东站的火车上同样坐满了人。

我挨着一个拿着手机、戴着三枚金戒指的人坐下,他从关掉手机的那一刻起,就开始跟我聊天。作为一名具有国际视野的土耳其公民,他宣称自己对库尔德暴徒和恐怖主义者"非常不爽"。在布鲁塞尔,我们几乎把一切问题都归咎于那些人。好吧,他可是说到了点子上。

7

维也纳

> 城市和人一样,能从过往的经历中辨别出各自的身份。
>
> ——罗伯特·穆齐尔

当我驾车行驶在宽阔的外环公路时,突然想起一本书开篇的一句话,书名已经记不起来,那句话也不太出名:"就这样,我沦落到了这座城市。"

在这座破旧的公寓楼下,人们从大门进进出出,一位疲惫不堪的意大利餐馆女老板对一道紧闭的房门尖声喊道:"妈咪!妈咪!你在家吗?"然后,你会听见门后远远传来一位老人低沉的答话声。房屋前侧的大窗户都安装了强化玻璃,可以看到玻璃后面移动的人影,电视的闪光,还有小孩在房间里奔跑。屋里唯一空置的房间光线阴暗,朝向北方,与前面高大的房间相比,仿佛是蜷缩在威风凛凛的大人旁边的小孩。这个房间连一线天空都看不到,到处都是石头建筑,成排的阳台和窗户,还有密闭的窗帘。车库大门,小商店,市郊小超市收银台脾气暴躁的女孩,红黄相间的电车在街角转弯时造成的交通堵塞——这就是老约瑟夫城的样子，也是埃尔弗里德·耶利内克[1]成长的地方。独行是一种奇特的行为，可以使旅行者打发漫长而空虚的日子。在走过无数的道路之后，他可以打着盹睡去。他精疲力竭，因为极少讲话，继而疏远了所有人。当他意识到收银台的女孩对他比对待别人更加不耐烦时，开始怀疑自己确实显得与别人不一样。由于想起了梦中的一个句子，他开始从小睡中醒来——但那个句子早已无法记全。这种梦境从何而来，头脑中的怨言？"原来，原来这就是人们生活的地方，我却觉得他们是为了葬在这里"——这句话不知出自何处，它既悲凉又惊悚，令他从睡梦中醒来。外界的人与物变得如此遥不可及，由于睡梦的作用，一切都显得虚无缥缈，仿佛有人在跟他开玩笑：他自己的面孔和历史都突然变得模糊不清，城市和山峰上空的飞机也是一样，赶上中午时分的交通拥堵，他第一次感受到了城里奇特而兴奋的气氛，他打算在这里住上一个月。仿佛是要观察一下某人，他要将自己的床不定期地与人分享。他注意到那人经过他时没有跟他打招呼，因为他——作为一个过客——由于时间关系，此时仍然不能像那人一样显形，虽然那人早就渴望隐形，但却不知道如何实现。那位被迫嫁人的新娘急匆匆地赶来，脚上穿着轮滑鞋，嘴里嚼着口香糖。任何细节都有一种魔力，这是恋爱的前奏，而且不按地图行走。这种梦境只持续了一会儿，熟悉的生活很快就会取而代之，前者的激励就会让位于他深陷其中的平凡生活，一种想象的历史和一个躯壳，就是它

---

[1] 埃尔弗里德·耶利内克（Elfriede Jelinek, 1946— ），奥地利著名女作家，曾经荣获柏林戏剧奖、莱辛批评家奖和诺贝尔文学奖，代表作品有《作为情人的女人们》《钢琴教师》和《情欲》。——译者注

们的总和,反映了梦境的全貌。虽然他的青春岁月看起来没有尽头,但在此时却变成了一种监狱。这种监狱极易识别,人们一旦进入的话,他们的生命也就出现了一个转折点。

原来这就是人们生活和葬身的地方,至于是哪种地方,已经无关紧要。当他站在浴室里,把双手放在温暖的水流下面时,刚才那个句子开始在他脑海里反复出现,令他产生了控制它的冲动。他思考了一段时间,然后制定了一些计划:或许,他仍能完成一些有意义的事情?那些不会让你觉得一切都已完成的事情?那些能够让他在去世之前为自己的一生发出惊叹的事情?然而,一个人年纪越大,就会变得越多疑。即便是最轻微的冲动,也会使他狠狠地批评自己,总有另外一个更老、更偏执的自我不断在耳旁吹风,说道:啊,你又变坏了,你心里清楚这会导致什么结果。他在一条依旧洁白无瑕的毛巾上擦干双手,朝一面自己尚不知道的镜子望去,他是被镜框吸引住了,那是一幅带有锯齿状细碎图案的金质镜框。他回到那个空空如也的房间,大声说道,我要音乐。然后他再次来到大楼前面,听见那个疲惫不堪的女人走来走去,用拳头捶打着房门,震得屋里的玻璃盘子都抖了起来:"妈咪,妈咪,你听见我说话了吗?"窗户也在发抖,让他想起这天下午街上的一阵大风刮坏了一扇窗户。人们曾坐在那扇窗户下面喝咖啡,也许待了一个小时,正准备开始聊天,一个男孩把手放到一位笑眯眯的女人手中,由于他至少比她高二十厘米,所以必须弯下腰来。就在此时,三楼的一扇窗户突然被一阵强劲的春风吹得闭合起来,震碎了窗上的玻璃,突如其来的巨大声响吓得一个小孩急忙跑到另一个房间,但那个房间太小,小孩的头撞到了橱柜的角上。银子般的碎玻璃大块落下,就像阳光下闪闪发亮的断头台,由于男孩刚好朝那位笑眯眯的女人低下头去,大块的窗玻璃掠过他的脖子,在他身后散落成上百个碎片。人们极少被这种情况惊到,于是转过头,对着那片银子般的碎玻璃惊讶地笑了起来,然后四散而去,他们的心情十分轻松,显然没有意识到刚才发生了什么。年轻的男孩把手臂放到女人的臂弯,然后在街角失去了踪影。那位跟我坐在一起吃饭的人认为它象征着他要说的一句话,人们必须让所有事情如其所是地照常发生,不要寻求任何改变——他称之为"随它去"。他的眼睛闪烁着一种奇特的光芒:让一切都随它去吧,因为什么都无法改变,什么都无法回避。他提起了俄狄浦斯王,尽管他竭力逃避自己的命运,最终却径直落入命运的怀抱。"随它去"——我惊恐地看着地上银子般的碎玻璃,开始有点走神——我听见那个女人在门廊附近捶打门上的窗户,看见略显破旧的浴室里的老镜子边缘被肥皂腐蚀掉了一部分,我无法再把所有的感觉和意义联系起来,困倦的双眼一片茫然,只能看到自己的影子。我不认识那个站在那里盯着我看的醉汉,他的脸上写满了历史,他是我在这座奇特的城市见到的第一个人。不过,这已足以激起另外一种熟悉的欲望:那是一种性冲动,它刺激我穿上夹克,在暮色中到处闲逛,并且毫不掩饰地直视经过我的人,以至有些女人把我当成了马屁精,男人则把我当成呆子。冲动像海浪一样带着熟悉的音调涌入我的意识:人生就是一场虚空,我对它一无所知,我毕生追求的终归是一场虚空——人生就是一场虚空,就像我听见一位诗人用一种喝醉的口气对着半满的观众席反复强调的那样:人生就是一场虚空,它本身就是虚空,它追求的也是虚空。

  在那个夜晚,他构思了一个计划,回到那个与世隔绝的房间,准备把几天来酝酿的故事不带感情地写下来。他可能采用第二人称或者第三人称叙事——凄凉、残暴、色情，没有一缕光明，没有一丝教益——只有不断重复的琐碎细节，最终都会通向同一件事情，通向不断重复的凄惨故事，传递着凄惨的细枝末节，风格极为鄙俗，到了最后，他会更加痴迷地重复那句话：人生就是一场虚空，你的一切努力都是白费，它就是街上的尘埃，就是楼梯下的死老鼠，就是下水道里的废水，如果你想得太多，就会感到恶心。它是洗澡盆里的泡沫，看上去就像很久以前你用手掌感受到的被屠宰的羔羊的脑浆。它是密集人群产生的窒息效应，它是一切。与此同时，它也是一场虚空，它追求的是一场虚空，它就是一场虚空，是黏稠的精液和鲜血的混杂，是眼里的血丝，是嘴唇上破裂的血泡，是恶俗的大金戒指在手上留下的印痕。它是人类的本质，站在和煦的春光里，脑海却一片混乱，充满了尖刻的词汇和诅咒他人的话语，它使自己顽固地与电车对抗，却又突然充满了曾在过去愚蠢地丢弃、继而苦苦追寻、最终无可再得的纯洁感，只有在当下，也是最后一次，它又有了这种感觉。因为人生就是一场虚空，它追求的一切都是虚空，人们根本无法理解它。

然而他并未穿上夹克，也并未在街上散步，在他思考的时候，夏夜已经过去，那双曾被泡在温水下面的手也像电影中反复出现的场景那样背在身后，当他的双手要像一块肥皂一样被完全洗掉时，他开始抚摸自己的面孔，就在这时，碎掉的玻璃落在他身后的浴室里，刚好掠过他的后背。他什么都意识不到，天使在歌唱，老鼠从坏掉的浴室一角探出鼻子，它们的长鼻子嗅来嗅去，就像魔鬼发明出来的最精妙的探测器。从这些事物当中可以升华出某种东西，人生就是一场虚空，没有任何意义，在有意识和无意识之间，他突然识别出一种感觉，他害怕人到中年时的寂寞，于是突然从幻想中醒来，发现此时青春已经真正逝去——那是一个可以感受到光明的世界，人们不再过着碌碌无为的生活。那是一个曾经跟我发生过争议的天真而自负的语言学家美好的儿时梦想，此人对自己的幼稚理论极为骄傲，因此顽固地否认存在任何形式的压抑。不过，他最终还是选择了关于虚空的话题，因为他无法解释一个人感受不到的事情，一个人的经验对旁人没有任何益处。人们必须自己想办法把一切彻底搞懂，尽管那根本就是一场虚空。在对面的街上，灯开始亮了，一盏接着一盏，就像夜色中闪烁的星星，两名出租车司机坐在车里，一边抽烟，一边等待生意上门。所有这些，他都完全无法理解：他刚刚来到一座新的城市，并将尽可能地在那里生活一段时间。

他坐下来，开始创作自己的故事："我以前见过这个女人几次，每次都令我着迷……"他详细描述了一起谋杀案，刚刚写了几页，就让情节达到了高潮。他的齿间发出轻蔑的嘶响，就像一条邋遢的狗。他叹了口气，摸索了一支香烟，自言自语地说，一切努力都是白费，人生就是一场虚空。他的思绪被去年在比利时经历的一切所感染，他曾在那个狂热的小国短暂地住过一段时间，如今他已感到厌倦。一个女人走到他那天下午刚刚搬过去的公寓所在的街道对面的一辆出租车前，跟司机说了几句话，他听不清是什么，只能凭直觉来判断。她上了出租车（他看到她那瘦削的大腿上方的裙摆消失在车门外），他像一个头脑简单的偷窥狂一样在窗帘的缝隙中向下偷看，然而这一切都是虚空，这座城市仿佛毫无意义。出租车都关掉了发动机，在街道的斜坡上排成一排，静得出奇。此时，第一辆出租车已经消失在他的视线之外。这一切真的就是一场虚空，完全没有意义，奇怪得很，他对此更加确信了。也许，此时他真正可以安睡了。

在一座富丽堂皇的德国文学图书馆阅览室里，有个人坐在那里一边读书，一边大笑，还有一个人坐在那里听着，却没有发笑。头一个人读得越多，情绪就越高涨，他一段接一段地读着，一边嘶嘶地发笑，一边把手指放到有疑问的地方，然后拿起书，向后翻动几页，接着宣布"这里也有"，继而开始再次引述它们，每读一句话，他都要停下来笑一声，坐在那里听的人则没有发笑：仿佛对他来说，使头一个人发笑的东西有着完全不同的含义，无论如何都不值得一笑。似乎一个人越是陶醉，另一个人就越想脱身——他的头脑中仿佛出现了一幅画面，那人要把一面旗帜插到他头脑中的屋顶上。德国文学图书馆的阅览室恢复了平静，那里有数不清的黑色书架和图书，楼梯、走廊和凉亭一片寂静。时光在钟表和窗间流逝，在他们那座寂静的大楼周边，汽车呼啸着驶过。在某个地方，一个骑自行车的人被一辆汽车碾过。在一个高声朗读的人手中，书页不停地翻动，有那么一刻，金色的阳光照亮了桌面，从某处传来了马桶冲水的声音。刚才坐在那里听书的人站起身来，一言不发地走出那个大房间，沿着纪念碑一样的楼梯走了下去。外面正在下雨。这座城市成了不知名的跑步者的背景。他对自己看到的缺乏连贯性的东西感到吃惊。他想，我所说的一切都令人压抑，都把我不敢想的东西推到一旁。如果我大声说出它的全部意义，它的价值就会立即蒸发。他看着夜色，孤独而空虚的一天已经结束，一天无语，因为那些数不清的无名的跑步者，其实一个都不存在。他感觉到自己必须去一个工作场所，而非生活的房间：在那个工作室，他必须把头脑中沉重的东西移开，推到一边，才能把另外一些东西拉过来。"妈咪！"他听到楼下传来可怕的声音，令一切都百无聊赖，"妈咪，你到底听到没有？"

由于无事可做，同时无话可说，他意识到一种新的挑战在等着他。那就是在下一个小时，下一天，下一周，下个月，都不做任何计划——在生活中不去幻想任何计划。他力图无畏地去面对这一切——或许如同接受最终的死亡那样，一切突然有了意义，但那种意义对他来说毫无用处——于是，万物仿佛第一次有了可怕而全面的意义。他忽然意识到，为何那些奇特的城市中的人们显得如此孤独寂寞，唯一的原因也是如此。因为这种"随他去"的挑战把他们吓坏了——就像他被吓坏了那样。

> 如果你注意到了门槛的悲哀，你就不是一个旅行者，那是一个转变的机会。（彼得·汉特克）

我听着随身听里播放的凯斯·杰瑞的《维也纳音乐会》，在地下广场走过。世界看上去就像一场电影，行人像鱼儿一样漂过，地铁隧道里吹过的风仿佛预示着地上有一场温和的最后审判，我听见一位老妇人说，"又开始下雨了"。在城堡歌剧院，我通常完全抵制的一位作家的新作正在上演，而且被越来越多的人吟诵：那位外行的预言家，一个成年小孩，一个为数不多的捍卫逝去的东西的人——彼得·汉特克。在彼得·汉特克与凯斯·杰瑞之间，存在着一种清晰而莫名的关联：他们都希望这个狂热的社会能够坚守某些遥远的价值,希望创作一幅永恒的画面,使日常的事物和声音再度恢复条理——非常典型的世纪末情结,但却没有常见的玩世不恭——这要冒着被误会的巨大风险,需要勇气来完成。

昨天晚上和我一起在圣斯蒂芬大教堂附近就餐的那个红发女人,爱着我,并和我同居了四年——我也同样爱着她——直到最近我才得知她在这里,仿佛很久以前的魔力在一个正确的时间片段发挥了作用。第一次来到广场,突如其来的大风,把太阳吹得黯然无光,纸片乱飞,裙摆紧紧贴在腿上,仿佛有什么东西正在靠近,人们最好还是躲到室内——在那家餐馆,一切都像二十年前第一次看见的那样,我们带着醉意轻轻地笑出声来,仿佛过去那些年只有几个小时。她那长着粗大手指的温柔而熟悉的手放在我的膝盖上,大眼睛里闪烁着绿色的光芒。临近午夜,我们不知身在何方,当然也想不起过去的历史,只有一种当下的惊讶,我们像很久以前那样在地下广场拥吻,那里的空气仿佛凝固了一般,售票机旁坐着一个男孩,弓着身子,一边听摇滚乐,一边晃动身体。后来,我登上了一列空荡荡的火车,来到了我在市郊下榻的地方。在过去那家饭店的雨篷下,我能走到它的后院,那里存放着凝固的油脂和腐烂的蔬菜。一个塞尔维亚女孩必定住在同一座走廊的某个房间,她站在那里盯着我看。我听见她的随身听里传来架子鼓的嘶嘶声。她大口嚼着口香糖,傻乎乎地挑衅一般斜眼看我。她就这样站在那里,向这个世界展示着她的全部能量。

在这座城市，大约十多年前，在哈维卡咖啡馆对面的一座宾馆，我把抗哮喘喷雾剂放到伯特的嘴里，说道："吸吧，伯特，深深地吸进去，你就会好起来。"他躺在地上，脸色发青，到了清晨时分，老老实实地按我说的做了。仅仅过了大约十秒钟，菲诺特罗开始起效，他开始舒缓过来。渐渐地，他嘴里的纹路恢复了正常。他大笑道："再来一杯威士忌。"他笑得就像一个被逐出天堂的天使。

汉特克说："所谓魅力，无非是一种肾上腺素激发症。"这种情况可不适合写入诗歌。我个人认为，肾上腺素激发症的说法比魅力更合适——因为前者是起源，后者是结果。汉特克也曾说过："所谓写作技巧，就是尽可能多地洞察到各种可能性。"

这是中欧大都市日常生活的写照。一大早，一个年轻有为的激进政客因为婚姻失败，跳到地铁下面卧轨自杀。奥地利自由党的一位发言人，一位约尔格·海德尔领导下的奥地利极右翼政党的成员，对维也纳童话中的欧洲盘羊愤愤不已——根据这位聪明绝顶的战略家的看法，维也纳的正规动物园已不再有外国绵羊的容身之地了。与此同时，市政会议决定设立"波斯尼亚津贴"，计划给波斯尼亚难民提供失业补助，很快就能领取。未来的移民政策将不得不考虑更多"广义上的重要职业"——也就是说，"例如，欢迎冰球运动员和经理人"：如果他们希望"引进"一位秘书的话，奥地利人将会盛情款待。

奥地利内阁今天审查了许多寻求庇护的人：一项新的"整合方案"即将出台——这基本上意味着原有方案的缩水，从而打击了人权组织的士气,即便如此,约尔格·海德尔仍不满足。他那种自私自利的政策何时才能到头?我们不想在镜子里看到的东西,难道都要被灭绝吗?只有把镜子打碎,才能实现这一目标——过去的世纪就是很好的教训,然而人们明显没有吸取教训。

在格拉茨市,政府决定不予拨款资助一场关于1941—1944年间德军罪行的展览,而且根本不希望举办此类活动。正如施蒂利亚首相瓦尔特劳德·克拉斯尼克解释的那样,她"只希望举办令人欢乐的展览"。

在奥地利生活几周之后,你很快就会明白格奥尔格·特拉克尔[1]为何绝望,卡尔·克劳斯、托马斯·伯恩哈特、埃尔弗里德·耶利内克和维尔纳·施瓦布的怨恨为何如此常见:对此,你又能怎样呢?

汉特克的"皇家戏剧"新作(《筹划生命的永恒》)在城堡歌剧院上演时,有关他"塞尔维亚之旅"的争议仍在继续,其中充满了误导和政治炒作:一位长期定居在奥地利的愤愤不平的克罗地亚人,布拉尼米尔·索切克,略带歇斯底里地写了一本小册子,列举了所有关于汉特克的误解。然而,他的遣词造句充满了双引号,荒谬地岔开了主题,到处都是不相干的评语,与汉特克的政治谬误如出一辙。人们很难在两者之间进行取舍。不过,我见识过更加优秀的作者,那就是年轻时的汉特克,他那疾恶如仇的鲜明立场,此时应该能够为他自己提供某些教益:"对于万物,我几

---

[1] 格奥尔格·特拉克尔(Georg Trakl, 1887—1914),奥地利著名诗人,代表作品有《塞巴斯蒂安在梦中》。——译者注

梅尔克的图书馆

乎总是聚焦于某一物；对于人民，我也只关注个别人（而且我不会感到内疚）……"

大约十多年前，他认为这些观点富有洞见，觉得那是一种"幻想曲重奏"。

一天，我带刚来维也纳的女友去环城大道上的老大学。我陪着她走过巨大的楼梯井，走上宽大的大理石台阶，去参观富丽堂皇的德国文学图书馆——那里的房间非常高大，书籍摆放在墙边古色古香的旧书架上，到处都有人围坐在装有柔和的绿色灯罩的台灯前读书。我们周围一片寂静，而刚才我们还在喧嚣的地铁中。阳光透过高处的窗户照射到书上，静静地发出反光。女友抱紧了我的胳膊，突然显得十分激动。我意识到她忧伤地回忆起了大学时光。她环顾四周，眼睛逐渐变得湿润起来。她在我耳边轻声说道："我们都活反了。"

六个月后，我在马德里再次感受到了这种震撼——当时我像热锅上的蚂蚁一样到处乱跑，为我生病的儿子寻医问药，突然，我看到了古老的雅典公共图书馆。在古雅的图书馆大厅，高大的台阶沐浴在柔和的灯光里。我沿着古朴的木质楼梯走上去，来到一座阅览室，在那里，人们沙沙地翻阅着图书。脚下的木地板发出轻微的嘎吱声。阳光透过书库的大玻璃门照射进来，变得柔和了许多。到处都能听到轻微的脚步声，除此之外，就是寂静。没有什么比一群人安静地读书更加幸福了，人们建造了这样一个地方，它既能使人和谐共处，又能让你感到完全自由。几十个人坐在一起阅读的神奇仪式，如今正在消逝。后来，我遇到了一位也曾到过这座图书馆的人，此人直言："真是无法想象，这样的东西在互联网时代还能存在吗?"好吧,大白天坐在图书馆里,和周围的人一起安静地读书,这种生活方式无疑正在消失。正如在电影院看电影而非在家观看影碟一样,在图书馆读书是一种伟大的集体仪式,代表了一种文化。也许,逐渐消失的公共图书馆是对逐渐消失的人生意义的一种最后纪念。也许,我们真的活反了。

8

萨尔茨堡

在一个清新而美妙的星期日早晨，卡布金纳山顶上的阿尔斯塔特教堂突然钟声齐鸣。透过郁郁葱葱的山毛榉林，可以看到远处白雪覆盖的山峰。这幅景象，格奥尔格·特拉克尔一定非常熟悉。在这块充满鸟语花香的蓝色大地，一架飞机正在起飞，发出巨大的轰鸣。在我的想象中，这块地方已经被污染了几十年，变得喧嚣而鄙俗。然而，这里依然充满了原始气息，一派世外桃源景象，宛如在阳光下打盹的古老梦境。如今，第二个千年已经进入尾声。第二个千年帝国，那个基督教帝国，伟大的思想和艺术的帝国，已经逝去。取而代之的是各自为政的国家，与之伴随的是普遍的冲突：空洞，极端活跃，对琳琅满目的外来事物充满了好奇，这就是下一个千年给人的第一印象。第三个千年将会在混乱、兴奋与迷茫中开启——与上一个千年完全一样。

也许世界就应该是这个样子：在一个小旅馆的鄙俗房间，时隐时现地传来一阵瑟瑟的吉卜赛音乐，从萨拉热窝翻越阿尔卑斯山来到了萨尔茨堡——它比任何语言都更能表明，欧洲是多么不可思议，它充满了无限可能。萨尔茨堡当地的高大警卫，大声喧哗的美国游客，还有他那令人难以忍受的妻子，林兹街上十五个卖艺的乞丐，广播电台里传来矫情的莫扎特音乐，特拉克尔的诗歌，还有吉普赛人的呐喊，冷不丁地怒吼一声"非洲"！——接着就是"波斯尼亚广播电台"反复播放的广告歌曲——也许，在那个奇特的时刻，你想知道自己不知道的一切。你已陷入历史，不能自拔，正因如此，你想活着，尽管生命消逝得比梦境还要快。

　　当代人什么都不知道。

　　　　　　　　　　　　　　——维克多·克莱普勒

　　在那里，我独自一人待在萨尔茨堡一个配有胶合板家具的灯光昏暗的房间，听着波斯尼亚—黑塞哥维那电台里不断重复播放的歌曲，曲终处总是一个以问号结尾的长句，令我一头雾水，忽然改换到这种音乐频道，让我有些郁闷——音乐可以打开远方的国度，那里尽是些废弃的土地和毫无意义的激情——我突然感觉极为振奋，那种孤独，那种对远方爱人的思念，一时间被另一种痴迷所取代：我一定要去一趟萨拉热窝，而且一个人去，把那种神秘和憧憬像醉意一样带在身上，即便这趟旅程仿佛是为我几年前的一些傲慢的批评意见赎罪。因为如果不亲自体验的话，你不会理解任何事情。你的判断可能会十分盲目，就像击败卡斯帕罗夫的那台会下象棋的电脑一样，根本不理解象棋对人类真正意味着什么。那天晚上我无法入睡，一直醒着，焦虑不安——我像一个孩子一样来到了特拉克尔的城市，然后意识到自己必须去一趟萨拉热窝,只因受到一种音乐以及一种难懂的语言中反复出现的以问号结尾的长句的蛊惑。我对汉特克公开站在塞尔维亚一边感到愤慨,而且曾对伯尔纳-亨利·利维进行质疑,所以我必须去,而且马上就去。我清醒地躺着,随后想到了我的儿子,他还不到一岁,喜欢用他热乎乎的小手捏我爱人的脸,并且喜欢看人脸被挤压或拉伸下嘴唇时的痛苦表情,但他最后还是笑呵呵地亲得她一脸鼻涕和口水——无论是什么东西,我都害怕失去它们。接着,电台里传来熟悉的声音,令我非常吃惊,那是波斯尼亚—黑塞哥维那电台反复播放的上百首歌曲的一首,甲壳虫乐队的《随他去》(*Let It Be*)。的确如此,随它去吧。顺其自然,一切随缘,我想,我可以等等再看。

最后我当然没有去,因为没有时间。那里时局未定,而且我该与谁结伴而行呢?于是,几天之后,我又回到了维也纳,看到了宾馆走廊里的塞尔维亚女孩,把她约出来喝了两三杯酒,腻烦地听着从她笑开花的嘴里说出来的那些胡言乱语(她只顾聊迪斯科舞厅和狂野音乐),然后回到房间给爱人打电话,问她是否一切都好,宝宝是否已经睡下,房门是否已经锁好。在那间缺氧的房间,当我喝下最后一杯酒时,雨点开始敲打窗户,在那一瞬间,我仿佛瞥见了历史,因为我们要做很多准备才能在它再次迅速逝去的瞬间窥见它——那是一种全貌,我们身处其中,却无法看到全貌。

城堡歌剧院正在上演彼得·汉特克的新作,讲的是国王的两个儿子为何不能阻止"一个高尚的民族在世界上受到孤立"。与此同时,现代世界也陷入了困惑,会下棋的电脑"深蓝"击败了棋王卡斯帕罗夫,令世人几乎落泪:那些"车""士"和"帅"

都败下阵来，报纸上连篇累牍地谈论着人类最后的希望即将毁灭。在奥地利的《标准报》上，伽利略、达尔文和弗洛伊德被视为过去人类幻想的大破坏者。在我生活的这条街上，有位卖旧报纸的丑老汉——也就是说，他从未出售任何东西，但他就在那里，在那条街上，看着人们来来去去，仿佛自得其乐。我不知道他以何为生，但是不管他多么邋遢和过时，他看上去却很开心。当我拿着从安克尔面包店买来的面包卷经过他的时候，他开心地笑了起来，因为我前一天从他那里买了一份旧《奥地利出版新闻报》。出于感情需要而购买旧报纸，这当然显得十分荒谬，但它却创建了一种联系。那期《奥地利出版新闻报》上有一篇报道，结尾采用了卡斯帕罗夫在结束那场历史性对决之时所说的一句名言："我很惭愧。"卡斯帕罗夫是为我们感到惭愧，是为全人类感到惭愧，就像第一个代表我们登上月球的人，他像英雄一样，感到历史性的惭愧。我认为这没有必要，他并未在抽象层面损失什么东西，只不过是败给了人类发明出来的一台机器。"我很惭愧。"当那位老人向我推销前一天我已买过的报纸时，我也感到惭愧，而且惭愧之极。

这是一则典型的维也纳轶事。在维也纳总站的月台上，我和爱人坐在一条长凳上等火车。她刚在这里待了几天，现在要乘火车去机场。凳子上有一块污渍，似乎是人呕吐出来的东西。一位衣着光鲜、体态丰腴、上了年纪的女人来到长凳前，正准备挨着我们坐下，注意到了那块污渍，然后开始向我们抱怨，"老外们"如何破坏了维也纳，把一切都变得"脏脏不堪"，奥地利人却很"干净"："你知道，日耳曼人就是这样。""你们老家是不是也是这样？"我们厌倦地叹了口气。她问我们在哪里生活，那里的情况是不是同样糟糕。当我的女友最后叹了一口气,说她来自布鲁塞尔时,那人才真正打开了话匣子:不错,布鲁塞尔,欧盟把一切都搞砸了,比利时人很混蛋,骚扰小孩,如此种种,都是为了赚钱;比利时人挥霍无度,维也纳的物价变得越来越高,都是布鲁塞尔人的过错,他们把一切都搞砸了。这里曾经很有"秩序",你们知道这个词是什么意思吗?我们承认自己不知道。就这样,我们一起待了五分钟。我随后争辩道,我们不是欧盟高级官员,维也纳的物价比布鲁塞尔高得多,不仅如此,欧盟是她崇尚的日耳曼人的主意,而且并未取得什么成效。这个约尔格·海德尔式的女人,喜欢装腔作势,你只要把她放在布鲁塞尔或阿姆斯特丹的舞台的一把椅子上,好啊!那纯粹就是维尔纳·施瓦布的化身,她可以接连在里面表演几个星期,让全场观众捧腹不止。可是眼下,此人就在我们面前,这种娱乐效果于是大打折扣。我们一直隐忍不发,最后我的女友坐直了身子,轻声对那人说:这块污渍不是什么脏东西,而是化掉的冰淇淋,刚才有一个可爱的奥地利女孩,十岁左右,蓝眼睛,黄头发,不小心把冰淇淋掉在了上面。那位老女人一时语塞,然后站起身来,宣称自己打算到美丽的瓦豪郊外待一天,继而离开了月台。此时,列车驶进车站,我们又会分开几个星期。我也上了火车,我们还会再见面。几个小时之后,我又经过了月台上的那条长凳。一位男子正坐在那里一边读信,一边用脚在那块此时几乎完全干掉的污渍上搓来搓去。那天晚上,我看到了有关德国首席拉比罗曼·赫佐格的专访。他友好而严肃地奉劝奥地利人必须加入欧盟。这也是日耳曼人的主意吗?与此同时,我注意到周围的军警在严阵以待,原来是德国总统希望在盛装相迎的帝国酒店度过一个宁静的奥地利之夜。

一年以前,在法国南方的一座小镇,我体会到了总是受人指责的布鲁塞尔官僚遭受到的憎恨,他们显然正在使每一个比利时人付出代价:一名开着大车疯狂行驶的男子被迫在一个十字路口紧急刹车,因为我在信号灯变红的时候停了下来。那人把车开到我的一侧,摇下车窗,咆哮着要我滚回我那混蛋的布鲁塞尔去,没有我们这些混蛋的比利时人,欧洲也会照常运转。然后,那人嘴角泛着白沫,飞速闯过了红灯,几乎与两辆车相撞,继而消失了踪影。就在等待信号灯的那一刻,我看到一对鸟儿正在一棵老悬铃木上交配。

在维也纳,除了老维尔纳·施瓦布的战斧和湿热难耐的约瑟夫老城公园,还有另外一些东西,混杂着巴尔干语言;在我居住的那条街上,有克罗地亚人和塞尔维亚人开办的书店,到处弥漫着东欧的气息;在游人不再光顾的工人阶级聚居区,人们依然过着老式的闲适生活;那里的事物仍然具有我们这里早已逝去的魅力,它使生活更加充满诗意,有更多的空间供人思考、驻足和观望。

隔三岔五地,我也会收到人们从荷兰和弗兰德斯发来的慰问传真:在一个如此糟糕的城市待一个月,真是一种折磨。与此同时,我开始慢慢了解这座我们几乎一无所知的城市——在远离中心的地方,总是敞开着灰色的大门,令人兴奋的东欧正是从那里开启。

一天晚上,我去观看海纳·穆勒的《日耳曼尼亚》(第三部)。在我看来,它的情节有些夸张——而且有些老套,它既讽刺了苏联士兵,也讽刺了歇斯底里的希特勒,可谓是一部立场不明的中庸之作:台上的演员根本不用脱掉戏服也能使剧场里的观众明白,穆勒批判的不是遥远的过去，而是当下的兽行。上了年纪的维也纳人对这部剧作感到震惊，也有一些人在离开剧场时心里充满了同情。但我认为，他们很大程度上是为了安抚那些老者。

一旦进入城市中心立场分明的社交场合，你就会发现那种严重的分歧：顽固的保守派与近乎无政府主义者的激进左翼分子之间的对立。早在二十世纪七十年代，臭名昭著的赫尔曼·尼特西就已通过"维也纳行动"困扰着维也纳人，他的艺术仪式充满了鲜血、下水和剥去内脏的动物尸体，并将在今年五月为友人举办一场聚会。海报上的鲜血和污物早已被清除，它表达了当地保守派的立场：所有左翼分子都是野兽；左翼分子则认为：保守派全都是蠢货。在这种情况下，双方根本不可能达成理性的妥协。托马斯·伯恩哈特的作品就是以此为背景，艾尔弗雷德·耶利内克同样如此，维尔纳·施瓦布当然也是如此（他被公认为二十世纪最伟大的剧作家）。然而，格奥尔格·特拉克尔的作品也被它贴上了标签：在萨尔茨堡祥和的资产阶级社区，在这个酥饼做成的圆桶里，一位诗人早在1910年就曾设法从恩格尔大药房的地下室弄到自己所需的可卡因（我曾在这家药房买过一种退烧药，后来还读了门外牌匾上的诗句，诗人的头脑中尽是些阴暗的东西，虽然门外的广告牌上闪烁着"你好"和"多么美好的一天"。）。欧洲任何地方的文化不像当地这样，如此明显地缺乏一个理性的民主中心。一个人要么是右翼，是按照过去的教条行事的保守派，要么主张采取强硬而激进的立场。双方的立场都出奇地坚定不移：决不妥协，行事专断，坚持原则。相比之下，在我们的文化当中，没有人讨厌那种模棱两可的立场，即便像火山一样充满了活力，却不知道下一步会发生什么。而且，维也纳从不缺乏那种荒谬的舞台力量，因为克劳斯和穆齐尔在这里进行着疯狂的创作。不过，这对外面的世界毫无意义，从而令当地的人们感到愤怒，于是过于在乎外人对本地文化的评价。

> 我们的敌人就是以人类的形状出现的问题。
>
> ——海纳·穆勒

我也写诗，一位女诗人坦诚地告诉我，我属于先锋派。当她注意到我惊讶地瞪大了眼睛，于是澄清了自己的观点：就像恩斯特·杨德尔批判小资产阶级一样。她接着讲了下去，我的眼睛却投向一份海报，上面写着"无政府主义者书店"。海报上方则写着"前真理峰书店"。看到这里，我不禁笑出声来。当我试着做出解释时，那位女诗人也是一脸诧异。

埃尔弗里德·耶利内克在这里的约瑟夫老城度过了她的青年时代。在离这不远的街角，就是她在《钢琴师》中描写的老奶牛塑像。耶利内克读中学的时候，就对这个街区的状况愤愤不平。城堡歌剧院很快就会上演她的一部新作，她同时也放弃抵制奥地利演艺界，从而招致媒体的批评，令她更加愤愤不平。在我看来，她对这个国家反复无常的怨恨使她越来越像维也纳人：因为我恨你，所以你爱我。我猜测，这种想法会令她更加愤怒。奥地利人就是通过这种极端的——宿命的——方式凝聚在一起。它的社会十分奇特，既老气横秋，又高深莫测，历史包袱极大、极广、极重，同时具有一种易于冲动的无政府主义做派。一天晚上，我从一部回忆录中注意到，文质彬彬但却生不逢时的斯蒂芬·茨威格曾在这里默默地兢兢业业地创作了十二年——他随后在南美自杀身亡，因为国际化的老哈布斯堡帝国已被纳入德国的版图。

"对自己民族的憎恨，"老葛来高·冯·莱佐瑞[1]说道，"基本上就是一个人真正属于该民族精英人物的标志。"

在一次谈话中，一个专门从性别意识形态角度开展女性研究的学生说，奥地利人应该忘掉耶利内克，他们应该接受英格博格·巴赫曼在小说《玛琳娜》中描述的那种耻辱和微妙斗争，这种主张更加激进。我无法领会她的意思，不知道是该把她视为保守派，还是一个宽宏大量的人。

下奥地利出身（但住在爱尔兰）的克里斯多夫·兰斯迈尔在自己的新作《通向苏腊巴亚之路》中，也曾谈到这个问题：

> 国际主义在中欧的消失，要归咎于哈布斯堡帝国中的德国部分。它是唯一一个超民族的国家（就我的阅历而言，在我看来，另一个类似的国家虽然很小，但却曾经同哈布斯堡帝国一样有价值：它就是比利时）。德国人想要统一，奥地利人却仍与他们保持联系。奥地利人觉得自己备受德国人的折磨，德国人也有同感。奥地利人不想受到德国人的轻视，但在面对捷克人、斯洛伐克人、匈牙利人、斯洛文尼亚人、克罗地亚人和塞尔维亚人时，他们骄傲的宣称自己是"日耳曼人"。伴随着这种日耳曼迷梦，他们从心理上推翻了中欧的国际主义。

---

[1] 葛来高·冯·莱佐瑞（Gregor von Rezzori，1914—1998），奥地利著名作家。

兰斯迈尔讲述了一些正在逐渐失传的奥地利轶闻——末代皇后芝塔去世之前曾经可怜楚楚地回国访问；布劳瑙（希特勒出生的那个村庄）一位掘墓人的故事；政治劳改犯在山中某处修建水坝时出现的末世征兆；一个怪人收集了 8600 个奥地利旧式灯罩。

兰斯迈尔讲述的这些奇谈怪论令人对奥地利耳目一新，但却总是带有一种难以言传的压抑感。

与此同时，我开始喜欢上了这座城市——它充满了困惑，它的年轻人与众不同，它看上去老气横秋。我乘着地铁漫无目的地尽情参观。这里有着湿热的大陆性气候，几乎没有一丝凉风。到了黄昏，天气热得让人喘不过气来，无数的人像斯拉夫人那样出来散步。这里是名副其实的"熔炉"。

那是一个绝对无关紧要的时刻。傍晚，我挽起了衬衫袖子，坐在维也纳的一个露台上。天气依然热得让人喘不过气来。我和一位朋友一边吃饭，一边畅谈。几个小时之后，夜幕降临，我到剧院看了一场演出，然后步行返回老城区，结果被雨淋得瑟瑟发抖。也许有一天，它会成为（我的）历史，或许有人也会产生这种久违的感受——这种感受显然因我而生：某座大楼的气息和景观依然存在，想象当中，潮湿的柏油路面一定看起来像在"上个世纪"。展现在我眼前的东西，未来的人们再也看不到了。那些东西可以写入诗歌。许多东西只有逝去之后，才会体现它们的价值。就像在这座城市的某个夜晚一样，它已成为你生命的一部分。它或许对某人来说具有特殊意义，或许由于某一幅景象而变得重要，因为我们的头脑中没有多少值得怀念的记忆。诸如维克多·克莱普勒那样谦逊的记者非常明白其中的道理。所以，我要把当下记录下来。我们桌子旁边的植物随风摇摆；艺术馆宽敞的门廊下面放置了大约二十张桌子；大街对面的公园里，人们围着喷泉散步；一个小伙子从重型摩托车上下来，从皮夹克里掏出一只袖珍小狗；街上一只调皮的麻雀几乎飞到我的盘子里啄食，当它转到我身后那位老妇人的盘子上时，我听见她慈祥地说道，"吃吧，我的街头小乞丐"。

直到凌晨两点半，我都在看奥地利电视台的德语版罗伯特·奥特曼"短篇集"。节目虽然很难看，但我却看不够：汤姆·威兹模仿约尔格·海德尔的口气狞笑道："来吧，我的宝贝。"他的样子的确很像波利斯·卡罗夫扮演的吸血鬼德古拉。

在这座城市，虽然我希望了解另一个民族，但却被不断扔回自己幻想的世界。这是我唯一确信的一点有意义的东西。这种做法不太可取，但却能够让我更好地认识自己。

我喜欢到卡米内托饭店吃饭，因为它是维也纳的意大利人定期聚会的地方，可以让我轻松地听上一个小时意大利语。啊，到意大利去旅游，那是一种多么腻味但却总是挥之不去的念想！成为意大利人：对佛兰芒人、荷兰人、英国人、德国人、巴黎人、纽约人来说，是一种多么老套的说辞。在雪莱和济慈之后，由于不能像邻座的女孩那样流利地讲意大利语，不能尽情欣赏原汁原味的意大利广播电视公司的节目和吉娜·娜尼尼、艾洛斯·雷玛若提的作品，对我们这些北方人来说是一件多么扫兴的事情。我们喜欢点意式煎小牛肉火腿卷、马苏里拉奶酪、卡乔菲尼芝麻菜、摩泰台拉香肚、朗布鲁斯白葡萄酒和珊布卡咖啡，不仅因为我们确实喜欢那些东西——我们当然喜欢它们,因为它们要比我们那里平淡无奇的饮食美味两倍。因此,来到这里坐下之后,当我像学生那样一本正经地用意大利语点菜时,我会忘掉"比利时",因为你来自那里,不是吗,"先生"?"啊,比利时!比利时很好,我爷爷在那里工作过。列日很漂亮!埃克,舒恩,这两个地方也不错。"

我想起了一个人,我们几乎就要成为朋友,但在前一天的早上,他在南方的一条街上突然莫名地发病,倒地身亡。这件事情让我痛苦地明白了一件事情,生命就是一场虚空,它完全都是虚空,我们的一切努力都是白费,但却只能如此。在返回城里之前,我想醉得更彻底一些,然后乘地铁看人。于是我又磕磕巴巴地操起意大利语说道:"先生,劳驾再来一杯珊布卡咖啡。不错,来一大杯。它的味道好极了。"

一天早上,斯洛文尼亚清洁工拿着喷壶来到我的房间:"教授先生",隔壁住的是意大利人。她一边打扫,一边嘟哝,天呐,天呐,真是"脏透了"。糟糕,由于她害怕小虫子,你得明白,"敬请谅解"。我还没说什么,她就开始用喷壶给地板喷洒极为难闻的消毒剂。我赶忙把面包、奶油和咖啡移开,她却追在我身后,把昏暗的小厨房也喷了个遍,继而是卫生间。她仿佛想要杀死所有的小妖怪,当然是印度人眼中的小妖怪——这个女人本身是为每月五千先令的工资移民到了奥地利——最后把我的整座公寓都变成了一个大毒气室。她非常害怕受到我那印度邻居的传染,于是在干活的时候,一边喷消毒液,一边念念有词。不要打开窗户!她尖叫着冲了出去。我马上把所有的门窗开到最大,好让凉风吹进来。两天之后，她又来了，看上去冷静了许多，她已在这里工作了六个月，但却决定回到摩拉维亚的布尔诺，因为她已受不了压榨。我的老板"很差劲"，她说，"我准备去学经济学"。那些装在胸前的清洁用品令她的一只手又红又肿。以后我也会知道其中的原理了，"教授先生"！

在维也纳市郊古更的利奥·纳夫拉蒂尔精神病院，我终于可以漫步在精神失常的诗人恩斯特·赫贝克走过的小道。在那里，我看到了精神失常的画家奥斯瓦尔德·奇尔特纳的画作，它们曾是我难以磨灭的记忆。他的一幅照片也曾常年萦绕在我的脑海：照片中的他正在穿过一条走廊，身后是一台可口可乐售货机，照片下面的文字写着："这就是我的样子，一成不变。"当我在《缝合》的末尾描写这位才华横溢、多愁善感、精神失常的画家时，他的这幅照片总是在我眼前浮现："热量在头顶 / 热量在发梢 / 热量在墙角 / 病人可以散步 / 病人可以打球：病人可以休息 / 可以到桑树上 / 摘十五片叶子 / 可以整夜行走……"

我漫步在那些安静而笨拙的人物中间。他们有时会盯着我看，有时会冲进色彩明亮的走廊。我突然看到一个小房间，有人指给我看一位昏昏欲睡的老人，他正坐在那里用手绢擦拭眼睛。那人告诉我："他就是奥斯瓦尔德·奇尔特纳。"我吃了一惊。我还以为他跟恩斯特·赫贝克一样多年前就已去世，情况显然不是这样：他就坐在这里，像一位老天使，他已不属于这个世界，他的画家生涯仍在继续，他面色苍白，一幅苍老的样子。我走上前去，伸出手来，说见到他令我很感动，（我心里一直在想：天呐，他跟照片上的形象相比真是老多了）。他握住我的手，抬头看着我，似乎

"这就是我的样子,一成不变。"——奥斯瓦尔德·奇尔特纳

需要思考很久。他说自己很高兴,很高兴,不错,这样活着是多么愉快,他很高兴自己很高兴,再见吧,再见吧,好啊,再会吧,好啊,希望以后还能再见到你。他久久地摇着我的手,然后突然松开,眼睛直直地看向前方。我站在那里,心里十分别扭,嗓子堵得难受。我再次向他点头致意,然后回到了走廊里面。墙上挂着诗人亚历山大——恩斯特·赫贝克最著名的病友的照片。海纳·基普哈特著名的反精神治疗题材小说《马尔茨》就是取材于此。这里地处奥地利内陆一座充满诗情画意的村庄,建在林木繁茂的山坡上,收容了许多精神失常的画家和作家。在一条小道上,W.G. 塞巴尔德可能曾与赫贝克并肩散步,那里有一座废弃的房屋,墙上涂着歪歪扭扭的红色字迹:"救命,我们想出去!"在我的想象中,塞巴尔德走在赫贝克身后,赫贝克走在罗伯特·瓦尔泽身后,瓦尔泽走在特拉克尔身后,特拉克尔走在伦茨身后,伦茨走在荷尔德林身后,荷尔德林走在卡斯帕尔·豪泽尔身后。我同一位下午刚刚认识的女人边走边聊,她的眼睛闪闪发亮,指给我看那些星星点点的涂鸦:它们似乎是为拍摄电影而重新涂画,显得太过真实,也太典型,我们只能想象。那天的天气晴朗,充满了夏天的气息,当我们沿着桑树下的陡坡向下走时,一对精神病人把我们甩在身后,嘴里嘟哝着我们无法理解的各种声音。

一个人若是从未听过放映机在身后沙沙转动的声音,就不会理解何为记忆,也不会明白现在的愿景,那些阴森的画面投射到幕布上,在差强人意的背景下呈现出各种形状。(**选自路易斯·费伦描写维也纳的小说《土耳其晚祷》**)

我和她约在卡夫卡去世的那所房屋门前会面。那天一早，我就和一位练习"放下"的朋友驾车去巴登。我们在他屋后的葡萄园驻足观望，听到了那一年的第一声布谷鸟的鸣叫声。时值五月，在闷热得几乎令人窒息的匈牙利之夏，一切都显得异常多产、湿润和温暖——像是法国南方的山区，同样散发着葡萄酒和老地窖的气息。这位朋友带我来到维也纳的郊区，我们在那里见到了一个出乎我意料的女人——在午后的晴空之下，她显得不那么容光焕发，气氛也不太自然：在一位女性朋友的建议下，我曾试着给她打过几次电话，有几次也在答录机里听过她的声音，她的名字里有一个轻微的咬舌音"S"，我也不知为何认为她长着一头黑发。此时，我的朋友过来道别，在陌生的第三者面前，我们都变得有些拘束。于是他带我到楼上待了一会儿——在这个星期六下午，那个女人专门向我们开放了卡夫卡去世时所在的那座房屋——我们三个人站在二楼后侧的阳台，看着宁静的后花园，以及木质的斜屋顶。这里曾是他的阳台，卡夫卡在生命的最后几个月里，每天都能看到这幅景象。这里没有怎么发生变化，依旧有树木、屋顶、喜鹊和山雀。楼下的后墙外侧当年曾是收治结核病人的一家私人机构，午后时分，会有一些面色苍白、表情阴暗的人坐在那里。他一定时常和那些人坐在一起，尽管并不怎么同情他们——他最终发现自己可以同朵拉·迪亚曼特这个女人一起生活，有可能与她恋爱成家，虽然他总是觉得不大可能。我们站在阳台上，不知道究竟该说些什么。我们还不了解站在旁边的这个女人。此时此地的整个过程，我们都在观望。有那么一刻，我们似乎穿越回去，看到了他，那是一个又黑又瘦、眼神犀利的人，我们应该与他握过手。当我们为自己这些幼稚的想法感到吃惊时，知道此时应该道别了。我们谁都没有料到会有这种奇特的感受。那个女孩走到了大厅里站了一会儿,当她回到狭窄的木质阳台时,那里只剩下我们两人——这一年五月,那座阳台仍很完整,与卡夫卡安静地坐在那里去世时完全一样,然而到了同一年的十二月,新闻报道称那座阳台已经被拆掉,上面的木板也被一块块地卖掉了。这座小型博物馆为了生存下去,出卖了它赖以存在的基础。所以,即便是故地重游,我的追忆也已变成历史了。我从未写过卡夫卡,也不准备写他。他象征了太多的东西,也太过自然,身为一名作家,他没有旁人那样丰富的生活阅历,当人们都在外面享受生活时,他却在伏案写作。很快,关于卡夫卡的作品要么是写他那谜一样的人生,要么是写他那凄楚的命运。每一个研究卡夫卡的人对此都已习以为常。其实,我之所以不想写卡夫卡,也写不出什么,完全是由于自己无法抗拒他的在天之灵。在那个炎热的下午,我遇到的那个人就奄奄一息地坐在阳台上。在那个狭促的场合,我撕下了一小片墙纸,算作我对他的纪念。当我写这篇文章的时候,再度产生了那种穿越感,发现自己意外地写起了它——同时意识到距离自己上次经历它时,正好是一个月——这个奇妙的日期似乎暗示出了一个人应该做什么,不应该做什么。

我转向那个女人,她问了我一个问题——毕竟,我们要想认识对方,就得做点什么,此时我们应该接着那些电话留言讲起——我做了回答,具体内容已记不清楚,她当时显得有些惊讶,还笑了起来,有点调侃地看着我:为什么?——然后继续斜靠在阳台的扶手上,仿佛要从风景当中寻找些什么。

我们从卡夫卡去世的那所房屋沿着赫贝克小道走回了古更,

然后从古更乘汽车回到了市中心。她向我介绍了多瑙河畔的一些景物，以及灰色街道上的一些地标。我们去了伯格萨斯附近的犹太人公墓——那是一个场院，周围被一群新修的高大而呆板的老式民居环绕，到处都是刻着希伯来文字的歪歪斜斜的旧式圆顶石碑。这里十分偏僻，被排挤到城市的角落，即便如此，市政会议也有许多顾虑，不至将它们清除出去。一些残破的石碑上刻着犹太铭文，有几座石碑顶上还带有巨大的花冠残片，上面长出了青草，看上去就像牙齿几乎掉光的大嘴。上了年纪的奥地利人对这个地方深恶痛绝，他们故意带着帆布躺椅在那里晒太阳，甚至令人发指地聚在那里喝咖啡。不过，市政府总得留心此起彼伏的人道主义抗议活动，总要有所顾虑。古老的犹太石碑就像大迁徙时代的神秘遗物一样保留在城里，见证着犹太人超乎想象的悲惨经历。当我站在那里观看那些石碑时，心神不宁地想起了卡夫卡。这些犹太墓地仿佛是一座被铝合金门窗掩藏起来与世隔绝的死者收容所，默默地为一种越来越难懂的生活方式呐喊，这种生活方式的大门钥匙已经丢失，我们仿佛置身于一座地宫的大门，遇到了难解的象形文字。在这块埋葬着犹太人尸骨的地方，包含着卡夫卡的坟墓。这不是他一个人的坟墓，也不是同情犹太人的精神坟墓，而是一个神秘的灭绝了的民族的坟墓，这个民族与今天的以色列鹰派人物没有多少关联——它是卡夫卡的民族，有着肺结核病，有自己的故事。这个民族没有土地，在这里也只有一小块地，而且周围都是搜寻腐肉的秃鹰。

1938年维也纳驱逐犹太人的事件，意味着这座伟大的城市也随即遇害了。如今填满这个空虚的躯壳的年轻人，与我

那一代人没有任何关联。(葛来高·冯·莱佐瑞)

在我的记忆中,它还会开放:"无名者公墓",那是维也纳城外十公里左右的一座被多瑙河淹没的偏僻的小公墓。

在一处工业区的尽头,掩映着一段土墙,杨花像雪片一样覆盖了大地,遮住了两座令人望而生畏的大型地下储藏室。在四周栽满七叶木的地方,是一块充满诗情画意的广场。广场中央有许多密集的墓碑,碑上刻得大多是些"无名、不详"字样。即便有名字,也不过是"波拉克""诺瓦克""古特曼"之类的姓氏——也许墓主不巧正是波兰人、捷克人或犹太人。这些人都来自外地,生前未能被当地人接受,死后却被某种更伟大的力量揽入怀抱:在距维也纳两公里的土墙后面,奔流的河水被河中央的狭长小岛一分为二,从而把上游漂来的尸体冲到岛上。墓地里的旧式铁十字架上,一个接一个地刻着:"无名""无名""不详"。其中还有一个刻着"难忘"。它多少令人感到奇怪。既难忘,又无名:这是什么意思?最初又是什么意思?是这具死尸当初被发现时令人难忘吗?还是被某人认了出来?还是在某人眼前溺亡的小孩或成人,曾经浮出水面,又沉到水里,最后又漂了上来?是这位无名的墓主令人难忘,还是当初死得令人难忘?死者的面部是否曾被拉钩毁容?还是曾经发生过其他令人遐想的事情?

在随风飞舞的花丛深处,掩藏着一家小酒馆,店主年复一年、日复一日地照看着这片墓地,照看着那些在多瑙河溺亡的人。这里仿佛世界的尽头。在一位仿佛老相识的迷人的女子陪伴下,(其实我们不过是在那漫长而美妙的一天刚刚认识),我从市中心那座带有奇特尖顶的著名的尤妮亚酒店出发,沿着多瑙河的大堤骑行了大约十公里。渐渐地，街道变得开阔起来，我们把河岸上散步的、玩轮滑的、遛狗的人甩在了身后。市郊的四座旧天然气储藏罐开始映入眼帘，继而是炼油厂，然后是烟雾缭绕的大片工业区。她与我并肩骑行，不时伸出手臂，笑着指给我看沿途的景物。我们就这样骑行下去，直到阳光越来越晒。我们沿着通向布拉迪斯拉发的高速公路靠右猛冲，骑了几公里之后，到达了一处弯道。在这条一眼望不到头的柏油路上，除了沿途的树丛和破旧的广告牌，就只剩下我们两个行人。燕子在我们头上掠过，透过树丛，我们可以看到左侧奔流的河水。我们奋力地向前骑行，那位女子一边笑着给我讲故事，一边甩着她那浓密的卷发。在她的用心帮助下，让我感觉那一天非常美好。骑行了四十五分钟后，我们路过了一座旧火车站，那里陈列着几排车厢。它们曾在战争期间运送物资，至今难掩一种哀伤的气息。它们就停靠在路边，可能早在纳粹建好大型谷仓之后，就被丢弃在那里。在那段路上，我们让自行车凭惯性前行，趁机喘息片刻，欣赏一下四周的风景。路旁有一家关闭多年的香肠店。自童年起，我就记得海港附近的老式吊车。在河堤新修的几座金属地下储藏室一侧，也耸立着一些锈迹斑斑的吊车，看上去就像神话故事中的铁鸟，掩映在老仓库中间。经过三辆停靠在路旁的货车之后，一片绿地突然出现在眼前，指示牌上用德语写着："无名公墓"。穿过一段土墙，可以看到一座深陷在地下的圆形教堂。自去年以来，这里出现了一块纪念约瑟夫·福斯的铭牌。此人曾经日复一日地照看这块墓地，长达六十余年。他在这里栽种鲜花，清扫墓道，一座接一座地精心点亮那些无名墓碑上的旧式铁皮灯盏，并为那些剥落的银色铭文和黑色铭牌重新刷漆。他从1935年就已开始这些工作，当时这片墓地还未正式关闭。他去世时距我站到这里时还不到一年。墓地里的两棵大槐树，在他生前肯定能够天天看到，如今已被连根拔起。这里早已不再收容新的死者，他却依旧忠诚地照看着这群同被冲到此处，并安息于此处的人。

就像墓地中一块黑色铭牌上的诗文写的那样，他们同被冲到此处。到了审判日，我们也会被冲到一块，而他们这些人，就像诗文接着写的那样，将不会被遗忘：人们对那些自杀身亡的人显得异乎寻常地宽容，若是根据官方的教义，这些人即便是在死后，也通常会被剥夺幸福的权利。

> 你们这些饱受磨难的心灵，
> 若是已经求得和平与安宁，
> 在遥远的彼岸，你们也将，
> 时时刻刻，不再感到悲伤。
>
> 你们身上的污泥已经洗去，
> 你们的名字不会刻上墓碑，
> 你们会安息于上帝的怀抱，
> 接受他赐予的和平，阿门。

在一片已被砍伐的树林里，我坐在一根尚未挖出地面的树桩上，一边等待，一边思考。我的女向导坐在一旁，浓密的金发在微风中轻轻飘动。在一片无名的墓碑丛中，她看上去就像一个金色的光点。她一边抽烟，一边沉思，让我像她一样，有足够的时间去适应这片土地。当我坐在她旁边的树桩上，从那里观看这片墓地时——那幅场景有点像让·法布尔[1]标注昆虫名称的蓝色十字架,只有一位艺术家才会产生这样的幻想:用一位又一位"无名"的死者填满一座公墓。她忧郁地说,奥地利的自杀率在全欧洲排最高,维也纳的自杀率则在全奥地利排最高。那些死者被冲到了这里,他们有的并未经历过第二次世界大战,早在哈布斯堡帝国走向崩溃之时,就投河自尽,退出了历史舞台。是否当冲锋队最初施虐时,就已有人担心遭受他们的毒手?在很长一段时间里,奥地利依旧充满具有本国特色,但却令人难以忍受的诗情画意。毫无疑问,自1901年设立这片公墓以来,它也接受过第一次世界大战的受害者,其中或许有人听过萨拉热窝发出的第一声枪响,看到昔日的中欧大国走向终结,也许有的人只是不经意或不小心掉进了河里。我们可以设想一下,1904的6月16日,在诺拉·巴纳克尔第一次亲吻吉姆·乔伊斯的那一天,一位行人突然对生活失去了信心,一个小孩摇摇晃晃地走到了河边。

在这里,河水把死者卷了上来,他们的尸身已经发胀,皮肤也被岸边的石头划破,外表像所有的尸体一样变得发青。他们隐藏了自己的历史,毁坏了自己的身体,腹部肿胀,眼神怪异,半沉在水中,像噩梦中的人形大鱼。我向她讲起一部关于塞纳河溺亡者的电影,导演彼得·格林纳威如何仿制了那些尸体,那一排排的死者背后,总有一些背景:他们的一生,错失良机,美貌,暴力,众叛亲离,生活失意,生命终结。她睁大眼睛看着我,一边思考,一边抽烟,沉默了良久,然后指给我看冷杉丛中掩藏的一块纪念碑。那是此前曾经照看这块墓地的人的墓碑。他见证过那些迷失的、溺

---

[1] 让·法布尔(Jan Fabre, 1958—),比利时著名艺术家,曾受比利时女王之邀,将140万只昆虫标本黏贴在王宫大厅的天花板上。——译者注

亡的、被抛弃的生命埋葬时的情景：他自己最后也葬在了这里。他是其中唯一一个易于识别出身份的死者，因为他就躺在自己生前居住的地方——他是那些溺亡者的守护者，他也有一个名字。

从两棵并排耸立的大树的树冠看过去，三座大型地下储藏室的颜色已经有些泛黄。

我们站起身来，沿着树下的小道走向那家小酒馆。有几个人坐在里面，喝着饮料。一个女孩正沿着荒草萋萋的河岸遛狗。一位司机驾驶着呼呼冒烟的重型卡车紧挨着酒馆门廊的桌子停了下来，似乎想要把它们慢慢碾碎。卡车的车顶碰到了一些低垂的树枝。我们听到一阵噼里啪啦声，然后看到司机从高高的驾驶室里跳下来，走到酒馆里面就餐。他忘记了拉手刹，那辆重型卡车缓缓地朝着河岸的方向后退了一米的距离，然后摇摇晃晃地停在了空旷的沙地上。我们喝着饮料，一边抽烟，一边观望。多瑙河上的一艘大型驳船正在朝着维也纳方向航行。远处的河岸传来缓缓运转的马达声，驳船的螺旋桨激起了水花，波浪把水下的东西卷了上来。情况就是这样，该发生的必然会发生。我想起了上游八十公里的地方，高耸的梅尔克修道院后面，多瑙河畔充满诗情画意的风景。在那里，安伯托·艾柯请当地一位上了年纪的僧人写下了《玫瑰之名》——我也想起了布拉迪斯拉发附近废弃的多瑙河码头，从那里可以去往布达佩斯的玛格丽塔岛，夏天人们会在那里晒日光浴；也可以向南去往前南斯拉夫的佩克斯和巴纳特（或许那里近来也躺着不少尸体）；从那可以通向鲁斯丘克，加内蒂在那里度过了他的青年时代；一直到穿越罗马尼亚之后，克劳迪奥·马格里斯在《多瑙河》中描写的情景才画上了句号。

我们迎风朝维也纳方向骑行了十公里，黄昏回到市区时，已是满脸汗水。我们在一家埃及餐馆吃晚饭,谈笑间就喝醉了。人生不过如此,释然之后,就会结识一些令你开心的人,就会容光焕发。我们喝得有点过量,她的脸颊变得绯红。由于酒精的热力,我们此时开始流露出真性情。维也纳正在下雨,只是一场傍晚的小雨。在我的想象中,这座城市再次变成了一座港口,它可以通往一个依然不为人知的欧洲,那里的一切都得重新开始。这又是一种年代错乱。街上走过去几个北非人,仿佛是被冲到了这座城市。

在一个宁静的星期日傍晚,夕阳西下,维也纳凯尔特纳大街上有人在吹奏迪吉里杜管,我突然发现自己需要排遣心中的寂寞。那种声响仿佛把我带回到悉尼的环形广场,令我像木雕一样驻足聆听。过了一会儿,我依旧无法离开,那种低沉的韵律仿佛将我麻醉,只能任由它摆布。我在那里站了多久?半个小时?一个小时?我记不清了。在我和那位艺人周围,这座城市闪耀得就像来自遥远未来的梦境。大约每隔两分钟,这位艺人会突然睁开布满血丝的眼睛,同时看我一眼,并对我愈发注意。他的身体随着椴木管的震动而颤抖,把发声的一端朝向我这边。他随后又闭上眼睛,突然吹出一个高音,仿佛一种动物的叫声,继而逐渐降下音调,重复吹奏,直到降至最低。他的身体随着这种原始的音响轻轻摇摆。我开始感受到他的盛情,想必他自己也明白。他是一个三十岁左右的白人,身材宽大,长得很像澳洲原住民。他的眼窝很深,眉毛很密,几乎呈白色。在吹奏了几个小时之后,他的嘴唇变得又红又丑,就像女人长时间交媾之后的阴唇,显得松弛而肿胀。他显然精通各种复杂的吹奏技巧,他空着的左手同时拍打着夹在腿弯的小鼓。他不断吹出各种变声、混音、低音和高音。这件奇特而永恒的乐器抑扬顿挫地演奏着,像是一只低吼的神秘生物,一个从时光深处穿越而来的神祇。我感觉自己正在被慢慢彻底石化。我敢肯定,他的思绪一定在来回变换,在紧闭的双眼前面,他能看到自己正在穿越一片炎热的空旷大地,而我正在陪他一起行走。当他停止演奏时,我们仿佛来了个急刹,然后惊讶地发现自己正置身于维也纳。不过,我曾在这个星球待过一段时间,他却完全沉浸在那抑扬顿挫的音调中,缓缓睁开了眼睛,目光似乎要把我看透。他友好地眨了眨眼,笑了一会儿,然后慢慢地向我点头致意。他的思绪显然还在很遥远的地方。鄙俗的商业街带着一丝寒意,那些招摇过市的维也纳人对他充满了鄙夷。他拿起另一只尺寸较小的迪吉里杜管,调试了一会儿。在这条街道的深处,一个男孩正在嘻嘻哈哈地唱《女人善变》,周围一定有两百人在围观。他和我在这里都很孤独。他仿佛是要尽快把那个饶舌歌手的噪音盖过去,于是把那只彩饰较少的小迪吉里杜管放到嘴里,向我眨了一下眼睛,重新开启了穿越丛林的旅程,在炎热的荒野,一去就是一千年。我突然非常怀念澳大利亚,怀念那里干爽的气息,绵延不绝的山峰,羽毛鲜艳的无名鸟儿发出的欢快叫声,高声鸣叫着来回飞舞的大群苍鹭,野兔和干涸的河床,在桉树下乘凉的蜥蜴,以及树上昏昏欲睡的考拉,海狮在人迹罕至的海滩上玩耍,不错,还有阿德莱德的一条空旷得令人难以忍受的偏僻街道,我在那里第一次对自己的死亡产生了恐惧。

啊,用不了两分钟,你就会开始发现自己的可笑之处。世界各地的明信片在眼前一晃而过,你会意识到自己与成千上万的人一样,相信离群索居是有可能的。你要么找出理由,要么随它去。天堂是一个集中营。走在充满维也纳庸俗商品的傻里傻气的凯尔特纳大街，我发现露台上挤满了人，他们在叽叽喳喳地聊天，歌剧即将开演，服务员端着装得满满的托盘在顾客之间来回穿梭。我避开了那些喧嚣的地方，烦人的噪音渐渐远去，但却依然悄悄地跟在身后。歌剧演员再次展开了歌喉，这次唱的是《千金小姐》。我想起了性格爽朗的朋友米歇尔，他总是一边抽烟，一边笑得喘不过气来。在悉尼的环形广场，他醉得像个迈不动步的教皇。他看着我周围的风景，然后一本正经地说，他觉得大桥要比考拉漂亮。

  那天晚上，我在梦中只能听到低沉而单调的韵律，时高时低，在空旷而炎热的地方时隐时现，令我沉迷。但它不在这里，这里只有令耶利内克深恶痛绝的黑暗、空虚而无聊的约瑟夫老城。这里一片虚空，因为人生就是一场虚空，我想起了一些吟唱过这些叠句的诗人——克里斯汀·达罕和莱昂纳德·诺伦斯——老天啊，我躺在维也纳一个闷热房间的小床上，寂寞难耐。我开始想念我的女友和孩子，但却不能给她们打电话，因为在这个愚蠢而凄凉的维也纳清晨，时间才刚到四点钟。这种情况真是不可思议，我不由自主地想着，心中思绪万千，直到阿尔瑟大街的头班电车轰隆隆地驶过时，我才再次睡去。

    也许，城市并非由景观构成。它并非一系列互相联系的客观景象。也许，城市可以隐形。（巴特·维尔沙菲尔）

9

马赛的都市传奇和沙丁鱼

1940年的初夏,一个小伙子骑着自行车从安特卫普附近的博姆向马赛进发。他已经十八岁,刚刚逃脱了德国占领军的征召,否则就有可能去德国打仗或工作。当时,一切都变得前途未卜。所以,他没有选择冒险,而是走了一条保险的道路,告别父母,骑上自行车去远行。他骑啊骑啊,夜以继日地骑着。他骑过阿登山脉,骑过法国东北连绵的大山,骑过马恩河谷,累了就在农场的草垛或棚屋里随便睡上一觉,他从那里可以远远看到行进的军队——维希政府是否已经建立?——他有时候会躲藏起来,当地人得知他来自比利时之后,有时会表示理解,有时则会表示怀疑。由于长时间的爬坡,他累得筋疲力尽。穿过气候寒冷、壁垒森严的朗格勒小镇之后,他开始骑往第戎,以及带有弗莱芒风味的哥特小镇勃纳,首次穿越了圣乔治之夜葡萄园、热弗雷-香贝丹葡萄园、罗曼尼-康蒂葡萄园和阿洛斯-哥顿葡萄园——他当时对这些名字完全没有概念。那里的和平景象似乎永恒不变,公路上偶尔才会出现繁忙的情况:绿色的大车,大队的人群,接着又是无尽的大地和阳光,还有他运动的双腿。他骑啊骑啊,夜以继日地骑着。经过一些哨卡时,他有几次被当成德国逃兵抓了起来。过了里昂之后,天气开始变得酷热难耐。经过瓦朗斯、蒙特利马尔、奥朗日和阿维农时,他没有停留,继续前行。晚上他就在古城墙下某些若隐若现的葡萄园睡觉。第二天,他转向东方,朝着埃克斯方向骑行,走了一条弧形路线。他顶着烈日,穿过了近乎干旱的杜朗斯平原。就这样,几个星期之后,他到达了马赛。这座古时被称作"马西利亚"的海港城市,早在希罗多德、修昔底德和亚里士多德的作品中就已出现,也曾受到普鲁塔克、恺撒、李维和塔西佗的盛赞。他为了躲避纳粹的征召,骑车远行,"走过千山万水",看到了大海——"塔拉萨,塔拉萨"[1]!他站在看上去有点像威尼斯的马赛旧港,对阳光下海面变幻莫测的颜色啧啧称奇。他推着自行车沿着比利时澳海大道步履蹒跚地走着,直到双腿发软。接着,他转身来到卡奴比埃尔大街,惊奇地到处张望。在股票交易所的门前,他看到了第一位完成环球旅行的人,马西利亚的皮西亚斯的塑像。然后,他沿着绿树成荫的贝尔桑斯大街漫步。到了傍晚,他在罗马街的一家小旅馆找了一个房间。这家小旅馆有两个入口,一个专为穷困潦倒的旅客开放,另一个则是妓女的夜间通道。

  他为躲避德军征召而进行的马赛之旅,只不过重复了无数人进城避难的先例。在二十世纪,有无数人在他之前完成了这一旅程,不管他们来自南方、东方还是北方:他们也曾站在码头上对大海啧啧称奇,也曾惊奇地在大街上行走,也曾听到几十种语言,看到自信的女人,听到码头附近渔民的喊叫,看到埃克斯港口后

---

[1] 塔拉萨(Thalassa),希腊语,意为"海洋"。——译者注

面具有非洲风情的街道,看到圣母大道和儒勒·鞠思特广场,以及名声不佳的帕尼埃老城区。这条路线,卡萨诺瓦曾经走过,夏多布里昂曾经走过,司汤达曾经走过,叔本华和瓦尔特·本雅明其实也曾走过:在这座城市,他们四处张望,带有一种解放了的感觉,而且并不指望得到什么。

这个小伙子在这里待了两个多月,后来在法国人的帮助下找到了工作。他在一家法国坦克工厂的技术部担任维修工。他听说了抵抗组织的事情,他很年轻,没怎么在意。他相貌英俊,到了晚上,他会站在码头上看渔民为捕捞的鱼虾过秤,会看到一些重达两百公斤的金枪鱼——站着的时候,他会抽一支有着黑色烟丝的香烟,偶尔也会从指甲里抠出一块黑色的油污。码头上的海风吹动着他的卷发,旁边有些姑娘笑着对他眨眼,但他对她们视而不见,因为他在想念故乡的佛拉芒甜心爱人。每当他在这座城市感到不如意时,就会开始想家。

他就是我未来的父亲,半个多世纪之后的一个炎热的下午,我几乎赤条条地站在一家宾馆房间的窗前,一边俯瞰马赛旧港,一边给他打电话。他当时正在自家花园安静地坐着喝下午茶,得知我所在的位置时,他开始打开话匣子,口中不断重复,"不过啊,小伙子"。于是我不得不讲出自己所在的确切位置,他说他知道那个地方,而且再次表示难以置信。我可以听出他的心情很激动,整个世界仿佛展现在了他的面前。他问我是否到过罗马街,那些旅馆是否还在,他住过的那家旅馆会不会已经消失了,老城区是否还在,那里的街道当年十分狭窄,街这边人可以在楼上和街那边楼上的人握手,他们当年处理生活垃圾的方式是直接将它们扔出窗外。我告诉父亲,它们已经不在了,取而代之的是一座图书城和购物中心，里面装着空调。

放下电话，我感觉仿佛经历了一次轮回。他的孙子此刻正在四楼的阳台上抓着栏杆一边呜里哇啦地叫嚷，一边瞅着楼下呼啸的汽车和海边密集的人群，还有空中盘旋的海鸥，以及远处闪闪发光的海水。我把他抱到怀里，笑着展示给正在换衣服的妻子。她对我说："来把衣服穿上，咱们逛街去。"

马赛的城市特色不如它的故事吸引人。除了帕尼埃老城区、贝尔桑斯大街、卡奴比埃尔大街和马赛旧港，所有的作家都想谈一谈马赛的故事，而非它的景观。这里的北非人在过去的几个世纪里都很有势力，形成了一个神秘的群体，产生了许多有关犯罪、阴暗、恐吓和色情的故事。除此之外，人们也对这座城市的希腊起源故事津津乐道——根据传说，希腊国王的一个女儿在爱奥尼亚下嫁给了一位来自福西亚的水手，两人随后修建了马西利亚城——马赛的都市传奇如此著名，显然是因为它在城市规划方面的历史魅力远远大于其地理特征。在民族主义者看来，马赛居民因之而津津乐道的这个唯一特征是消极的：他们自认为是希腊人的后裔，从而与内陆——普罗旺斯——无关，他们关注的更多的是波光粼粼的大海。他们也的确靠海为生，马赛人把大量的海产品慷慨地运往内地，除了现金之外，不求任何其他回报。他们感觉自己生活在一块飞地，几百年来，他们比内陆的农业区享有更多的自由，与吕贝隆、沃克吕兹和德罗姆的落后山区相比，他们生活中的自由色彩更加浓厚——与许多大城市一样，他们的城市居民对周边地区隐约带有一丝鄙视。几百年来，马赛人的志向极为远大。它在过去被称为普罗旺斯的雅典，也曾是唯一在德尔菲拥有神庙的希腊境外城市,即便它曾反抗过恺撒,也没有被恺撒消灭。几百年来,它深得罗马人的尊重,凭借精明的政策,它消灭了自己在地中海的最大对手迦太基。

几乎每天早晨,任何一个马赛人都可以从码头乘船抵达北非海岸——奥兰、丹吉尔、阿尔及尔——就像荷兰人和比利时人可以随时去往伦敦一样。坐在马赛旧港附近的露台上,享受着萨玛利丹百货大楼的阴凉,喝着冰镇饮料,你会感觉保罗·鲍尔斯[1]和加缪笔下的局外人的世界就在眼前。这种兼具消极与自负心理的异国特色,使马赛居民喜欢自鸣得意地拿巴黎开一些温和的玩笑——"如果卡奴比埃尔大街搬到巴黎的话,就会成为一个小马赛"——巴黎知识分子对他们的鄙视只会加重后者的疏离感。与此同时,当下饱受国民阵线攻击的外来移民也构成了马塞人的核心身份。正因如此,这里的种族主义与其他地方不同,它完全是一种文化矛盾。但在那些生活或行走在这座城市的人看来,现实的情况与政治宣传有所不同:它要复杂得多,而且十分庸俗,既自然,又明显。相比之下,政客们更喜欢唱高调,却忽视了现实的复杂性。

作为这座城市的一种地中海特色,北非人在全市人口中分布很广:也就是说,如果不了解埃克斯港口儒勒·鞠思特广场后面带有异国色彩的臭气熏天的小区,不了解罗马街后面的小巷,即使最顽固的种族主义者也无法对这里的生活加以想象——因为移民消失了的话,也就剥夺了马赛的身份。没有北非人的话,马赛

---

[1] 保罗·鲍尔斯(Paul Bowles,1910—1999),美国著名作家,代表作品有《情陷撒哈拉》。——译者注

将会怎样？一个外省小城，在各个方面与它鄙视的内地一样落后。它的北非特色已经像一个古老的谣言一样传播开来，它是一种氛围，使原有的一切都得到了强化，同时并未形成任何实际的基础，没有引发实际的冲突。外来人口构成了持续存在的身份危机的核心成分，反过来也为这座城市增添了极大的活力。它"几乎"总是挥之不去，人们既害怕它，又需要它——就像这座城市的黑影，使它变得更加性感迷人，既令人感到自豪，同时也感到烦恼。

人们也在利用它。即便是在那些贫民区，也散发出理想的气息，然而没有人能够指出"正式"的边界。为了保持这种更为强硬的形象，马赛必须总是显得有些膨胀，比那些虚构故事里的猖狂犯罪的移民还要凶悍（那些移民通常已在马赛生活了好几代，认为自己是百分之百的马赛人，在大多数情况下，他们的犯罪率比其他大城市的贫民平均犯罪率高——除非你像希拉克一样，认为吸食大麻也属于犯罪）。这就是马赛的"法国人"要"更加过分"的根源，他们渴望一种极端的东西，但却不知道它具体怎样，只好呵斥自己的邻居，疯狂地飙车，并让始终轰鸣的音响震得门窗发颤。为了宣泄情绪，当地人发明了另外一些东西，一种极为刺耳、夸张、狠毒的语言，它喧嚣而饶舌，滑稽而气急败坏，充满了污言秽语，听上去就像一万只刚出笼的飞鸟在海面上拍打翅膀。真正享有安宁生活的，只有那些非洲人——尤其是那些肤色最黑的人，他们就像高尚的野人一样，看着路上那些大腹便便、大话连篇的马赛人，心中自有主意。然而，当你开始认识到这一点时，或至少比较得意地自认为理解了某些方面时，却突然发现自己来到了这座城市的腹地，站到了一家黑乎乎的小理发店门前，闻到了午休时间那种热烘烘的腐败气息。昏暗的门廊里传出了具有东方韵味的音乐,门上挂着一块标志牌,上面用油漆写着"非洲当红理发师"。牌子的下方写的则是"专业直发"。

所有这些自相矛盾的故事,使马赛变成了一个杰出的"逻各斯之城""故事之城"和"成语之都",同时也是词语泛滥之地。然而,代表未知"真相"的"终极词汇"从未出现,它每天都像达摩克利斯之剑一样悬在市区上空,指着那些庭院,那些肮脏的小巷,那些用臭烘烘的笼子出售活鸡的生意惨淡的商店,还有市郊那些枯燥的水泥阳台。只有来到那些宏大的现代都市建筑——例如宏伟的维珍百货大楼,小院中的悄悄话才会暂停下来,年轻的人们开始采取一种不歧视任何肤色的国际主义立场。

因此,把马赛当成巴黎对立面的说法只是一种肤浅的观点。首先,在诸如里尔、里昂和巴黎这样的城市,其外国移民如今可能比马赛还要多,它的市民也就不必再因本市的移民成分而自吹自擂。它们唯一的区别在文化方面:马赛的移民已经在那里生活了许多代,从而构成了当地的一个重要组成部分。其次,说起马赛与巴黎的对立,只不过是近两个世纪才出现的现象(马赛此前只与地中海的其他城市进行比较),其发明者是德·赛维尼夫人、乔治·桑、埃米尔·左拉或维克多·雨果,甚至包括安托南·阿尔托。巧合的是,后者就是马赛本地人,他后期的文学成就基本上是在巴黎取得的,他也比其他人更痴迷于做得"更加过分",这种情况可能更有说服力。

马赛的主要矛盾显然在于它对法国其他地区的分离主义态度,尤其在二十世纪初,即便没有特指,它也总是戏谑地与巴黎进行对比。(就像我在露台上听到的一段法语对话那样:"是啊,这才是典型的法国特色!为什么会是这样呢?唉,在巴黎,却没有了法国味,真要命。")

是有法国味,还是完全没有法国味,还是只有纯正的法国味?马赛这里应有尽有。

马赛也许是一种典型的对立型城市,当你意识到自己进入陷阱之前,就会发现它是一个词语陷阱,一个都市传奇,传说中的"地中海的法国芝加哥",一座微型的通天塔。

在历史上,没有哪个城市像马赛那样强烈排外。那些胆小怕事的富人,曾以高调追求"真理"与"正统"为由,毒化了整个普罗旺斯的风气,却像躲避瘟疫一样躲避这座城市。马赛?"真要命",千万别去那里!你都无法停车;"他们"会在光天化日之下偷走你的车轮;"他们"会在你加油站付账的时候偷你的车载音响;市北地区简直就像瘟疫,那里所有的酒店都很危险,也很肮脏;"他们"的衬衫里面藏着刀具;永远不要去埃克斯港之外的地方;若是不得不去那些地方,永远不要直视"他们"的眼睛;老天保佑,但愿我们还能看到你活着回来。他们坐在马赛旧港附近的露台上,笑眯眯地看着眼前的浓味鱼汤。马赛人会把红彤彤的螃蟹运到内地,让那里的人也享受到这种美味。他们会经常翻阅彼得·迈尔的书(《普罗旺斯的一年》),也会花大价钱购买那些陶瓷制品。过了一会儿,有一个声音冒了出来:"这究竟是什么鬼东西?"

人群中爆发出一阵清脆的笑声,感染了邻桌用餐的人,它像波浪一样传遍了整个餐厅,有人开始举起酒杯向身边发笑的陌生人致意,最后所有人都举起了酒杯,他们彼此高声祝酒,这种人声鼎沸的场面也传到了路边的餐桌上,就连路人也停下脚步一看究竟。其实什么都没有发生,但人们离不开它,那纯粹就是一种旺盛的精力。

有些地方根本没有名字——马赛就有这样的地方。例如，伊芙堡所在的岛上有一些厕所，它们又脏又臭，超乎人们的想象——炎热的海风会透过吱吱作响、锈迹斑斑的旧窗户把臭气吹进来——令你不禁想起大仲马描写的一座监狱，那里关押着他的主人公——基度山伯爵，当地人至今仍对这个人物念念不忘。

这座坚固的小屋，由于一种莫名的恶臭，令人想起东方人的残破浴室，在古罗马拱门的阴凉中，台阶已被尿液浸透，令我第一次看到了与当地人吹嘘的罗马古迹相符的东西。这些古迹已被肯尼迪滨海大道沿途那些毫无想象力的楼房破坏，怪石嶙峋的海滩看上去像是假冒的加利福尼亚，海边的建筑奇形怪状，码头设计得也很粗劣。在那里，城市的概念已经萎缩，它的最后一角已被淹没在岩石和阳光之中。在海湾上方，迎着傍晚的斜阳，大片的乌云正在升起，看上去就像金光闪闪的宝塔。

保罗·索鲁在《周游地中海》这部精彩的游记中，把伊芙堡称作恶魔岛与魔法王国的复合体，是一座迪斯尼乐园式的监狱。沙子在乱石间飞舞，游客随意丢弃纸屑，水泥碎片和尖利的石块会割伤人们的脚踝，令他想起变质了的蛋糕。他很庆幸自己航行到了这里，在这片海域，他感到国家已经变得无足轻重。

这种关于南方地区肮脏不堪的概念，尤其是肮脏与璀璨之间的反差，通过一种巧妙的方式令人信以为真——在此期间，北方知识分子在巴黎出版的一份报纸《解放报》连续几周都刊文称赞福克纳作品中的异国情调，他们考察和评论的地区同样炎热，同样充满矛盾。到了晚上，当我观看一幅世界地图时，发现马赛比福克纳所在的区域更加靠北。"这究竟是什么鬼东西?"

无名之地——过去人们经常指出,马赛没有历史性的纪念碑,甚至在建筑方面没有任何可以说明其罗马根源的证据。它没有阿尔勒和奥朗日那样的竞技场,也没有圣雷米那样的凯旋门。这里只有沙滩、阳光、鱼腥味,桌子上滴着带有咸味的水珠,沉闷的大道上沥青被晒得发烫,小巷却有着出人意料的魅力。情况确实如此,普拉多附近有一座公园非常干净,股票交易所大楼也相当气派,当然,名副其实的建筑珍宝是在山上——圣母加德大教堂("她是我们的保护神",一位老人一边扶着船上的扶手,一边热情地指给我们看)。然而,除此之外,马赛基本上就是一块无名之地,它把你直接扔在熙熙攘攘的大街上,让你感受到白日的喧嚣,仿佛就是一座码头、车站或地铁中转站。

二十世纪中叶,马赛交易所在破土动工时,无意间开启了一系列考古发掘,任何人随便在那里挖一铲子,就能发现一些古罗马的器皿。如今,这些出土文物被随意摆放在马赛历史博物馆里,要想参观它们,你得先经过一楼大厅老掉牙的购物中心,然后乘下行扶梯穿过一些俗里俗气的商铺,最后再穿过一道笨重的玻璃门,就到了陈列文物的地下室。你在那里还可以发现一些古迹,包括马赛古城墙的残片。在一个大玻璃箱里,摆放着马西利亚古城的模型(古罗马人把马赛称作马西利亚,古希腊人则称其为马萨里亚)。这座虚构的模型设计了许多带有石柱和走廊的大型建筑,以阿尔忒弥斯和阿波罗的神庙最为突出。当皮西亚斯驾船环游世界之后,马赛旧港在他眼里变成了一条小溪,只不过是一个天然形成的小水洼。那种情况不啻两千年后澳大利亚的博特尼湾在英国流放犯人眼中的形象。

历史博物馆的图书馆同样位于百货大楼的地下室里，读者看上去大都是外地人，进馆之前都要被两位面色苍白、表情忧郁的女士悄无声息地加以盘查。图书馆的环境令人震撼：那里通常是地下停车场，但却设成了藏书室，不免令人产生一种印象——这座城市真是太与众不同了。

因为马赛没有大学，有志于学术的年轻人要到埃克斯或巴黎去学习，他们当中有一半永久留在了巴黎。多年之后，他们偶尔也会泛起乡愁，但也就是如此而已。马赛的这种人才流失，部分要归咎于它那夜郎自大的自恋主义。其实，只有里昂才能对巴黎的文化霸主地位构成挑战，马赛则完全不够资格。如果在法国南方有一个"小巴黎"的话，那也是在埃克斯，那里充满了林荫小道，学生风度翩翩，带着昂贵的太阳镜四处招摇，并经常口出狂言。

所以，至少从地理或文化层面来看，马赛根本不是"另一个法国"；否则，尼斯和戛纳同样具有那种"异化特征"，而据我们所知，它们绝对不能代表"另一个法国"。不过，马赛反映了法国历史的一个片段：它与阿拉伯世界的联系，它所经历的阿尔及利亚战争，至今仍是许多马赛人的心头之痛，导致他们与几乎所有的北非人都关系紧张——这个问题在十八世纪和十九世纪尚未出现，当时该市已有北非移民，基里柯会大大方方地描绘自己在摩洛哥猎捕雄狮的情景，福楼拜则会吹嘘埃及妓女的故事。马赛的这份历史遗产，由于法国与北非错综复杂的关系，在法国人鼓吹"永恒的法兰西"时，几乎不为外国人所知。它有着秘而不宣的含义，有时会令北方人感到惊讶：保守的雅克·希拉克有时也会对掩护犹太人的比尔·克林顿打出这张阿拉伯政治牌。它不仅涉及法国的经济利益——当你漫步在马赛街头时,你会注意到那里缺乏一种色情文化,你也找不到加缪(他描写过奥兰)、扬·盖菲雷克[1]或迪迪尔·范·考韦拉尔特[2]的作品。巴黎当今一些著名的知识分子,例如贝尔纳-亨利·列维和雅克·德里达,都是出生在北非,而且经常回到那里。

唯有如此,当然也只有如此,马赛才是唯一可以对抗"法兰西岛"的具有异域风情的法国城市。

马赛最古老的名人是马西利亚的皮西亚斯。他是我们所知的首位环游世界的人,是伊本·巴图塔、马可·波罗等人的先驱。他曾去寻找适合定居的极北之地——古代人坚信苦寒之地会有尽头,它就位于他们前面几千公里的地方。皮西亚斯航行到了极远的地方。据他本人讲,他到达了极北之地"图里"。关于自己的航程,他至少写过两本书,但后来都失传了。皮西亚斯所说的北极究竟是挪威、冰岛,还是格陵兰,存有许多疑问。他所说的"图里"到底是什么意思?这个问题依然极大地困扰着一些学者。皮西亚斯生活的时代与毕达哥拉斯十分接近,他们都认为地球是圆的。作为一名航海家,他证实了这一点。他的事业在当时并不显著,他那个时代的历史学家对他的发现要么熟视无睹,要么嗤之

---

[1] 扬·盖菲雷克(Yann Queffelec, 1950—),法国著名作家,曾以《野蛮的婚礼》荣获1985年度法国龚古尔文学奖。——译者注
[2] 迪迪尔·范·考韦拉尔特(Didier van Cauwelart),法国著名作家,曾以《一趟去程》荣获1995年度法国龚古尔文学奖。——译者注

以鼻。其实，他是第一个发现西欧的希腊人，却被斯塔拉波这位基督时代的希腊地理学家公然称作骗子和妄想狂。也许，他就是后来某座海港城市的都市传奇的奠基者？

如果皮西亚斯所言非虚的话，布列塔尼北面的一些地方应该依然生活着一些蛮族，并且由于严寒，他们过得十分悲惨。然而，皮西亚斯这个经常睁着眼睛说瞎话的人，无疑在这件事情上撒了谎。斯塔拉波也持这种观点。可是，罗马人对他称赞有加，还在本市为这位首次完成环球航行的人立了一座半身塑像。

十八个世纪之后，大仲马谈起马赛时，讲了一些十足的疯话，他称其为"爱奥尼亚的城市，它与提尔和西顿同时出现，城里弥漫着献给戴安娜女神的祭品的香气，与皮西亚斯故事里的情节如出一辙"。如今，大仲马的塑像就位于马赛股票交易所大楼前面。他的眼睛平视前方，浮夸地拿着一只手杖，单脚踩在一头海豹的鼻子上。他似乎对下面这条卡奴比埃尔大街上的异域风情没什么兴趣。

一位研究古典学的年轻学者告诉我，关于皮西亚斯的文字肯定没有被翻译成荷兰语。她决定为此有所行动。我们一起在图书馆的索引卡片中寻找，但发现的资料当中有一半都是在毫无意义地复述那个著名的传奇。书架上没有皮西亚斯的作品，只有那位一头雾水的混血女孩坐在那里，眼睛直勾勾地盯着前方，几乎要把铅笔咬成碎片。

除此之外，马赛也只不过是以他的姓氏命名了一条街道。在比利时澳海码头后面的一条小街，也有一家破破烂烂的皮西亚斯比萨店。下午两点左右，皮西亚斯大街被笼罩在一片浓密的阴影下面，街上看起来一片模糊，让你无法确定看到的是不是自己正

马西利亚的皮西亚斯,照片由本书作者拍摄。

在观看的东西。你能看到什么?有人坐在街旁在笔记本上潦草地写着,仿佛他这一生就指望它了。那位研究古典学的学者正在拍摄街道铭牌。紧贴着她的脚踝,一辆汽车呼啸着冲向街道的尽头,有人开始叫骂起来,声音淹没在炫目而汹涌的阳光之下。

让·季奥诺[1]这位普罗旺斯作家在谈起马诺斯克人时,令人联想起契诃夫笔下的三姊妹形象——季奥诺本人就是来自上普罗旺斯——他说出了所有人的心声:我们要到马赛去。这些人其实从未去过马赛。这座城市成了一种寻求刺激的象征,它与维吉尔描绘的田园景象大相径庭,后者的第一首田园诗讲的就是提提鲁斯坐在橡树的树荫下打盹,就像契诃夫笔下的三姊妹闲坐在乡间别墅里,体会着雅克·拉康所谓的"小A物体"——"莫斯科"给她们带来的愉悦,就像一位坐在塔巴克酒吧门口的悬铃木下喝法式茴香酒的老人会说,他毕生的愿望就是去马赛,他为自己说出心里话而感到满足,但却并未采取实际行动。

所以,这些人从未去过马赛,只是待在深山某处的小村庄里,并对此事念念不忘。报纸把马赛的故事每天都传到更远的悬铃木和橡树下。他们宁愿相信那些惊悚的故事,从而更加坚定了心中的恐惧和渴望。昨天,一名三十五岁的男子被一群十五到十七岁的孩子在街上杀害。受害人的弟弟由于智力障碍的缘故,经常受那些小流氓的嘲笑和骚扰,被他们扔石头,乃至拳脚相加。这个孩子的心灵受到了极大的创伤,基本上不敢再走出家门。他的监护

---

[1] 让·季奥诺(Jean Giono, 1895—1970),法国著名作家,曾于1953年荣获法国龚古尔文学奖,代表作品有《四海之歌》《愿我的欢乐长存》《生命的凯歌》和《屋顶上的轻骑兵》。——译者注

人哥哥外出时，被他们踢倒在人行道上，继而被一柄小刺刀（不要忘了，这就是三个火枪手所在的城市）刺中了后背。案发后的第二天，马赛街头举行了一场游行示威活动，终点是市政厅的门口。在那里，勒庞领导的国民阵线成员高呼种族主义口号，试图主导此次活动。示威者进行了抗议，并很快与这种"政治化的人间闹剧"保持距离。直到此时，报纸的读者才意识到那些小流氓是外国移民。不过，报纸对此语焉不详：难道它是以这种方式不让马赛抛弃勒庞？人们极为怀疑，就像荷兰作家艾妮尔·兰达斯所称的那样，温情脉脉的乐观的多元文化主义能否在这种冲突中保持中立。

马赛的真正中心尚不具有坚实的历史基础。所以，国民阵线——就像比利时的佛兰德斯集团——依然热衷于一个把街谈巷议炒作成政治化的民族仇恨。从结构和制度层面来看，种族主义赖以生发的文化沙漠其实是在郊区。维特罗勒的市长就是国民阵线的成员，他的党派已经开始掌权。在夸夸其谈的凯瑟琳·梅格里特领导下，该市剥夺了所有文化组织的基金，剔除了管理层中的外国移民，淘汰了大量人员，简言之，她奉行的政策与二十世纪三十年代的纳粹并无二致。也就是说，如今掌权的这群人就是我父亲1940年要骑车外出躲避的那些人。艾斯塔克这座怡人的小海湾，曾经吸引塞尚前来作画，如今却成了匪帮与种族主义者剧烈冲突的废弃海滩。在工业化的海港之外，已经没有空间修建宽阔的高速公路了。就像当地一位愁眉苦脸的老人对我说的那样，任何带有"圣"字的郊区都问题重重。实际上，所有在建筑、城市规划（或缺乏规划）以及人口方面不再能让居民感觉自己生活在一个有意义的社区的地方，如今都在沦为当代性的野蛮状态：丑陋的街道，内在的不安全感先是变为麻木不仁，继而充满敌意和偏见，不喜欢外来人，这些都是一种竞争性的生存本能，最终会导致人类的浩劫。正如穆齐尔在二十世纪初曾经说过的那样，维也纳当时变成了堕落世界的一个实验室。我们或许也可以说，如今全欧洲的城市郊区都变成了十九世纪人道原则最终堕落的实验室，从这个意义上讲，它是二十一世纪永恒内战的前提阶段，就像那些不怎么讨人喜欢的连环漫画所描绘的那样，在肮脏的地铁里，一群装配着高科技产品的人充满了部落争端。在二十世纪七十年代末，与大多数郊区的文化沙漠相比，欧洲古城中心的生活开始变得难以忍受，而且极不舒适。如今，由于城市生态的转变，人们几乎又过上了一派田园风光的乡村生活：复古的街道，狭窄而冷静，保留了文化空间、露台和酒吧，树木修剪得很整齐，庭院里装着灯柱，整套装备都美轮美奂。那是对逝去的资产阶级传统魅力、优雅和思想的后现代主义模仿。为了发展旅游业，人们复制了"传统"。与一般的城市郊区相比，这里有丑得惊人的超市、建筑工地和仓储场所，漫不经心的发展规划，无视环境质量，无人幸免的交通拥堵，人们一脸倦容，废弃的停车场上堆放着亮闪闪的跑步装置，最后一块乡间土地成了垃圾场，大量的土地被荒废，贴着塑料导流板的二手汽车在街上横冲直撞。

举例来说，当一个人驾车来到阿维农时——这座历史名城美丽的中心区掩盖了那里的人口问题——首先会经过一片巨大的商业区，当地的文化宣传册中的所有内容都能在那里找到拙劣的仿品。城市中心与郊区之间在生活质量、文化和政治远见方面存在的差异，在未来的几十年之后会越来越大，而且会波及西欧的所有大城市。

城市郊区的这些文化沙漠当然也吸引着人们的想象，因为它们淋漓尽致地展现出了生活的空虚状态,继而以一种具有未来态势的极为冷漠的方式构成了一种新型城市生活的基础,它既不属于城市,也不属于乡村,而是一种不确定的状态。它为作家的想象力提供了一座宝库,可以营造出托马斯·品钦那样的作家所构想的世界。

荷兰哲学家威廉·科尔斯在《无边的城市》中指出,城市其实一直在吞食着乡村。当然,至少从公共场所的设施、设备和生活方式来看,"城市"肯定已经扩展到了极小的郊区,甚至是村庄当中。农夫从马路旁哼着歌儿回到家中,也能在电视的晚间新闻中看到巴黎的游行示威活动。不过,在科尔斯看来,荷兰的文化城市与都市聚居区之间似乎没什么区别。也许,真正的区别在于,典型的城市现象在都市之外的地方没有基础,它们在逻辑上不可能从那里发展起来。都市现象在乡村历史上的缺乏,不免令人感觉现代城市的虚伪及其狂野,它的全部基础都合情合理,继而也就机械地过度扩张起来。

如果你注意观察的话,就会发现,当今时代有多少重要的艺术家出身于那些被剥夺了文化的郊区,或是那些难以界定的地区。结果令人吃惊。安居于诸如布洛涅森林、肯辛顿花园、阿姆斯特丹老运河区或于克勒大道的上层资产阶级社区,显然不具备令人渴望成为原创艺术家的绝望和混乱环境。在那些城市的中心——就像被森林包围的村庄一样——医生的后代是医生,律师的后代是律师,文化贩子的后代是文化贩子,他们的安全不成问题,生活得很惬意。然而,正是在那些介于城乡之间的凶暴而空旷的地带,隐约出现了许多问题,滋生了令我们恐惧和渴望的新事物。就像那位马诺斯克老人一样,他可能明天就要到马赛去,前提是天不下雨，也不太热，路上不太拥堵，灌木丛不会着火……

在过去的两个世纪里，作家们写到马赛时，总要抱怨它从未变成一座知识之城，而是选择成为一座无忧无虑的南方商港，虽然为遥远而模糊的过去而自豪，却在当今失去了雄心壮志。它与的里雅斯特不同，后者利用其港口商业的成果培育了一个熟谙文化和文学的上层中产阶级，马赛这座贸易城市则把产业限于下层中产阶级，只会滋生出一个自私自利的群体。普罗旺斯著名作家米斯特拉尔曾经踌躇满志地指出，马赛必须成为"拉丁文化之都"，然而，半个世纪过去了，布莱斯·桑德拉尔和让·巴拉尔却只能说，这个团体从未形成。马赛还是老样子，就像三千年前那样。它没有错失机遇，也没有放弃理想，它满足于自己讲述的故事，成了它自己的都市传奇。它就是这样，让你一目了然，当下就能感受到纯正的阳光、色彩和愉悦的心情。这也是为什么马赛的许多地方看上去如此令人瞠目结舌。它鄙视任何伪装——于是那些丑陋的公寓楼似乎专为引发争议而建，否则人们根本不会谈论它们。它像固特区的巨量混凝土（法国人的发明）和丑陋的塑料装饰一样，败坏了海滨地区神圣的海湾和水流。不过，你依然可以在礁石间不动声色地游泳，而且在刚刚露出水面的位置，你会看到海湾远端伊芙堡的神圣景象。总之，马赛令你一览无遗，它没有秘密，而且依然令我们着迷。不过，北非有一位作家塔哈尔·本·杰隆[1]，在他的文化背景当中，城市的确拥有秘密，他却吊诡地宣称：马赛本身就是一个谜。这个谜缺乏解释，就像街上闪烁的光芒一样难以捉

---

[1] 塔哈尔·本·杰隆（Tahar Ben Jelloun, 1944— ），摩洛哥著名作家，曾经荣获1987年度法国龚古尔文学奖，代表作品有《黑夜的秘密》。——译者注

摸,而且缺乏一种连贯的思想:它们究竟是如何出现的?便宜行事,得过且过。正因如此,马赛到处都令人感受到郊区那种浓郁的孤独,即便是在市中心。经过第二次世界大战的浩劫之后,市政委员会把许多公寓楼连街拆除,那些老建筑本身也已衰败不堪,只能让人感到压抑。建筑师——尤其是那些终身有生意做的平庸建筑师——设计的那些民居十分呆板,走廊缺乏人情味,楼梯又窄又陡,电梯慢得要命,单元门狭小逼仄,房间像监牢一样窄小,阳台很无趣,景观也很无趣,只能听到水泥森林空空荡荡的回声。他们的精神和道德品质总是超乎人们的想象,也有可能他们根本就缺乏这些品质。

如果把勒庞所属党派中的"法兰西"(La France)一词去掉"F"和"N"的话,就会变成一个你所熟知的词汇"解放"。不过,《解放报》具有鲜明的党派倾向以及盛气凌人的"唯我独尊"风格,它会以头版及其后面的三版篇幅发表专刊纪念猫王逝世二十周年,在马赛没有多少读者。它玩世不恭地宣称——"法语中没有自由这个词"。另一份报纸是《普罗旺斯报》,它持右翼的民粹主义立场,厚颜无耻地以自我为中心。《马塞人》是一份进步的报纸,有时却惊人地与前者意见一致。民粹主义是一个熔炉,在过去的几十年里,右翼和左翼都在其中提炼出了爆炸性的能量,到目前为止,还没有人知道如何驾驭它。

都市传奇?还是确凿的史实?橡树下的提提鲁斯又开始打盹了。

1940年,当我的父亲围着那些法式坦克忙前跑后时,马赛市郊的工人社区诞生了一个男孩。在二十世纪三十年代，男孩的父亲为了躲避佛朗哥的法西斯势力，从巴塞罗那逃了出来。他步行翻越了比利牛斯山，也曾费尽口舌地向法国海关官员解释他的目的。（大约在同一时间，德国犹太裔哲学家瓦尔特·本雅明来到了佩皮尼昂的南部，他对维希政权的恐惧如此之大，以至在被海关官员扣押一天之后，选择了服毒自尽。）他有什么目的？对于卡洛斯先生来说，他自己并不清楚，但有一点非常明确：那就是活下去。当值的海关官员在拼写他的西班牙名字——"卡洛斯"（Carlos）——的时候，误将其写为"卡鲁斯"（Carlus）。在战后的艰难岁月里，他的儿子成了家人不饿肚子的最大保障。男孩每天早晨六点都会拎着一个柳条筐到码头上去，来到刚刚捕鱼归来的渔夫旁边，仰着高傲而黝黑的小脸，笑嘻嘻地看着他们把鱼虾装进大桶里。当第一缕阳光照到码头上时，渔夫就会从那一大堆鱼虾当中抓起一两条鱼来，吆喝着扔到他的筐子里。在返回自家所在的昏暗街道之前，男孩都能弄到一满筐鱼。靠着这种神奇的捕鱼方法，全家人都能吃得上饭。他给我讲起这段往事时，脸上洋溢着笑容。如今，他已是一位世界闻名的马赛鱼汤供应商，喜欢热热闹闹地大口喝茴香酒。他很有风度，是玩地滚球的高手。马赛人和比利时人通常把地滚球称作法式滚球（pétanque），有一天，他给我讲述了其中的原委。

我当然听过法式滚球这个名字，那是一个典型的马赛词汇，听上去像是"潮湖"（calanque，一种小海湾），词源也差不多。

话说有一个上了年纪的人（传言来自里昂，其实无法证明），有一天感到寂寞，却无法从椅子上起来，只好郁郁寡欢地坐着。他投出一些小球，试图投中一块石头。他有一个朋友，每隔几天都会来看他，有时也会陪他玩一会儿，两人一起朝着石头投球。不过，老人表示抗议，因为对于迈不动步的人来说，双脚固定之后，投中目标的难度要大得多。所以，玩球的人要像老人一样，双脚必须固定。这种立定投球的游戏，其微妙之处，就在于争论玩家如何迈步，以及朝哪里迈步。如今，这种游戏出现了许多种玩法，真正的高手可以在迈出三大步之后，飞身将球投中目标，而且腾空之时，双腿分开，离地大约三十厘米。为了准确判断腾跃的高度，有时还会在比赛时进行拍照，主要是为了避免争议失控。正如季奥诺所说的那样，还是换一个话题吧：对于格陵兰人、荷兰人或比利时人来说，一时半会儿讲不明白。我们想起了古希腊历史学家描绘的画面：他们都是布列塔尼北边的蛮族。那些野蛮人在休假时如果玩起这个游戏，就会蠢得只注意球——北方人典型的功能主义做派——却不注意步法。然而，这种游戏可不仅仅是投球，"卡鲁斯"一边笑着给我斟上第十杯茴香酒，一边眼神犀利地指出，其关键在于步法，步子要到位，"步步为营"。

可是，你在任何一部字典里都找不到"tanqué"这个词，它是一个俚语，指的是某人撞到玻璃门之后，一时呆呆地贴在上面，或指一辆汽车由于速度太猛，冲到沟里动弹不得。它有可能是马赛人对"搁浅"（tangage）一词的广义引申，反过来也指像船只一样原地摇晃。所以，我们可以推测，"pétanque"这个词指的就是当一艘船搁浅时，船上的人会无助地原地摇晃。那是一幅糟糕的画面，老人忘了怎么走路，于是——谁晓得呢——只想回到船上，跟那些天天出海的年轻渔人待在一起，就像当年的基督一样，渴望在无尽的大海上行走。法式滚球的玩家希望站在原地，把手中的球精准地投中他们先前扔出的物体。显然，他们冥冥之中也渴望能在大海的宽广怀抱里平静地死去。马赛人最不希望的就是，在海上打拼了一辈子，却在陆地上进入他们又恨又爱的另一个世界，就像是把最后一个球精准地投掷出去，却看着它砰然坠地，错失目标。他们赢了。

据说，拉萨路这位可以起死回生的人在能够重新走路之后，来到了马西利亚，过上了幸福的生活。与他同行的是圣经上记载的三个女人，名字都叫玛丽亚。你可以推测，他登陆的地方，就是圣玛丽海湾。

根据让·季奥诺的说法，马赛较为富裕的居民过着背朝大海的生活，他们的故事都与南方无关。他们会到北部的山区度假，去爬阿尔普迪埃山，或在海拔较高的山村租一座古朴的小房子，以躲避炎炎的夏日，并且乐于把讲述地中海故事、撰写文学作品、沾染北非抑郁症，以及制作明信片的事情，统统留给马赛的游客们。

法国人热衷于把自己的国家视作六边形，在它的六个角上，大致对应着六座城市：里尔、布列斯特、波尔多、马赛、格勒诺贝尔，以及斯特拉斯堡。如果你列出这些城市并且加以比较的话，就会发现想象中的法兰西共同体其实是一个大拼盘，在不同的文化区，生活着肤色各异的人。这种情况足以令那些真正的民族主义者感到心虚，尽管法国不乏鼓吹民族主义的杰出人物，例如曾经流亡伦敦的戴高乐、法老式的晚年密特朗、粗鲁而务实的希拉克，或是像斗兽场里的牛头犬一样更加粗鲁的勒庞，其口号是"法兰西……之子！法兰西……之女！"

这一口号响彻法国，僻静的河谷和山峰的小酒吧，勃艮第和利穆赞的清凉酒窖，都兰和朗德的高原，空气清新的多尔多涅山丘，纳博讷和佩皮尼昂之间沉寂的炎热地带，阿拉斯偏僻的北部乡村，尤瑟纳的田野，与德国交界的东部森林和小城，安纳西的高级场所和穷奢极欲之地，蒙彼利埃风格独特的小街道，无尽的高速公路沿线的一些偏僻的加油站，安装着低质音响的厕所，播放着背景音乐的电梯，一身油污、不知让·热内是何方神圣的司机强打精神、亮着大灯行驶在布列斯特公路的货车驾驶舱，巴黎的地铁站，享受高额退休金的人居住的奥尔良南部的布伦园林别墅，都能听到它的回声。提到奥尔良，我想起了二十多年前听过的一首由克罗斯比、斯蒂尔斯、纳什和扬创作的老歌，充满了乡愁，歌词里出现了一些法国地名，演唱起来却满是美国口音。歌曲从奥尔良开始，到旺多姆结束。这首歌至今仍能唤起我的漂泊感，那种感觉就像法国蜿蜒不绝的道路一样，令我心生敬畏。当我把车停在风景如画的山区弯道时，车载广播里传来了希拉克那种黑帮老大式的嘶吼声："法兰西……之子！法兰西……之女！"搭乘我顺风车的人听到之后，眼睛一亮，用法语对我说："啊，美丽的法国女人！"说着，他把一盘磁带放进了汽车仪表盘里，那是法国邪教组织"草泥马"的一张音乐专辑。

在马赛，至少有两种非洲人，而且两者之间极少有联系，指出这一点显然也很有必要。一种是来自中非的"黑人"，他们性格沉郁，极为自尊，心中掩藏着一股乡愁。他们会兜售一些伪劣的木雕、耳环和手镯，几十年来，人们都在纳闷，究竟有谁会购买这些东西。另一种是北非人，他们对一切与法国文化有关的东西都爱恨交加，对伊斯兰文化也持同样态度。"黑非洲"来的人对阿尔及利亚人那种焦虑的生活态度颇为不齿，他们会坐在阴凉地安静地抽烟，当周围变得喧闹起来时，他们就会另找一个清静的地方。北非来的穆斯林通常会经历一段艰难岁月。他们通常在二十岁到四十岁之间，游走在迪斯科舞厅之间，对金发美女十分迷恋。一旦有机会与她们交谈——不论其长相如何，重要的是她们大致代表了一种文化——他们就会开始抱怨西方如何腐败，自己出身的文化如何高贵。他们的穆斯林意识会展现无遗，结果会令谈话不欢而散。更有甚者，他们会鄙视那些主动投怀送抱的女孩，认为她们太随便。他们的梦中情人，是自己成长起来的小村庄里的邻家女孩。他们在去另一家迪斯科舞厅的路上，或在地铁与人争辩时，通常会想起她们。一言以蔽之，他们发现自己处在历史的夹缝当中，进入了一种极度色情的文化。对此，他们极有感触，因为这种文化的基础乌烟瘴气，充满黑暗。这一问题与爱情、流浪、理想和乡愁等传统话题交织在一起，又因新奇的感触、震撼、心态、习性、暴富和一夜情而变得五味杂陈。对这些人而言，历史仿佛变成了一座拙劣的舞台，而他们被迫扮演一些差强人意的角色。他们表演得如此糟糕，是因为缺乏明确的游戏规则。这场游戏的神奇之处在于，那些规则根本没有什么道理可言。

如果你长时间观察这场游戏，注意到那些无休无止、令人精疲力竭的争议，就会在刹那间明白，为何世界各地的女性寿命都要长于男性。

瓦尔特·本雅明曾经出人意料地说，他对这座城市没有多少兴趣。他将马赛比作一个妖艳的女人，大海就是她脖颈和耳垂上的珠宝。他也曾谈及这里的妓女和色彩，更加留意当地的风景，而非风土人情。他参观了山上的守护圣母圣殿，逛过海鲜市场，对粗鲁的渔民和穷困潦倒的移民略有微词。他的表现甚至不如现代的普通游客。不过，当他来到马赛市郊之后，眼光马上变得犀利起来：

> 离市中心越远的地方，政治气氛越浓……郊区是城市的多事之地，是城市与农村争权夺利的舞台。在马赛与普罗旺斯内地的交界处，这种情况表现得无以复加。那是一种电线杆与龙舌兰的短兵相接……漫长的里昂公路是一条导火索，马赛把它从大地的景观当中挖出来，目的就是摧毁圣拉扎尔、圣安托万、阿朗克和塞提爱姆，并用当地炸弹一样的商业语言将其埋葬……

当我途经卡拉斯小城沿着古老的部级公路来到塞提姆时，发现这条大路完全破坏了当地的景观，令人感觉仿佛行驶在月球。森林地面以上的部分刚被焚毁，焦黑的树桩仍在冒烟，公路附近数公里的地方都是灰烬。有几棵小榆树和橄榄树奇迹般地幸存了下来，大火似乎急不可耐地越过了它们，穿过柏油路，贪婪地吞噬着沿途的一切，不时从灼热的口中遗落一些残渣。一块广告牌后面，一棵纤弱而粉嫩的小树苗在瑟瑟摇曳。在那纤细的树干后面，我们看到的只有焦黑的土地，令人联想到世界末日的景象。当我们意识到这一点时，已经到了通向马赛市区的高速公路的尽头。公路由东向西画出了一条巨大的弧线，沿途都是一排排最近翻新过的房子。港口旁边，一两艘准备出海的轮船在阳光下熠熠生辉。

随着车流的移动，我们仿佛被带到了旅途自动终结的地方。不过，随着高速公路的开通，这里也不太自然地成了一个起点：通向大海的起点。

过去，慕名而来的游客在乘坐火车到达马赛北郊富有情调的圣夏尔车站之后，旋即与城里眼花缭乱的多元文化、丰富多彩的夜生活以及暗中潜伏的城市犯罪不期而遇。在找到卡奴比埃尔大街之前，他们往往要走上一个小时，然后惊奇地发现大海近在咫尺。一湾海水宛如不经意间捡到的珍宝，成了他们这次旅行的最大惊喜。司汤达一定对此深有体会。当年，司汤达来到马赛旧港时，一面惊奇得无以复加，一面被附近的恶臭熏得几乎喘不过气来：据他讲，那里恰好是马赛人排放污水的地方。他的评语当中似乎蕴藏了几分爱意。

纳粹占领马赛时，炸毁了旧港一端的大桥，因为马赛人封锁了海港。关于这一具有都市传奇色彩的壮举，人们演绎出了起伏跌宕的故事情节。其中的一个版本是马赛人用沙丁鱼封锁了港口，这在战时显得非常不可思议。实际的情况则是人们用一艘名为"沙丁鱼号"的大船堵塞了航道。

在纳粹故意摧毁大桥之后，为了宣示自己顽强的意志和强烈的愤慨，马赛人立即组织起摆渡船队，虽然只是从港口的一端摆渡到另一端。这些渡船被保留至今，虽然已经毫无用处，但却说明了一点：谁若敢向这座城市发出挑衅，就一定会遭到抵抗。当我想到这座城市被围困的样子，继而想到战争时期的游击队员时，不禁想到保加利亚、希腊以及同样沐浴在南方日照之下的地方曾经遭遇的命运：那些信奉幽暗森林般的浪漫主义的日耳曼畜生杀气腾腾地跑到这里做什么？不久，我恍然意识到这座城市对阿拉伯人充满了仇恨，就像波兰某座港口或民主德国的某个偏僻的乡村对犹太人充满了仇恨一样。阿多诺讲得没错：启蒙，或是文明，或是我们希望称之为宽容和美德的所有幻想，显然可以完全不顾某个民族的死活。

在萨玛莉丹露台上，一位看起来极为友善的德国人用蹩脚的法语请服务员再来一杯啤酒，那位服务员却在一旁装聋作哑。

在马赛旧港的一端，法罗灯塔的所在地，亦即新修堤坝之间的海湾一角，有二三十个肤色黝黑的小男孩在玩冲浪，旁边就是来来往往的轮船。当他们上岸之后，爬到了一块标识牌上，牌子上写着"严禁游泳"。他们让我想起了彼得堡涅瓦港口的情景，那里的小孩子在炎热的夏日也会玩冲浪，他们在波浪中时隐时现，就像不断被海水吞吐着的人形沙丁鱼。

关于马赛的最为惊心动魄的描述，当属热内·德·夏多布里昂在《墓中回忆录》里对欧洲最后一场大瘟疫的描绘。根据通常的说法，在1720年，一艘帆船驶进了马赛港。船上有两人感染了瘟疫，染病的地点应该是在阿拉伯。船长没有把实情向港务部门通报，因为担心船上的货物会被检疫人员出于安全考虑彻底毁掉，从而蒙受经济损失。几天之后，马赛城里不断传来死讯，惊恐万状的市民将门窗紧紧关闭，原本绚烂多彩的生活变得死气沉沉，城南的港口地区充斥着奄奄一息的病人。夏多布里昂写道："在一片死寂当中，偶尔会听到有窗子被打开，继而传来尸体掉落的声音。"

尸体被送到海边的拉图雷特修道院,接着在空地上摆放三个星期,在阳光的暴晒下,朽烂成一大片脓水。在这些缓缓腐烂的尸体上,成群的蛆虫以不可名状的形态钻来钻去。它们的下面,可能曾是人类的脸孔。

几个星期之后,贝尔桑斯主教小心翼翼地从教堂走了出来,如教皇驾临一般,为这座城市匆匆祈福。为了纪念这位主教,人们以他的名字命名了一所学校。夏多布里昂心想,"在经历了这场浩劫之后,什么人还能如此勇敢而虔诚地将上天的祝福亲手传递到人间?"即便是现代的读者,看到这里,也不会觉得他有丝毫的戏谑。

《作家与马赛》一书的两位主编,朱莉·阿格斯蒂尼和雅尼克·弗尔诺,在评论欧洲最后这场大瘟疫时,就那位不负责任的船长迅即联想到最近发生的一些同样不负责任的事情:法国的某些医生出于经济上的考虑,竟然给病人使用那些感染了HIV病毒的血液。

令许多慕名而来的游客沮丧不已的是,"卡奴比埃尔大街"翻译过来只不过是"大麻街"的意思,那里曾是希腊人储存大麻的地方。

诗人亚瑟·兰波经常吸食大麻,他在心高气傲地闯荡过阿拉伯世界之后来到了这座城市。此时,他已病入膏肓。他的左腿因患关节炎和水肿,已经完全跛掉。他写信求援,但却无人响应。他的生活已经难以为继,"作为一个废人,一个不幸的人,我什么也找不来了,街上的每一条狗都能作证……请告诉我",他在给港务局长的信中写道,"我何时能被送到船上……"不久之后,他就去世了。对陆地的渴望曾激发阿兰·科尔班创作出一部极为精彩的著作,兰波的追求却与此截然相反:让我离开这里,只有海水才能让我感到宽慰。似乎离开城市,他的病体就能在海上康复。为此,这位奄奄一息的诗人,以他那衰弱的病体改写了瘟疫从海外传入的故事,他就像弱小的基督,因失败而哭泣,在不知名的地方,被不知名的人砸得半死,然后拖着一条残腿,像麻风病人一样,像拉扎鲁斯一样,希望回到海上,回到自己的故乡:"请告诉我,我何时能够上船,我想回家……"

可是,家乡意味着什么呢?

1940年,有一位男孩花了一年多时间,终于回到了家乡。接下来,为了躲避在所难免的迫害,他赶紧藏了起来。

10

永远不要逃避爱人的吻

我所属的这代人形成的有关现代城市特性的思想当中，流传最广的要数瓦尔特·本雅明的观点——这种观点继而成为最固定的老生常谈。根据这位知识界的波德莱尔式"浪子"的意见，室内购物中心的象征主义要蕴含在商品"朴实无华的"外表，能够反映出超凡脱俗的波西米亚风格，就像一个陷入沉思的见证者知道自己正在被人围观一样——后来，特别是在上世纪七十年代和八十年代，这些思想得到了广泛的传播。

谈论城市，总要运用一些比喻。我最近看到一本书，该书作者认为，固定的比喻都是教条。欧洲文化散落在各个城市之中，每个城市都不赞成对文化一词作僵化的定义。当代欧洲文化是在否定对文化作固定解释的基础上形成的。这也是为什么那种对不同的城市褒贬不一的做法，就像雷吉斯·德布雷在他的《反抗威尼斯》一书表现的那样，会显得十分荒谬。

本雅明在生前未能完成的巨著《巴黎拱廊街》中，构建了一种现代城市的形象，其中汲取了十八世纪百科全书当中各种现代主义流派的精华。这种形象后来屡屡绽放在他的怀旧主义诗作当中：玻璃覆盖的购物中心，梦中的温馨城市，城中的人们各不相识，反而更能吸引异性。虽然，作为一个辩证唯物主义者和哲学家，本雅明肯定并不希望他的作品在七十和八十年代产生那种庸俗的效果——本雅明思想的严肃阐释者对此深恶痛绝——这种分析城市的方法若是用于研究城市化规模迅速扩张的伦敦，效果可能会更好。总之，在这个比喻当中，城市被视作一种封闭的空间，里面充满了欲望和秘密交往的符号，它不断超越人们的想象，试图再次成为他们的真实体验。有时，比如当你在布鲁塞尔拱廊街"莫氏咖啡馆"的门廊喝咖啡时，也会产生类似的印象。因为我们心里清楚，本雅明构建的这种形象，这种关于十九世纪现代城市的比喻——拱廊街——已在很大程度上成为我们批评和反思诸如"第二城市"、拉法耶特美术馆或哈罗德百货公司之类当代综合建筑的基本模式。

　　正如在细雨中通过拱廊漫步在博洛尼亚的街巷会令你终生难忘一样，当你把奥斯坦德的台尔曼码头与城里的乡村生活景象联系起来之后，才能看到真正的奥斯坦德。同样，只有把马德里市政广场阴凉的拱廊和它的历史联系到同一幅画面，才能真正领略马德里的风采。本雅明曾把第一次世界大战之前具有现代主义特征的巴黎浓缩成一幅画面——那是一幅逝去的历史画面，如今，在巴黎的街道几乎再也找不到它的踪迹。因为拉德芳斯商务区和特洛卡德罗广场，还有奥贝坎普地铁站附近的繁华商业区，呈现的是当代巴黎，它正在试图从所谓的现代全面融入一个别样的时代和世纪：一种具有乌托邦色彩的全球主义。

　　1935年8月5日，阿多诺在一封信中写道，本雅明试图把学术史视作人类幻想的觉醒，事物只有在失去其实用价值的时候，才能被赋予各种隐藏的含义；人的主观意识会以焦虑和幻想的形式进行干扰；于是，这些事物被赋予了一种虽已不复存在但却意味无穷的光环。本雅明在《巴黎拱廊街》的一个章节里表达了这一看法，并试图以此为他的伟大构思奠定认识论基础。本雅明补充道，"事物的哲学形象是其异化的征象和精心雕琢的意义"。

有些事物虽然已被我们异化，但却被赋予了精确的词义，至今仍然保留在我们的语言当中——诸如拱廊这样的事物，其原本超凡脱俗的风格早已过时，但却仍给我们留下了熟悉和亲近的印象。当我们第一次来到一座陌生的城市时，这种既熟悉又陌生的感觉就会交织在一起，继而产生一种特殊的快感，并在此基础之上拓宽我们的思维。

W.G.塞堡德是一个巴伐利亚人，曾经忧郁地环游英国，他的作品经常描写景点周围辐射出来的难以名状的气氛中所具有的暗光。没有谁比此人更能理解陌生事物与具体词语之间的互动关系，他为了精准地到达自己想去的地方，能够让自己有条不紊地迷失方向。漫步在东盎格利亚的萨默雷顿城堡，一座已有数百年历史，并最终落入原主人亲戚手中的城堡，他想起了曾经照亮一系列巨型仓库通道的老式煤气灯，以及当地曾被用于对德国城市实施地毯式轰炸的67座飞机场。城堡里的园丁威廉·黑兹尔打破了塞堡德幻想当中萨默雷顿城堡的宁静氛围，给他讲述了自己脑海深处隐藏的幻象，那是任何城市都有可能出现的末日景象：

每天晚上,我都能看到轰炸机群从萨默雷顿城堡上空飞过。就这样,一夜接一夜地过去,我在入睡之前,开始在脑海里描绘德国城市燃起大火时的情景。大火照亮了天空,幸存者只能在废墟中苟活。(**选自《土星的光环》**)

这位从未听说过德籍犹太人维克多·克伦普勒的威廉·黑兹尔,肯定在自己焦虑的幻象中见过克伦普勒及其受难的同胞;那位在德累斯顿遭到轰炸的犹太人感受到了英国皇家空军复仇的怒火,却并不知晓他曾存在于别人——而且是一个英国人——的脑海里,也有可能,他已成为其他所有人的形象。因此,在阅读一本巴伐利亚人描写英国的书时,我发现自己再次出现在德累斯顿,这幅画面令我无法忘怀,因为我不明白自己看到了什么。

夜里,一个人的思绪会从一座城市来到另一座城市,从一个地方来到另一个地方,空中满是不可名状的符号,街上满是熙来攘往的人群;有人在赶往剧院,有人嘴里咬着牙签,慵懒地坐在沙发上看电视,郊外小酒馆的失意者正在梦想过上别人那样的生活。夜里,我们漫无目的地在城市中穿行,有时也会迷失方向,脚下的街道随着城市形象的变化而改变。你在寻找着什么,天已拂晓,仍无睡意,几个小时之前还是灯火辉煌的夜生活已经悄然息声。我经常梦见自己走在狭窄的小巷,被人追赶,于是跳上摩托车,开始了速度比拼。我抬起头,看到昏暗的天空中有一块标识牌。这些都是我过去生活中的片断。我想起了一部奇书,一部关于圣奥古斯丁《上帝之城》的书。我感到一种可怜巴巴的渴望,渴望来到一座没有尽头的城市,地下管道传来汨汨的水声,油污从突突作响的发动机滴到地上,恶毒的沙粒随风穿过门缝,这道门白天看上去曾是那么洁白无瑕。我的爱人倚在墙上抽泣,膝盖擦破了皮,一侧脸颊沾上了血污。我从梦中惊醒,把枕边熟睡中的爱人拥在怀里。爱人被我吻醒,一边迷迷糊糊地嘟囔,一边陪我聆听夜里街上传来的声响。

一个星期天的下午,漫步在卢布尔雅那,我看不到任何希望看到的东西,因为那里与我想象中的画面格格不入。一个小型的电影摄制组把几条巴洛克风格的街道封了起来,指挥一群穿着古装的群众演员打着伞笨拙地走在一辆农家板车后面。这看起来有点像缅怀旧日美好时光的弗莱芒电影中的枯燥场景。我们原本希望看到斯洛文尼亚莱巴赫乐队的歌迷,或是某种盛大的场面。然而,我们只看到了一些仿佛是用蔗糖建造的房子,充满了小资情调,干净整洁,连一丁点纸屑和涂鸦都没有。起初,这种景象令我们感到沮丧。穿行在宁静的街道,我们渴望被某些简单的画面所触动,结果却感到后悔。不过,这种空白,以及记忆中的空白,逐渐被主导这座城市的哲学家斯拉沃热·齐泽克那种充满反抗性的离经叛道的话语所占据。眼前这种俗不可耐的场景无疑会令人联想到莱巴赫之类的乐队,自1980年代以来,他们蔑视任何修辞的讽刺歌曲,无疑具有任何无政府主义组织普遍存在的那种粗俗的乡野风格。他们自以为不受任何因素约束,简直就是否定一切。莱巴赫市很像是缩微版的维也纳。莱巴赫乐队讽刺的对象既包括东方也包括西方,既包括斯大林也包括希特勒,以及任何乐观的人文主义或当代法西斯主义,弗雷迪·默丘里的重金属摇滚乐和瓦格纳的古典乐,病态的摇滚乐和政治演说,恐怖的杂交试验和商业演出——这个乐队仿佛突然变成了一群乡下少年,他们来自有着幽静山林和大片农田的阿卡迪亚乡村,却在这里制造出可怕的喧嚣。我们想起了纽约,八十年代的时候,莱巴赫在那里几乎是一种邪教。我们穿过卢布尔雅那宁静的巴洛克街道,终于笑出声来——也许是在自嘲。

八十年代末,在马其顿首都斯科普里的土耳其人社区,脏兮兮的街道起伏不平,充斥着一种喧嚣而撩人的色情意味。人们充满了敌意,仿佛随时准备拔刀相向。我第一次领略到了共产主义时代末期巴尔干人的某种心情——这是一种陌生的体验,虽然在我的想象世界里,它被描绘得十分详细。我感到有些震撼,但仍觉得自己处在一种与时间脱节的空间——充满了各种历史符号的空间。一位留着灰黑胡须的男子口水飞溅地向我吹嘘,说他敢保证西方的每一个人都将下地狱,因为我们这里已经没落,过不了几年,他们就会来到巴黎:他的文化充满了生机和活力,我们的文化已经过时。他看我的眼神十分轻蔑,因为我在进城之前拒绝带上一把刀子。这件事过了不到一年,南斯拉夫就出现了乱局。

七十年代末,由于我的转乘票出了问题,无法成行,我滞留在了保加利亚的索菲亚,于是顺便到附近的公园闲逛。此时正值傍晚七点,刚刚下过阵雨,天气湿热难耐。我看到一群打扮得像五十年代情侣的人,穿得全都一模一样。女孩手中全都拿着用粉色纸包装的人工培育的红色玫瑰花,她们的表情像吉卜赛女郎那样霸道,献花的男孩则看上去有些羞涩。很快,我就被四位警察拦住了去路:他们禁止我在城里闲逛。不过,由于刚才的十分钟,锈迹斑斑的电车转过街口时的呼啸声,浸在浑浊的雨水中的石子路散发的气味,就像我在每个城市寻找的那种来自另一个世界中的另一种生活一样,永远地留在我的记忆里。不是有条不紊地寻找,而是迷途中的邂逅。

八十年代初的某个时候,勃列日涅夫仍在牢牢统治着后斯大林时代的苏联,也是在一个星期天下午,在莫斯科的高尔基公园,我看到一棵柠檬树淡淡的树荫下,一位男子坐在旧长凳上读着一本很厚的书,旁边放着一辆婴儿车。婴儿已经睡着,男子用左手机械地推拉着婴儿车,心思却完全放在阅读上。我很想成为那样的人,并在那里生活。但一转念,我不可能像过去那样,在满足了自己的欲望之后,还能继续离经叛道地进行探索。我承认,这种感伤有些惭愧,但在实质上也是一种莫名的体验,能让我们感觉到事物、气味和穆齐尔所谓的充满各种可能的世界的历史。在那个星期天,我真的很想永远地留在莫斯科。那一天的晚些时候,我看到两个街区之间有一条凌乱而泥泞的小道,可以通向一座隐秘的东正教大教堂。我走进教堂,被眼前的景象惊得喘不过气来:在把教堂一分为二的金色圣像屏障后面,传来了清亮的女高音,在男低音的伴奏下,显得极为高亢。这可能是我此生经历到的最震撼的音乐场景。感动之余,我想起了斯特拉温斯基青年时期描写他的故乡乌斯提拉格的俄语歌曲。但眼前的这一幕更加清澈,更接近于难以名状的某个源头——被异化的源头——只可意会,不可言传。在圣像屏障的这一侧,人们脸朝下伏在冰冷的青石地板上。有一位年轻女子正在放声哭泣。我看到她的卷发垂在额前,穿着黑色厚丝袜的双腿从灰色外套下面露了出来。她看起来就像是扔在地上的可人玩具。宗教虽然在外面受到敌视，但在这里依然有人追随。我努力回想起自己小时候在星期天早上度过的时光：崇拜、仪式、歌唱。我像一个无家可归的人一样站在那里，盯着眼前这幅曾经如此熟悉但却不再理解的画面。他们的音乐具有一种神性，他们本身也显得极为凄美悲壮。在科斯莫斯酒店附近高楼大厦构成的水泥丛林的掩映下，这座有着洋葱状塔顶的蓝色教堂看起来就像是一个小玩具。透过窗户玻璃上那斑驳的金色装饰画，我看到一颗花瓣几乎全部凋谢的柠檬树，黑乎乎的树枝就像大手一样，伸向了教堂的窗户。

在法兰克福，高楼下面绿草覆盖着的堤坝上，仍然有一条旧电车轨道，使人联想起这座城市在被轰炸摧毁之前的全部景象：它曾是歌德生活过的地方，就在几十年前，还自诩为德国的纽约。有一天黄昏，我在这里散步时，看到一名男子正在沿着著名的美因河跨河大桥行走。由于正在修复，大桥当时已经封闭，桥面基本上都被拆掉。这名男子费了一些工夫才越过桥头的路障。在走了三十多米之后，他在所剩无几的桥面上摇晃了起来。他的下面就是水流湍急的大河。他向四周张望了一下，然后像猴子一样敏捷地爬上了大桥的弧形铁架，一直爬到大桥的正上方，距离桥面可能有二十米，看起来十分危险。驻足观看的人越来越多，最后惊动了警察。桥上的男子已经精疲力竭，爬不下来，只好一动不动地蹲在上面。大约过了十分钟，一名警察冒险爬到了桥上，他死死地抓住铁架，看起来比上面那位男子还要害怕。他缓缓地走了几步，显然不愿再往前走了。而且，旁观者开始发出哄笑，这令他既愤怒又无助，于是开始朝铁架上的男子喊话，口中骂骂咧咧。蹲在顶端的男子则像罗丹的思想者雕像一样无动于衷。天色已经暗下来,他的身影也变得越来越模糊。桥上的警察退了回去,骂着脏话,加入到围观的同事中来。有一位警察打开了警车的车灯,并拉响了警笛。第二辆警车停在旁边已被夜雾打湿的草坪上。桥上的男子仍坐在那里。天色完全变黑之后,一辆消防车也赶了过来。空气中弥漫着冷雾、河水以及深秋的气息。我能闻见前面笑着旁观的女人的头发的味道。一架大型起重臂把一把长梯小心翼翼地向桥上的男子缓缓伸去。与此同时,一名消防员操纵着长长的机械臂伸向大桥的最高点。当消防员几乎要够到他时,桥上的男子灵敏地滑下铁架,像老鼠一样穿过残余的桥面,越过另侧桥头的路障,消失在河对岸的远方。在那里,叼着烟卷的东欧人向他发出了欢呼。在我们这侧河岸的旧电车轨道的草丛里,人们也在大笑,打着呼哨,鼓掌欢呼。路上的行人恢复了平时的节奏,远处传来一两声警笛,声音在灯火通明的高塔发出回响,继而消失在美因河的河水中。

在法国中部小城朗格勒,干枯的平原上面,环绕着古城墙的遗迹。在这里,我突然体会到,德尼斯·狄德罗一定把故乡的生活经历与他在百科全书中给圈子和知识下的定义联系了起来,因为从字面上讲,百科全书(encyclopedia)一词指的是给围坐在四周的人们讲课:"en"指的是"在中间","kuklos"指的是"圈子","paideo"指的是"讲授",你其实也可以把它理解为"圈子里的知识"。

我发现,即便是从空间上来讲,狄德罗可能也曾想把一切纳入到一个圈子里,然后分别安排固定的位置。这座乡下小镇所具有的包围感,其实就是他所期望的秩序的基本模式。在少年时代,狄德罗无疑曾经无数次经过这些古城墙,亲身体会到封闭与未知空间之间的秩序。此后,百科全书的概念与我看到的这座小城的地貌联系了起来。庄严的天主教大教堂,以及教堂外面不太敬神的夏日阳光,宽大的城门,邮政宾馆周围的静谧,带有咖啡馆和酒吧的小广场,报刊亭的售货员和一些老人在品味当天的第一杯酒。法国中部拥有无数风格各异的村庄和城镇,落日的余晖洒落在古老而高大的门廊,村中大型喷泉的石墙附近的粪堆,渔人在城市边缘逐渐没落的公园池塘里垂钓。在这些无名的细节中,有着无穷的含义。狄德罗出现之后,想把一切都放到一个圈子里,各自给它们安排一个位置,并给它们赋予新的含义,就像他儿时曾经无数次经过的环绕在故乡周围的熟悉的城墙遗迹。他日常体验到的空间塑造了他理论想象中的空间。也许这才是最重要的东西:尽可能通过别人思想中的空间体验来认识一座城市,不管这种体验是多么抽象。因为每一种理论都是相关经历的迟到记载。正如安迪·沃霍尔对波德莱尔所做的评价那样,不出所料,城市最终都会成为无边无际的人类竞技场。

通常,只有通过距离,通过再次离开城市,我才能明白自己经历过的事情,仿佛城市本身的形象不断涌现,阻拦了我正在体验的道路。当我第一次来到希腊的比雷埃夫斯港,独自一人漫步在沙堤上,看着即将把我带到伊拉克利翁的轮船懒洋洋地停泊在岸边,我记起了自己在雅典的经历:先是受到震撼,然后不知所措,漫无目的地转了几天,喝得大醉,被人抢去全部行李,跟一个意大利女孩睡在城市公园,有几十次差点被汽车撞倒;在靠近奥蒙尼亚的地方，充斥着沥青和污水管道的臭气，在热气和尘土当中，与几户人家门前花园中摇曳着盛开的夹竹桃的气味掺杂到了一起。

在臭气熏天的船舱晃着待了一夜之后，第二天早晨，我来到了伊拉克利翁，走上码头，冻得瑟瑟发抖，为了取暖，只好重新坐下来缩成一团。这座小城沐浴在清晨六点的金色朝霞里。高高的城墙周围一片寂静。我们仿佛穿越到了几个世纪之前，当时大规模的旅游业尚未破坏这座岛屿。一些不知名的大鸟在小镇上空盘旋。我穿过几条街道，来到了小城中心，坐在一家尚未营业的酒吧门前，试图在晨光下面暖和一会儿。这时，侧面小门出来一个女孩。她手中拿着一个浇花用的水管，把喷嘴对准了我。在我前面，大海在阳光的照耀下反射着光芒。当我的头顶和脖子落上水珠时，我听见了她的笑声。

在阿德莱德这座澳大利亚南方略带乡土气息的滨海城市，我体验了飞行时差，坐在希尔顿酒店的台阶上，看着美式老爷车在宽阔而空旷的街道缓缓移动。我刚从悉尼乘飞机来到这里，分到了位于无人问津的十三层上面的房间，打开空调之后，如释重负，于是把行李扔到了床脚。透过烟熏色落地窗外面空旷而危险的水泥阳台向外望去，可以看到一处废弃的水果市场，晒得焦黑的沥青路，空无一人的街道，空空荡荡，远处的建筑一片模糊，上面是酷热而宁静的浅蓝色天空，似乎要把一切都融化。这种情景令我感到窒息。我适应不了这种虚空，它令我看到的事物失去了时间感和空间感。我忍受不了这种无法用语言形容的视觉感受，因为它看起来就像是我头脑中的一处深渊。这也是一个星期天的下午，大约是四点钟，我觉得自己头脑中的某些东西出现断裂，开始流血，令我变得疯狂，思维混乱，一片空白，感觉不到任何意义。这种恐惧就像是害怕自己如同那座水果市场一样失去意义，像新大陆的一座外省城市那样与世隔绝：可以保护我们不受毫无意义的阳光暴晒的那些总是道貌岸然的意义已经无处可逃！另一方面，远处的海岸线，左前方的机场，凌乱而模糊的木质建筑，历史和意义的绝对缺失，模糊的午后阳光直达天际，南方的海洋风平浪静，它们的尽头是南极洲。我看到无法忍受的意义缺失的后果出现在我的眼前，它恬不知耻，旁若无人，仿佛谁都不会注意，完全沉浸在自己的变态世界：人类的存在，事物和动物，商场的前台，一辆汽车，酷热，都变成了虚空，太阳下的虚无。我不得不躺到地板上，让自己从所见的虚无中恢复过来——就像在俯瞰一片著名的深渊，根据哲学家马丁·海德格尔的说法，存在的真正实质应该发出光芒，光彩夺目，令人不安。然而，这种平凡的真理只会令人难以忍受，因为没有任何东西能够让我分心。

我感到窒息和燥热，不知道如何抗拒外面可憎的景象。就在这时，我感觉到了空调带来的凉意。我有点难以置信地重新爬起来，再次俯瞰楼下，发现景色依旧，显然仍在沉睡，因为它自信没有人在看它：恐怖的虚空笼罩着一切，在一个酷热的午后，像一条酣睡的地狱犬。它就趴在那里，趴了一个小时，也可能是两个小时。接着，我再也无法忍受下去。我感到自己头脑发紧，紧得几乎要命，仿佛脑子里的线索都要断掉，然后一切都要爆掉。我跑出酒店，跳上一辆吱呀作响的、具有维多利亚时代遗风的老式电车。一些装酷的少年拿着冲浪滑板站在窗边，脸色苍白，嚼着口香糖。我随他们来到十公里外的一处海滩。这里人迹罕至，看起来有点英伦风味。海滩本身非常美丽，银色的海浪拍打着堤坝，远处可以看到海豚从海面高高跃起,划出一道亮丽的弧线,然后跃入海中。我想在这里静一静,然而天空似乎正在酝酿一场风暴。我也跳到了水里,之后才意识到自己应该把游泳衣外面的衣服脱掉。我身后有两个女孩在嬉笑玩耍。于是我就在水中把衣服脱掉,这时海浪把我冲了起来,一阵浪花夹着水草,把我的游泳衣裹得不知去向。风越来越大,天色也暗了下来。我在水里赤身挣扎了十五分钟,才重新回到岸上。此时,海滩上的其他人已经无影无踪。大风呼啸着吹过海岸,摇晃着棕榈树的树冠,拍打着屋子的百叶窗和外面摞起来的木椅。我身上沾着咸涩的海水和沙粒,重新穿好衣服,更加觉得这种虚空不可理喻。这种悲喜交加的感觉不知从何而来,只能说是凭空出现。我仿佛注定要重蹈那位失意的希腊英雄的覆辙,在走进独眼巨人居住的洞穴时,谎称自己"谁也不是"来逃过一劫:正是这种虚空在折磨我,正是这种虚空令我发疯,令我逃避,令我步履蹒跚,几乎溺死——这该死的虚空。我乘电车返回城里,在街上漫无目的地乱转,走进一家餐馆,开始大口地喝冰镇白葡萄酒。那种虚空的感觉在逐渐消退。傍晚的晚些时候,我来到河畔公园的一处露台,坐下来抽烟,有那么一会儿,我感觉自己超脱了原来的样子。暴风雨过后,大草坪上的雨水在慢慢积聚,托伦斯大坝上有一对黑天鹅打量着眼前这位盯着它们看的抽烟的陌生人。不知为何,我突然想到自己曾在弗莱芒的一条缓缓移动的小船上看到草坪上有一位老人,他坐在那里向旁边一位年轻的女人哭诉着什么,那女人似乎也安慰不了他。

晚上,我像一个家里养着凶悍宠物的人一样,小心翼翼地回到了自己的房间。我缓缓地走到窗边,看到那种地狱犬一般的景象已经消失,踪迹全无,仿佛起身去了别处,可能去了市郊的某座木屋,或是某个地铁站,或是某个公交车站;沥青路面冒出了荒草,附近的桉树上垂着铁丝,蚂蚁在树上爬上爬下,已经把这棵树当成了它们的殖民地。那种巨大的虚空已经不见,我如释重负地长出了一口气,于是沉沉地睡去。睡醒之后,喝了杯水,用遥控器打开了电视。然而,电视屏幕上出现了似乎具有超现实主义意涵的画面,令我震惊不已:在我故乡的一条高速公路上,两百辆车由于冬天的晨雾而连环追尾。这种大雾弥漫下的冬日惨烈景象出现在地球的另一侧,而我此时却沐浴在夏夜的和风当中。一大堆扭曲变形的车辆仍在嘶嘶地冒烟,里面夹杂着遇难者的残肢,死者一动不动地躺在那里,一种无形的恐怖笼罩了我,因为我对那个地方十分熟悉——我的一个朋友就住在那条高速公路的一个出口附近。车祸,规模如此之大,情况如此惨烈,仿佛是冬日苍白的太阳下的末日景象。在我看来,它就像是一队神秘自杀的迷途的金属旅鼠。我心里十分纠结,尽管它显得十分超越现实,十分不可思议。就这样,虚空离我而去,取而代之的是我十分熟悉的画面。它刚从沉睡中醒来,就袭击了我两万公里之外的故乡。在那里,我也曾反复观看那些完全不可理喻的走走停停的画面,那里的状况,那里的人,那里的景色,那里的历史。从电视屏幕上看,太阳正从雾气中升起,一幅长达数公里的末日景象就在那里,充满了无数的支离破碎的恐怖故事,在大雾笼罩的草原和田野里无声地上演。发动机仍在冒烟,大卡车倒在路旁,像那些濒死的小动物一样苟延残喘。窗外,我能听见附近迪斯科舞厅传来的人们的笑声和吼声,穿过夜间的街道,在空旷而炎热的街上发出回响。在那一刻,这幅画面深深地嵌入我的记忆里:地球的一侧,人们在大雾弥漫的冬夜竖起衣领,走在污浊的雾霾里;而在地球的另一侧,人们却在夏夜的树林边尽情欢笑,空气中充满了成熟的果实和干草的气息。所有这一切完全在同一时间发生,每一阵清风,每一个薄暮,我看到的一切都有它们的反面。无一例外。好吧,这是老生常谈了,大千世界,一切照旧,它们早在二十世纪初就已深入人心,演绎出各种各样的故事(荷兰批评家巴拉克早就嘲讽过它们)。不过,你了解的事情未必是你的亲身体验。在了解与体验之间,还有一道极深的鸿沟。

关于伦敦,我的全部记忆交织在一起——第一幅画面是在肯辛顿花园酒店的一间客房,我看着自己的爱人赤身背对着一座古老的城市花园。我还记得,我们做爱之后,好像在嘟囔着什么,不过,我仍记得她背上的皮肤反射的光芒。几年之后,我和另一个女人住到了一个希腊人介绍的一间昏暗的小屋里,我仰面躺着,她枕在我的身上,看着什么;外面在下雨,晚些时候,我们变换着各种奇特的体位,直至深夜,跟那些从对方获得了深深的满足的人们一样,有点飘飘欲仙,不知所以。我仿佛从地下看到许多面孔,将会永远伴随我的左右;一位男子的右侧脸颊有一道闪电状的疤痕;一位老妇人站在那里,拿着一张报纸,带着一副老于世故的笑容,把所有人都称作"心肝儿"和"宝贝儿";一个男孩昏倒在海德公园的一片灌木丛下,十多年后,我确信在保罗·奥斯特的《烟》的纽约街景中看到了他的脸孔。

在柏林,我们刚在一片嘈杂声中经过查理检查站——由于我们把汽车音响开到了最大音量,结果引来了警察。我们放的是博维的歌曲:"我们是邪恶的暴徒,我们要占领城市,嘟——

嘟——。"下午五点,我们朝亚历山大广场的方向走去。这座广场依然保留着西方的原貌,野兔蹲在草地上嬉戏。在城市的中心,高墙的另一侧,则是无尽的车流,闪着车灯——你可以从东面的高塔上看到这些景象。过了一会儿,我的女友想起了我们记忆中的某些事情,傻笑起来;她给了我一些傻傻的提示,于是我也想了起来。我们旁若无人地站在那里大笑,几秒钟之后,两名男子径直掏出恩基·比拉的脱衣舞漫画,直勾勾地看着我们,问我们有什么问题。后来,他们要求我们出示护照。我们态度强硬,磨蹭了一会儿。两位绅士上下打量着我们,仔细比对了护照上的照片,直勾勾地瞪着我们,把护照还了回来,然后让我们走开。我们吓了一跳,感觉自己简直就是来自西方的傻子。一股恶意无处不在地笼罩着我们。在接下来的几个小时里,我们成功地忍住了笑声。就在同一个晚上,穿过一条昏暗而偏僻的街道,我们闻到了新草的气息,混杂着手推车上潮湿的煤渣的味道。我意识到,这绝对是我的"玛德莱娜":就像普鲁斯特在重新品尝那块蛋糕时,全部的青春记忆浮现在他的眼前一样,这种混杂的气味也打开了我脑海中记忆的闸门,让我想起了遗忘已久的经历。那是在二十世纪五十年代中期的某个黄昏,在一位胖胖的老邻居的后花园,她站在那里,一只手提着黑得发亮的长裙,一只手拿着喷壶浇花。我突然想了起来,这位老妇人叫普鲁登斯(Prudence)——这个名字此时似乎突然充满了意义,而我却说不清具体是什么。惊吓之后,陌生的事物具有了一种十分有限的意义;那些事物一时丧失了它们的本义。谨慎。我想,那是在1980年,后来,我每次去柏林的时候,当年那种感觉总是挥之不去。

圣彼得堡在1982年仍被称作列宁格勒。在莫斯科大街的一条辅路上，黎明时分，街上空空荡荡，生气全无，那幅景象令我不断想起自己童年时期在柏林的各种记忆。回忆记忆中的事情，宛如拭去上面一层又一层的灰尘，在浩瀚无涯的记忆深处，你想寻找的往事总是在不经意中浮现出来。由于尘封已久，它的样貌会发生些许变化，就像飘忽不定的云朵，你的心窗一旦打开，就能看到它那意想不到的风采。

在一个闷热潮湿的夜晚（城外就是一大片沼泽），沿着长长的街道，在极为宽阔的人行道上，是缓步行走的人群，当你试图跟他们进行眼神交流时，不会有人理睬。他们的眼睛总是快速地盯着地面，浑似一副名家的画作。这幅景象，我在莫斯科也曾遇到。在斯大林时期建造的宏伟的莫斯科地铁站，列车进站之后，一排一排的人群走入车厢，全都坐在一模一样的座位上，读着厚厚的书籍或是别的什么东西。我不知道书名是什么，但却从未见过如此安静的人群，他们无意于任何交流，所有人看起来都一个样，眼睛也都盯在下方，手里的书籍也全都带着厚厚的灰色封皮。每一节车厢，每一排座椅，全都是一个样子。地铁在隧道中行驶，人们翻动着书页，书上的文字取代了任何言语。多年之后，这幅景象进入了我的记忆，仿佛弥补了我当时未能理解的意义，成了我生命的一部分。后来，我曾无数次梦到这幅景象，而且经常被头顶翻动书页的声音惊醒。

在布达佩斯，我想起了在玛格丽特岛附近大桥下面晒太阳的女人。伴随着车流的呼啸声，你会看到她们穿着老式的比基尼，在多瑙河畔桥下的一块草地上懒洋洋地舒展着温润的身体。我能闻到尘土和油污的味道，但记住的景象却是自己从未经历过的事情。有太多的画面都似曾相识，仿佛自己在时刻不停地变换着角色，结果在记忆中出现一些难以磨灭的奇特景象。一天晚上，我和一个朋友从布达来到佩斯。在一家由老式兵工厂改造成的酒店的小酒吧，里面的女孩突然失去了魅力。她们的脸上搽着变质了的芮谜牌化妆品，向我们保证，她们收费不高，而且十分安全。我们只是绕着街区散步，市郊破旧的厂房里的青草，破败的花园中的树木垂下来的枝条，小巷里的假山，还有一位十岁左右的小女孩的眼神，都令我们感到惊奇。她在一个卖胡椒粉、食用油和炸鱼干的小货摊上，向我们出售了一些野花。

在布拉格，我给自己的新女友买了一个廉价的银戒指。那是在九十年代初的一个冬天，气温是零下十二度，广场的钢铁雕塑周围弥漫着褐煤的气味，巴洛克式的山墙掩映在冰冷的冬雾之中。我们从一座犹太教堂走出来，完全保持着沉默。在给货摊的小男孩付钱时，我出神地感受着这旧世界的气息，以致忘了女友在试图吻我——然后，她吻了我，一边笑着，一边噘着嘴，带着布拉格特有的冷艳风格。当我们因为刚才错过的吻而拥抱起来之后，小男孩叫住了我们，用一种带有异域风情的磕磕绊绊的英语说道，"永远不要逃避爱人的吻"。在小山顶部的赫拉辛公园，我又闻到了褐煤的味道。天气极为阴冷，我们下面的屋顶上飘着冷雾。烟雾在城市上空旋转，宛如一幅中世纪的图画。城市周边的莫尔道河由于上冻的缘故，显得更加苍白。我第一次站到了高大的城门下面，当年，卡夫卡一定在这里走过无数次，走进犹太人的聚居区。我明白了他所说的"法律之门"的含义。他就是在这里思考了那个问题。他也曾在这亘古不变的寒意之中,俯瞰这座宛如布鲁格尔的画像一样永恒不变的城市,看着那些有着黑色房顶和浅黄山墙的民居。就是在这里,他刻画出了主人公的形象,而且,这座城市的固定形象成了伴随他终生的构思的基础。

在这座极品城市,我停留了一会儿,仅仅一小会儿,我闭上了眼睛,因为有人正在吻我。

11

浮云与家乡

> 我的尴尬之处在于：是开展一种参与型人类学研究，还是做一个置身事外的旁观者？
>
> ——H.C. 坦伯格[1]

在一篇名为《惊喜》的描写家乡的讽刺文章中，作家帕特里夏·德·玛特莱尔以她特有的方式，颠覆了人们常见的那种田园牧歌式的家乡赞歌和居家体验，在她看来，家乡"是一个令人厌倦的地方"：在家乡，你应该能够真正知道每个人的身份——至少是他们希望或恐惧或依赖的那种身份。然而，家乡常常让你感到极为陌生，往往比异乡还要陌生：在家乡，你对许多事物都熟视无睹，不再运用自己的感觉去探究这个世界；在家乡，我们的洞察力变得平庸起来。家乡的世界成了隐形的世界，让我们感到足够的安宁，从而可以思考遥远的地方的事物；在家乡，事物被它

---

[1] H.C. 坦伯格（H.C.Ten Berge, 1938— ），荷兰作家。

们熟悉的外表掩藏了起来。一切事物都消失不见,并且变得平庸,事物和观点仿佛都已沉沉睡去,任何的惊叹都无法唤醒它们。我们在这些事物中畅通无阻,但却感到如此孤单。

这就是我们称之为家的地方,在那里,我们可以不受打扰地独处,不是因为我们到了什么地方,而是因为我们无处可去。家里的地方和事物令我们如此熟视无睹,以致我们可以花时间在头脑中构思一个空间。我们不仅可以思想、反思、沉思或想象,还能自责、脸红。我们的大脑会专心致志地构想出必要的图景,还会编织出奇思妙想的图案。在安静的时候,我们的思想成了一座大门紧闭,但却无限宽广的地下城,有着无数的楼梯、平台和房间,一旦缓缓打开,里面的景象会令我们惊奇不已——仿佛进入了一个三维立体的彩绘世界。(诸如丹尼尔·C.丹涅特[1]这样的专家早已指出,把人脑比喻成空间的做法已不再可取:因为那里没有一样东西是固定不变的,那里的活动、能量、冲动都在以一种有组织的形式不断移动;所以,从更加务实的观点来看,我们被迫得出的结论是:一个坐在家中思考的唯我论者的大脑与一座繁忙的大都市极为相像。)

家是一个充满矛盾的地方,因为我们可以静止不动地在世界各地旅行。这就是十八世纪法国作家沙维尔·德·梅斯特[2]的名著《房间里的旅行》的主题。梅斯特以一种无与伦比的讽刺笔调描写了他房间里的物件,与此同时,他其实主要在讲这些物件如何把他的思绪带到了如此之远的地方,却又通过他在两者之间建立起

---

[1] 丹尼尔·C.丹涅特(Daniel C. Dannett 1942—),美国著名心理学家。
[2] 沙维尔·德·梅斯特(Xavier de Maistve, 1763—1852),法国作家,代表作为1795年出版的《房间里的旅行》。

了联系。在他的体内，除了居住着精神之外，无疑还住着一头野兽，它会在各种事物之间穿梭。

于是，梅斯特在思考和写作时，就像他仔细观察和琢磨过周围的事物一样。然而，若是有人希望在他的房间找到那些符合其描写特征的东西，就一定会大失所望。那个房间里的事物并不清晰，因为他发现的任何物件都会立即把他的思绪带到文本、神话以及外面的世界。只需八十分钟，即可环游世界。行程之快，很难把背景看清。这就或多或少地意味着，梅斯特确实是在家里：他不必把此事讲明。正如我在下面将要讲到的那位更年轻，而且有点神经质的柏林诗人哥特弗里德·贝恩[1]一样，任何事物都成了通向永恒之旅的方便借口。

只有在心无旁骛的情况下，我们才能真正进入思考的状态。因为空间的特殊属性会令我们浮想联翩，各种装饰也会散发出一种中立的气氛，使我们不受羁绊地设计出一个不受外界支配的人——我们自身。就这样，人们在自己的头脑中横行无忌：他们拙劣地为探险者设计出了血汗和泪水，他们惩罚的不是自己的身体，而是自己的精神，有时他们会产生一种精神极度分裂的感觉。

即便拿荷兰作家汉斯·坦伯格来说，他虽然十分著名，也游历过许多地方，但在《居家旅行者》——该书的题目就暴露出了一些问题——的开头，他就做出了有些令人气恼的声明：

> 我首先要向读者忏悔：我从未去过任何地方。我的全部

---

[1] 哥特弗里德·贝恩（Gottfried Benn, 1886—1956），德国著名作家。

旅程都是虚构的。格陵兰、波兰、墨西哥——我都没有去过。所谓亲身探险,是完全没有的事……我对旅行有着深深的恐惧,从而不敢踏出荷兰边界一步。

他接下来以散文大师的手笔虚构了一次纽约之旅。他甚至附加了一些照片,列在文字的旁边,使这种伪装显得无以复加:以此证明主人公肯定去过纽约。在那里,他甚至看到女人把奶头从胸罩下面掏出来,挤出奶水,滴在萨文比士兵的食物上。他还亲眼看到一位脱衣舞大师把右腿伸向高空时,左侧胸罩的丝带变松,露出了硕大的左侧乳房……此外,那些照片也显得非常真实。其实,它们很像是从报纸上剪下来的插图。在美国光怪陆离的世界里游览了几个星期之后,这位旅行者回到了家中。他宣称自己对旅行的恐惧已经消失。该书的结尾写道:"终有一天,我要亲身感受一下自己看过的东西……"

我们很容易猜测这种虚拟旅行的反面形式:任何真正旅行过的人,通常会意识到,由于周围存在着新鲜的事物,他会不断想起自认为早已抛在脑后的事情。我们也可以说,任何旅行过的人,从某种意义上讲,其实一直待在家里(或许旅行期间要做的事情就是尽可能少地"虚拟在家":否则,我们就会变成那种近乎神经质的游客,为延续、维护乃至哭哭啼啼地要求满足自己的小癖好而出国旅行)。

因此,走出家门也许只是一种精神状态,一种生活态度,一种与世隔绝的形式,或者可以说:是出离个人的小世界的一种形式。走出家门,意味着在你的小房间里,你会惊讶地注意到自己长期忽视的东西。一旦打开尘封已久的记忆,人们就会假装自己不在家中,直到有人前来敲门。

人们只有走出家门,才会注意到事物的存在,因为他们重拾了新奇感。人们之所以感到新奇,是因为惊讶于自己对那些自以为了解的事物竟然一无所知,从而展开观察和思考,不再从表面上看待问题。但是,那些穿行于自己所在的城市,熟悉市区的每一个角落,认得绘满涂鸦的纪念碑,记得老车站后面破落街道里的办公大楼,以及晒化的沥青路后面自己天天路过却常年熟视无睹的古墙的人,这些人其实一直待在家里。

> 家是一个能让你睡得最香,睡得最沉的地方。没有什么地方能像床一样,让你产生在家的感觉。真实的情况则是,躺在自家的床上,你就感受不到别的任何事物了,一个人就这样变得迟钝起来……(帕特里夏·德·玛特莱尔)

哥特弗里德·贝恩曾在一首后来闻名遐迩的诗中,把在家的心态描绘成一种人们不断设计自身形象的过程。从理论上讲,只有待在家里,人们才能成为一个"自带雷达"的思想者,可以把思想的天线伸展到最遥远的地平线,同时保持一种冷峻的观望立场。一种否定的态度,甚至对世界所能呈现的精彩状态深表怀疑的态度,是这种思想活动的基础:自带雷达的居家思想者处于一种入定的状态,唯有如此,才能更好地想象包罗万象的生命活动。贝恩虽然独自待在柏林的斗室,却并不感到与世隔绝。相反,他一再感受到曾被自己傲然摈弃的世界当中充满活力的若干细节,继而添加到他的诗句当中。贝恩的都市隐居生活并非历史悠久的避世苦行的结果（除非有一种可能：他像圣安东尼一样，受到了一种惩罚，必须目睹时刻都在发生的交媾、谋杀、死亡的幻象）。他的入定状态也跟臭名昭著的中世纪懒散现象无关，那种懒散状态据说是魔鬼为懒人设计的，通过使人变懒，魔鬼就能把一些恶劣的想法传播到人们身上（有些时候，贝恩也明确表示：他的诗作也谈到了吸食可卡因，以及"黑暗、迷醉和自渎"）。

> 各就各位，
> 行动，
> 来来去去
> 就是这个世界
> 模糊的标识牌。
>
> **（选自《入定诗》）**

《旅行》一诗写道：

> 啊，一切旅行都是徒劳！
> 最终你会明白自己是谁：
> 待在家中，安静地欣赏
> 自己身体里的那个"我"。

在一首名为《糟糕透顶》的诗中，第五段是这样写的：

> 糟糕：接到了邀请，

> 而自家的房间更安静,
> 咖啡更可口
> 也不需要开口讲话。

贝恩在早期的一段散文中描写过他的文学化身,年青的罗纳医生。罗纳医生想从布鲁塞尔去安特卫普,但却从未成行(贝恩本人曾于第一次世界大战期间在布鲁塞尔担任随军医生)。相当具有讽刺意味的是,这段散文题为《旅程》。"罗纳医生想去安特卫普,但是,他还没有完成旅行,怎能把它称作旅程呢?"

于是,他简单地设想了一下旅途中的情形:他上了火车,邻座的乘客就会谈论他,说起他的闲话。他吓得出了一身冷汗:"他疯了吗,竟要改变他原有的样子?"

这里提出的饱含焦虑而且十分神经质的问题,有着重要的意义。它表明恐惧的最深层次就是人们离开自己熟悉的家园的感受:他们会失去原来的身份——为了保持这种独一无二的自我,人们必须放弃户外旅行,因为他们害怕被人审视。

由于罗纳医生最终没有去成安特卫普(肯定没去),他想象了自己的旅程,途中始终伴随着恐惧:"当我在不同的事物之间建立联系时,这种恐惧深深地缠住了我……"最后,他决定自己无论如何都要走出自己房间里的小王国,到户外的公园散散步:

> 天色照样显得黑暗、压抑,令人瑟瑟发抖。人们仿佛仍未从沉睡中醒来,看不出任何快活的迹象。即使有一点起色,也不过是昙花一现,继而被扼杀在萧瑟的气氛里。在这个春天,他依然走了下去,假想自己看到了亮丽的银莲花,以及

绿色的草坪。他倚着赫尔姆斯苍白的仿古石柱，感受到了大理石的永恒，它们虽然散落在各处，但在出产这些石材的采石场，南方的海水从未干涸。

就这样，这位从未到安特卫普旅行的罗纳医生，从街角的公园来到了荷尔德林所谓的"天佑希腊"……与他结伴而行的，是一个虚无缥缈的"我"。于是，作为一位不太自愿的典型的都市居民，这个"我"能够看到他邻居家的点点滴滴，同时了解极远和极近的事物，即头脑中的事物。平常，他对周围的事物熟视无睹，看到的一切，其实都是来自他的精神世界。

不过，反过来说，头脑中的虚无，也相当于想象中的全世界——就像博尔赫斯同名小说中臭名昭著的埃尔夫（Aleph）。也许，我们一定会得出结论，即人人都有埃尔夫那样的成分——就像一个想象中的在黑暗中闪闪发光的球，使我们在自家的地下室也能看到滚动中的全世界。

"自带雷达"的思想者，能够从他宁静的居所接收到忙碌的世界发出的微弱信号，能够聆听房屋的寂静，把自己设计成一个小型的雷达站，能够覆盖任何区域，用难以察觉的精度感知寂静中的讯号，聆听久已遗忘的事物静静地散发出的声音。这是因为，他本人就是自己的设计者，没有什么比这一点更令他沮丧。他是绝对的统治者，因为万物都像狗一样睡在他的脚下。他头脑冷静，独断专行，因为世界不再能够以奇特的事物或突发的事件来打断他的思路。疲倦，生疏，痛苦，都被降到了最低程度。这也是为什么待在家里就像待在子宫里一样，时常会有退化的危险。它会把人带到一个虚拟的世界，在那里，我们能够摆脱引力，漂浮高空。我们的眼睛虽然依旧睁得很大，但却极少需要观看什么事物。现实世界的声响如同墙外传来的声音一样，变得模糊不清；这个世界把我们保护和笼罩起来。在子宫一样的家里，我们的生活发生了退化，被一种力量变得神秘起来。我们也许会在明天打开大门，匆匆坐上出租车直奔机场，或跳上电车赶往火车站。

其实，在竖有赫尔姆斯石柱的布鲁塞尔城市公园，贝恩联想到了南方的海洋，当然与他作为城市旅人的身份有关：外界的事物依然对他产生了一种奇特的作用。如果那座石柱位于他每天上班必经的路上，那种神奇的力量估计早已消失不见。没有哪个比利时人会把那座石柱当作希腊文明的象征。如果有谁这么做的话，就一定会无心办公，因为他的心思是不会专注起来的。

我们一旦开始熟悉某座陌生的城市，那座城市也就开始在我们的视野中消失。三天之后，我们不再注意地铁站里的景物，对呼啸而过的电车也熟视无睹；十天之后，我们就能闭着眼睛走过主要的街道，因为目的地仿佛近在咫尺；两个月后，整个城市都将自然地埋没起来，各个街口不再令你产生联想，仅仅成为一些乏味的地标，成为它们自己，即便不是出离我们的意识，也会从我们的视野中消失。

我们所熟知的事物所具有的这种奇特的、隐秘的"自在"属性，使其从我们意识中的视域中消失得无影无踪，首次成为一种真正意义上的典故。它们成了我们头脑中的象征体系的一部分。当我们匆匆经过这些事物时，即便看到它们，也不会映入脑海，从而不再具有实际的意义，而仅仅成为一种抽象的存在。它们不再彰显自己的突出特征，不会在晨光照耀下令你眼前一亮，也不会在拐角的地方突然令你眼前一黑，它们像城市的规划图一样，已进入你的记忆。它们令我们畅行无阻，自己却退避三舍，令我们感到更加孤独。不过，与此同时，它们也在我们头脑中的象征体系里取得了自己的位置。它们像携带某些信息的小点一样，在我们的脑海里沉睡了下来。

当我们感到自己周围的事物正在消失，变成头脑中的背景资料时，就不再感到孤单，继而开始产生在家的感觉：若以这种方式被弃的话，我们的思想也就不再那么矛盾。这种情况也许不足为奇。当我们刚刚进入一座城市的时候，周围都是陌生的事物，它们不断困扰着我们，令我们感到无比孤单（至少在独自旅行时确实如此）。然而，一旦这些事物和人物开始离我们而去，我们真正被世界的表象抛弃时，反而开始产生"在家"的感觉。我们不再感到孤单，因为我们再次回到了心无旁骛的状态，不再提醒自己其实对外界一无所知，不再回想那些荒谬的历史和地理知识，也不再理会周围那些自己永远也不可能认识的人物，不再纠结于某座荒废的公园，某条肮脏的街道，或是凌晨三点空旷的停车场究竟缺失了什么意义。

我的一生都定格在一座外省的弗莱芒中型城市的家里。这就意味着我无处可去，尤其是坐在电车里出神，或在雨中匆匆跑进面包店的时候。其他城市的独特性对我而言就像是一种滋补剂：那些城市通过不断地展现其"宛如"的事物，把我从原来的地域分离开来。我比较着，猜测着，观察着它们的街道规划，离自己的"本我"越来越远。这种经历就像是一种解放。不过，它也时常把我束缚在一种"非我"的日程当中。周围的世界在更大的程度上决定了我的行动。在家的时候，我会无所事事，因为我的双眼已不再惊讶于任何现象，于是，我只好忙点别的事情，好让自己忘掉周围的环境。在家的时候，那些隐秘的日程浮到了表面，事情的轻重缓急在我们完全无意识的情况下悄悄定了下来。我们做事的自然次序具有惊人的特性，它省去了许多麻烦，却从未质疑，也从不解释这些行动。

在家的时候，我们的"自我"失去了好奇心，沉沉地睡去，一切变得理所应当。

最近，有人邀请我参加某个论坛，讲一讲自己故乡的特色。多年以来，我虽长期在外游历，也在游历的间隙不断回到家乡（这一方面有可能危及自己外省出生的身份，另一方面，我的身份太过杂乱，在外地待的时间太长，而且与故乡的人们在观念上极少苟同，从而很难回归原处）。我对家乡熟悉的事物的特色一无所知，不再能够理解家乡的任何事情。由于缺乏任何新奇的感觉，生活变得如此透明，令我每天如同置身空旷的天堂，冷静到了不再有观看它的念想。它的终极特征就是这种虚无性。即便偶尔得闲，瞥上一眼四周的景物，心中却立即给那些似乎极为陌生的景象赋予了名字：美景，古城墙，三排灌木丛后面的小道，臭烘烘的污水沟边的码头，旧厂房窗外的风景，空旷的走廊——所有这些被熟视无睹的东西其实都应该取个名字。在家乡，我成了无名氏，而在外地，情况则完全相反。

当然，只有在这里，在这个不可能肯定自己真正熟悉的地方，才能找到那种虚幻的身份的意义：它呈现为一个显著的盲点，中心无法看清，令我们在那里遁形，却无疑置身该处。我对这座城市的体验就像精神分析学的那些真理：正是由于它们太接近于我的本体,反而被排除在我的视觉范围之外。从这种隐形的意义上讲,它们也是我的家乡。

人们待在家里的时候,通常会无意识地致力于完成一项隐秘而徒劳的工作:成功地待一天。这就意味着他们要把自己极为熟悉的、日复一日都要经手的细节梳理清楚,直到任何一个环节都不会影响到日常生活应有的幸福感——"啊,寻常日子多健忘,多么令人羡慕!"

我听说过一个住在豪华的大房子里的年轻女子,她在即将与她那雄心勃勃、喜欢到处冒险的男友分手时叹道:我多么希望能像过去那样,每天都过着相同的日子。这就是人们为何总想待在家里的、略微带有乌托邦色彩的秘密。人们每天都把事情推到一边,安静地坐在家里,一动不动,试图想通心中的那些疑惑。在此期间,人们根本不需要阅读或写作。那个担心自己未来生活太过冒险和动荡的年轻女子,可能只想安静地坐在家中,悠闲地观看周围的事物。她这种耽于故态的理想已经过时;显然,她向往的是一种内在的审美形式。

彼得·汉特克在《论成功的一天》一文中,曾对这样的日子做出如下的描写:主人公本来关心的是在家中独处的幸福,从而将旅行视为畏途,这在汉克看来是一项挑战。一旦待在家里,本应成了佛陀那样超凡脱俗的人,汉克则要保持清醒,几乎像孩子那样处处留意,不肯放过生活当中任何一个微小的细节。例如,锯子卡在了僵硬的木头缝里。其实,那块木头后来从长凳上掉了下来,砸伤了他的脚;于是,本想平安无事,结果却发生了一场小小的悲剧,令他苦不堪言。我们应该幸灾乐祸地意识到,那种日复一日的幸福是不可能完全实现的,待在家里,也就成了人们带着英雄主义理想犯下各种低级失误的游戏，如同希望用一瓶墨水洒遍整个大陆那样不切实际，其间充满了自责，以及想入非非。按照汉克的说法，这种矛盾终将使人们意识到，完美的日子也不过如此。也许，当我的意大利友人睁大双眼，自嘲式地眨了一下之后说出他此生的豪言壮语"随他去"的时候，就是这样的心情。

在家的时候，你会尝试像购物或退房、剪报一样开心，仿佛走完最后一段路之后，来到门口，把钥匙插在锁上，却心不在焉地想着别的什么事情。不过，在家里，常人也会纵容自己所珍视的一些缺点：挠痒痒，挖鼻孔，打盹，坐在自己手上，打嗝，数台阶，边读书边挖耳朵，怒气冲冲地对某个假想敌骂骂咧咧，突然大声地自言自语（比如在熨衣服时大吼一声"原来你是这么想的！"），严厉地惩罚一把由于地心引力而顽固地掉到地上的勺子，或者大力把门关上并尖叫一声："那又怎样，笨蛋！"而且，由于没人听见，自己仍能一边盯着瑟瑟发抖的门，一边不怀好意地坏笑。

家是一个人纵情释怀的地方，它充满了人情味，在这里，我们能把自己全部的坏毛病在一个小马戏团一样的空间里加以释放。同理，对于生活太过拥挤的人们来说，家也非常容易变成一个恐怖的场所：因为他们没有独处的乐园，从而享受不到丝毫的安宁。

海德格尔在《论思考、建筑、生存》一文中说，我们要"从拯救地球的意义上"来生存。这篇文章其实是他关于生态建筑的一次著名演讲的导言。对于海德格尔来说，建筑并不仅仅意味着新建一所房子——那是一种我从本能上感到厌恶的生存方式——自私地攫取最后一片树叶并将其毁灭，任由那些具有历史特色的老房子朽烂，它们理应得到更好的护理，却在人们的漠视下腐坏。

不，建筑其实就是生存本身。对海德格尔而言，它具有一种消极性，具有一种"随他去"的意味，任由事物随它们的本性行事。"我们若无建筑，便无所谓生存。但是，我们正在建造，而且根据生存的需要建起了房屋。也就是说，我们的生存就是建筑的标准。"这就意味着生活在某种程度上就像建筑自己的人生。每一天，当你躺在石头上的时候，即使什么都不想，却没有意识到自己这种状态很像法国著名建筑师薛瓦勒（Facteur Cheval）的作品。根据那位伟大的存在主义者的理论，我们只有尊敬自己的住所，才算真正地活着。"我们不能破坏它的原本"。正因如此，我们应该像他高尚地提倡的那样，"无为以存其本真"。这样，海德格尔就在存在和世俗的生存之间搭建了一座桥梁，使生存近乎成为存在的一种比喻，我们的生存和装饰方式，也就成了我们在这个世界上看待自身的方式。

家——就是除去老墙上残余的一点霉味，而不止是在楼梯上装上灯，以便在夜间看清橘黄色路灯映衬下的城市绿化树投射在高墙上的影子。它就坐在楼梯上，聆听着几乎难以察觉的光线在夜间移动的声音。

埃尔弗雷迪·杰琳尼克在其名为《浮云与家乡》的书中，以其特有的辛辣笔调调侃了海德格尔的权威概念，颇有以其人之道还治其人之身的意味。她对德国人的"祖国一切更胜一筹"的感觉嗤之以鼻，对那种所谓的"抱团取暖"（gemutlichkeit）不以为然，批评他们对家乡的任何一座桥梁，任何一块道路指示牌，任何一处丑陋不堪的地方加以美化的做法。她批评那些与丑陋的故乡重逢时油然而生的歌谣，比利时人与荷兰人对那些歌谣的暧昧风格尤为熟悉。这种群体心态和情感，如同杰琳尼克以其无与伦比的批判语气所说的那样，只不过是一种"找不到归属感的时候突然发现自己身处其中的地方"，充其量只是人们表达其被压抑的不成熟的情感的一种形式。（如在迪利亚斯特的一条街上，一位年轻的荷兰女子对她的丈夫讲："亲爱的，难道你不觉得，我们买到了全世界最棒的盘子吗？"丈夫那浑厚的男低音此时也尖利起来："对啊，价钱也绝对合适。"——这就是那种不成熟的情感占据人们的头脑时出现的状况，他们还以为身边的每一个人都听不懂自己在说什么。）

不过，这并非我所要讲的群体意义上的居家之感。在我的家乡，我并无居家之感，因为那里还住着其他人，而且即便没有他们，我仍有同感。在一家小咖啡馆，我经常用方言大声说笑，在外地人看来，我一定是个瑞典来的家伙。我把每天的市场当成一个舞台，店里的伙计和售货的女孩来来去去，他们点咖啡时，会要求加上一大块奶油。他们身上带有一种浓郁的香水味，空气中弥漫着烟草的气息，店主大大咧咧地站在那里，用当地的方言大声交谈着新近的消息。店里的咖啡机像热水器一样冒着蒸汽。在这种情境中，任何标志都成了毫无意义的乱码，外面的世界消失不见，使我完全沉浸在自己的世界里。我仿佛有了一种居家之感，不用多说一句话，除了不时提醒自己身在何方。这是一种奢侈的感觉，一种想回家的感觉。在那个时刻，外界的事物仿佛不存在了，我们得以进入一种平时意识不到的空间，得以反观自身，而那种空间，只有我们不在里面的时候才会显现。那个地方可能是家，也可能是任何地方。

所以，我无法描写自己所在的城市，即便写了，也会比《浮云与家乡》有过之而无不及。不过，当我写作时，仍能透过窗户看见它，它就像一张褪色的明信片，却有人的一生那么长久，有时也会成为世界的全部：圣米歇尔教堂的塔顶从未竣工，因为十五世纪的时候，各教区之间热衷于攀比，结果耗尽了财源；十一世纪修建的格雷文斯丁城堡遗址，依然高出新近翻修的修道院灰色的屋顶；附近有一座建于1607年的尖顶小教堂，我曾到过它的最高的房间，它的后面有三座高塔，由于格外醒目，被美国的旅游指南誉为"中世纪的曼哈顿"。当地的历史，根特、弗兰德斯和比利时的旗帜，全无意义。在雨天，还会降半旗。旗帜飘在格雷文斯丁城堡上空，迎风招展，俯瞰着浮云和家乡。

关于这座城市，作家巴特·威尔沙菲尔曾经写过一篇极佳的文章（《处在错位线上的根特》，载其《人物及其他》）。他在文中写道，根特不可能被写成一座历史名城，尤其是建筑名城。他说，这是一座发育不充分的城市，它并不完整，简直就是一座空城——起初，它可能是斯海尔德河和里桑河的交汇处——几个世纪过后，成了几段新修的城墙里的区域。威尔沙菲尔以一个旅人的敏锐视角惊讶地发现，这座城市只不过是几片空地，根本没有中心，正因如此，根特当地人对外来事物有一种冷漠的包容。

正如比利时人相对来说只有一半的国家认同那样，根特人显然也生来具有一种相对主义（当然，关于后者，我指的是一种后天习得的东西，而非本性如此，它是一种文化氛围，一种基于特定区域的群体生存经验而产生的态度）。

根特一直是一座双语城市，上流社会讲的是法语和根特方言。后来，从二十世纪三十年代起，上层居民的根特方言换成了"标准弗莱芒语"，尽管他们不承认，这种语言根本无法令荷兰人听明白。再后来,到了二十世纪六十年代,换成了"大众荷兰语",由于根特当地人讲话时依然夹杂着含混不清的方言,所以即便他们不承认,这种语言仍被称为尼德兰北方土话。时至今日,根特的初中生仍然以自己极为刺耳的方言为荣,那是一种混合了"支离破碎的弗莱芒语"和根特方言的产物,特地用来激励人心,鼓舞士气,并在使用的过程中取得无尽的乐趣。正因如此,根特人一直保持着老派的自然主义者的做法,把自己的"方言"视作反抗的标志,那是他们展示给世界的信号,即永不屈服——这在以前可能具有一种英雄主义色彩,而且无疑具有一种地方主义特征,但到了二十世纪末,人们发现一切边界都已变得模糊,令其别具一格的差异性也在迅速消失,他们担心,这种激动人心的癖好是否还有意义。

二十世纪二十年代的某个时刻,在布兰肯伯格的一座露台,根特诗人、著名符号学家卡列尔·范·德·沃斯提尼的两个仰慕者难以置信地发现,他们的偶像竟然用法语点啤酒。范·德·沃斯提尼是典型的根特上层人物:他只讲根特方言和法语。他不可能讲一口标准的荷兰语:他对此毫无兴趣。范·德·沃斯提尼在国际符号学界享有盛誉,他非常清楚,那种独特的、斯特凡·乔治式的语言会令他那个时代的荷兰语侵蚀自己的诗歌创作。正因如此,他的诗歌语言别具一格,虽然不太起眼,却是一种新式哥特风格的作品。然而,就是这位范·德·沃斯提尼,在他与赫尔曼·泰尔林克合著的书信体小说《泥塔》之中,开始讲述有关"他的"城市的故事,所用的语言全是具有本地特色的方言,显得古香古色。这位精通双语的根特诗人同时也是一位符号学家和充满激情的自然主义者,在根特寻常百姓当中极为典型,他即便要用外国的事物作参照,也不愿到安特卫普待一天,因为他其实已同国内其他地方发生的事情划清了界线,而且宁愿继续用当地的方言思考。结果就是一种风格的杂糅和刻意的低俗。也许,贝恩作品中的那位罗纳医生就是一位迷失的根特人。

这座城市同大多数其他古城一样,已在政治层面上恬不知耻地把自己出卖给了新兴的商业模式,使新旧两个世界的轨迹交织在一起:笨手笨脚的荷兰乡下人涌入了商业街,那里的街道充斥着粗俗的商业气息,构成了一种极端;稍微没落但余威犹存的西城大富之家则风雅地刻意避开城市的中心,有些人仍把他们的孩子送到以前讲法语的学校——根特学院。极端的普罗大众风格与极端的贵族习气就这样并行不悖。在许多城市小资产阶级家庭当中,这两种极端的风气产生了一种独特的心态,一种中间立场,它是资产阶级发展史上第三阶段的产物,是一种融合了世故和批判态度的调和态度。这种生活态度,不仅见于范·德·沃斯泰尼的作品,亦见于根特人引以为荣的当地唯一曾经荣获诺贝尔奖的法语作家莫里斯·梅特林克的作品。在根特郊区长大的诗人克里斯汀·达恩的作品中,我也发现了这种生活态度。真诚与讽刺就这样真真假假地交织在一起。

乍看起来,根特当地人保护隐私的癖好与他们自夸的真诚形成了鲜明的对照。用法语写作的根特作家让·雷曾在二十世纪六十年代在巴黎出版自己的全集,他也曾写过一部享誉国际的小说《毁灭之屋传奇》,讲的是一座阴气沉沉的古老庄园之中,鬼气森森的希腊诸神如何吓唬当地人的故事。这种庄园如今在根特仍可看到,它的屋子充满了阴暗的拐角和缝隙,斑驳的泥墙后面,隐藏的秘密等待着人们去慢慢发现。在这种环境下,人们学会了如何在保护隐私的情况下进行社交活动。在象征主义时代,它们构成了一种符号性的背景。这座城市当时的文学地位如日中天,也许并非巧合。

也许,哥特时代以保守倾向著称的城市,比巴洛克时代迅速崛起的城市更容易令人理解。安特卫普的张扬个性可见于它的巴洛克遗产,它的拱廊,以及宽阔笔直的街道。根特的保守特性则同样见于它那迷宫般的城市规划,以及建于十五世纪和十六世纪的老城区的紧凑氛围。巴洛克建筑对一座拥有哥特气质的城市产生的影响,在圣伯夫大教堂展现得淋漓尽致:庄严肃穆的弗莱芒哥特建筑被淹没在后来几个世纪修建的大理石丛林之中,后者旨在展现近代以来追求解放和自主的市民精神。在历史古迹和傲然耸立的近代建筑的夹缝之间,是一块难以界定的区域,在那里,本地至上主义与排斥外部世界的某种奇妙气质并行不悖。

根特难以接受任何形式的外来统治:不论是国王和皇帝,还是天主教,还是比利时的民族主义与资本主义。也许,这种叛逆风格更多地反映了一种对开放的质疑和对标新立异的坚决抵抗,而非出于自尊或对自由的渴望。(**巴特·威尔沙菲尔**)

有一种奚落根特的说法,称它不仅名不副实,仅可算作布鲁日和安特卫普的过渡地带:作为一座具有哥特风格的城市,却充斥着巴洛克时期的历史遗迹。它根本没有城市规划,街道毫无秩序。在它的古城中心,道路并未拓宽,也没有类似奥斯曼在巴黎或奥皇弗朗茨·约瑟夫在维也纳设计的十九世纪建筑群,甚至没有一条像安特卫普那样气势雄浑的主要街道。它的城区是一些历史建筑的无序延伸,根本无法开发出公交旅游线路,也无法阻止疾驰的汽车对路人的伤害,那些汽车在狭窄的街道上横冲直撞,仿佛它们行驶在宽阔的林荫大道上。中世纪水平的城市规划令人一目了然。如今,这里突然兴起了一股旅游热:十六世纪和十七世纪的一些遗迹,十八世纪流传下来的几处庄园,十八世纪的豪宅,从外表上看去显得十分神秘。此外,还有一些幸免于拆迁的纺织工人宿舍,典型的无产阶级"贫民窟",隐藏在斜巷深处。现在,这些地方都被修复一新。中世纪晚期神父洞周围具有哥特风格的狭窄街道,已不再具有任何历史特色,取而代之的是一种当代生活的气息——这里集中了太多的小餐馆,以致空气中弥漫着油烟的味道,吸引着偶尔路过的游客,令其仿佛置身于自己储存过冬食物的某座仓库。在这个街区,新的生活方式已经随着收入的稳定而逐渐固定下来,唯一尚存的异域风情,也许要在那些较好融入当地社会的移民当中寻找。与其他一些较大的城市不同,这里的移民住地在某种程度上并不集中,而是分散在一些小型的商业场所——毛毯市场,宾馆和餐饮场所,以及一些独立经营的小型建筑公司。也许,唯有如此,才能应对诸如灰狼党之类的极端组织发出的威胁。移民的身份通常很容易识别,他们的弗莱芒语说得很好,而且经常对第一次光顾其商店的当地居民开一些略显拙劣的玩笑。

有一次,在一家摩洛哥人经营的蔬菜水果店,我看到一位根特妇女大声训斥她那两岁大的孩子,还要动手打他。摩洛哥店员是一个身穿北非华服,头戴罩袍的女人,她走了过去,用一口标准的弗莱芒语讲道:"你这样做是不行的,讲究点策略效果才会更好。"她笑得很灿烂,当地那位只会讲本地方言的工人阶级妇女则目瞪口呆,因为自己不会像这位自信的摩洛哥女人一样讲"高级弗莱芒语"。还有一次,在一家突尼斯人经营的肉食铺,我听到一位上了年纪的根特女市民向店员抱怨,因为后者对她讲的是荷兰语。她用法语轻蔑地嚷道:"真是怪了,他讲的是弗莱芒语。"我于是用法语向她解释,说这位店员只不过是较好地融入了荷兰社会,以致能讲本地的方言,而且他讲的是荷兰语,而不是弗莱芒语。我说:"您可把我完全搞糊涂了。"那位突尼斯店员笑着向我眨眼致意。我不清楚他是否意识到自己眼前的两位根特人当中,有一个人觉得自己和另一个人所属的不是同一种文化。

19世纪在市郊修建的几条大道,由于20世纪60年代功能主义的肆虐,也被城区吞噬掉了。那些精致的"资产阶级"住宅——对于根特的某些人来说,它们与庄园无异,只不过规模小了些,却仍配有大理石壁炉和华美的木地板——遗迹尚存,但已门庭冷落,也因上代人驾车激起的烟尘而灰头土脸。昔日弗拉姆斯大街豪宅前郁郁成行的大树,艾尔尼斯大街两侧如画的双行大树,所有这些绿植,如今都已被城市的高速公路所取代。在某些地方,柏油路的宽度达到了极致;在另一些地方,则窄到了极致。有的建筑物与周围的环境格格不入,窗户上堆积了几十年的灰尘,屋檐也已被熏得焦黑。在过去的几十年里,这些房屋之所以能够幸存,乃因根特本身也是一座大学城:许多外省来的学生在完成学业之后,通常选择住在这些几乎废弃的廉价房屋里。一旦这些学生富裕起来,就会重新装修这些位于库普尔小区(始建于拿破仑时期)、城市花园大道、火车站附近以及市中心的某些小巷里的房子,完全按照他们自己的意愿从事:北窗的雨篷,意大利老式家具,考究的地板,以及新式雕塑。正是由于这种投资的心思,以及追求时髦的生活方式,使那些建于十九世纪的过于宽大的房间和庭院的色彩都发生了变化,人们在房前漫步时,后面的车库也会发出不同的回声。第二次世界大战之后,这些古屋处境极为艰难,不仅政府缺乏保护意识,六十年代的功能主义思潮也无视它们的存在。当时,受功能主义教条蛊惑的不止东欧,这里的人们也任意处置他们的祖产。正因如此,当今那些讲究"生活品位"的市民无意间修复了根特中产阶级思想中的部分城市记忆。清楚自己的历史,"使万物有尊严",就像海德格尔所说的那样,其中自然也涵盖了那个已经消失了的世界。

根特人崇尚经典,追求内敛,把庄园别墅掩映在毫不起眼的门廊后面,将共济会的住所和殿堂设在外人意想不到的地方。有些教堂和广场空旷得吓人,游客极少光顾,无法彰显这座城市的重要性。横贯市区的河流几乎是一潭死水。所有这些,有时令人联想到冬天里的布鲁日。不过,只需一场文化活动,就能唤起根特这座昏昏欲睡的外省城市,使它暂时看起来像是一座大城市。

这种自我形象的模糊性,令焦虑不安的地方政治更加躁动,因为不管多么微不足道的事件,都会突然失控,产生更大范围的影响。在寻求解决方案时,人们往往缺乏远见、果敢或批判精神,小城镇的批判精神通常会消解于琐事之中,无法形成一致的见解,这也是根特经常轻率处置其历史遗产的原因,它的城市化建设也非常刻板。一些政客能够意识到保护古建筑给旅游业带来的好处,却未必认可二十世纪三十年代的工业建筑同样需要保护,具有历史价值的公地不一定非要盖满房子,人口的分布格局要比某些大建筑师的设计方案更合理,那些自私自利、永不满足的店主阶层也不能像绑匪一样操纵城市化议题:目前看似一钱不值的建筑,可能会在未来的二十年内产生巨大的社会价值;政客们放弃的地区,十年之后也可能变成令所有人耳目一新的社区。城市化过程中的地方主义,以及一座中型的文化古城所具有的势利思想,几乎总能造成错误的妥协,在各个方面都不能尽如人意。一个没文化的建筑师设计出来的方案,会令一座古老的鱼市陷入灯红酒绿的后现代楼群的重围。这只是无数令人失望的案例之一。幸运的是,类似的方案日益受到由那些具有文物保护意识的市民所发起的挑战。

那些挂着城市规划闲职的专家对人口布局或市区结构之类的细微问题通常不感兴趣,而当他们意识到问题的存在时,往往为时已晚。他们于是仓促地将其界定为功能主义的术语,继而以"组织"的名义使其失去意义或"魔力"。公务员们对城市化的理解,就像捕捉蝴蝶的小孩:最后往往只在指缝留下一点轻微的色彩。人们最初的想法,最终往往走样,就像根特南城的购物中心,被当地居民讥讽为齐奥塞斯库宫殿。除了那些开发商和政客,没人希望建造这样的建筑。

与此同时,由于大批民众的呼吁,根特举行了一场公决,否决了位于该市文物古迹下方的一个大型停车场项目。这在全国尚属首次。正如媒体暗示的那样,这场运动并不简单,而是有坚定的环保组织和左翼团体为基础。公决当天,我看到他们身着盛装向投票站走去。一些具有乡土观念的上了年纪的根特人昂首走进投票站,向每一位愿意聆听他们讲话的人说,"决不允许市政厅里的那些人把我们的城市搞得支离破碎"。表决的结果是否定的:人们取得了法定的票数，迫使市政厅把当初许可的那项大工程搁置起来。

根特以前的地下牛市，过去常被称作牲口市场，是古建筑中的一颗明珠，其意义却鲜为人知。家畜市场废弃的部分可被改造成一座微型的柯文特花园，周边地段若规划得当，则可修建一座大会堂。然而，这里却被一片居民楼无情地占据了。这些楼群显得无法无天，同时又毫无创意，旁边就是喧嚣的外环公路。毫无疑问，这种设计并未考虑居民的生活质量，也没有考虑城市的整体结构，基本上忽略了这块地区的重心和意义。这里曾在我的记忆深处留下深刻的印象，它充满了不祥的血腥味道，低矮的棚屋下面，柱子已被染红，拴在那里等待屠宰的牲口的眼神，令人终生难忘。市场周围则有不少工人阶级经常光顾的小酒吧，充满了欢声笑语。如今，这里成了无数被废弃的土地之一，大片的水泥荒漠，只会令后人鄙夷地加以否定，就像我们现在对六十年代众多充满集权主义迷梦的包豪斯建筑那样，心里充满了厌恶。居民楼后面的空地也毫无意义，只会造成一种荒凉感，令人迷失方向，仿佛它们也不清楚自己究竟要造成怎样一种局面。一个有远见的城市规划者不但要保护风景如画的市中心，还要顾及城里正在或已经发展起来的星罗棋布的格局。这与乡愁无关。相反，它是城市的必备功能之一，旨在令人在具有历史积淀的城市产生在家的感觉——即在一个陌生的地方，却有一种似曾相识的感觉。

在这一时期，一些不信教的年轻人搬到了市郊、港口码头、空旷的老宅，以及廉价的阁楼。在那里，城市规划者的一些想法早已付诸实施，而且更为整齐划一，居民本身也习以为常，因为他们既无余钱，也无意作秀。

一个周日的午后,在一个同样空旷的地方,我似乎嗅到了一丝气息,眼角也浮现出一丝痕迹,令我想起了从前。倒不是因为这块地方本身有何种价值,而是因为它传递了一种曾被遗忘的最微不足道的情感。

那么,关于这座城市,我究竟说了些什么?我敢肯定,我什么也没说,只不过是谈了一些零星的感受。这种感觉,就是在家的感觉。

那是一个周日的傍晚,市中心广场雕塑的影子已经拉得很长,在杳无人迹的荒郊野巷,坑坑洼洼的柏油路面也映照出了青铜色的光辉。**(摘自彼得·汉特克《缺席》)**

12

天涯海角

在不久前的一个下午，我参观了自己所在城区的特色老照片展览。这块城区的起源可以追溯到中世纪，在我童年的时候，这里可谓声名狼藉：狭窄的街道两侧，低矮的房屋破败不堪；喧嚣的酒吧里，人们经常拔刀相向；街上充斥着妓女、流氓、恶棍和酒鬼；小孩子淌着鼻涕，膝盖经常擦破，脸上乌黑，衣衫褴褛，到处闲逛，直至深夜；有些人虽然一文不名，却不妨碍他们寻欢作乐——聚居在这里的无产阶级纺织工人，仿佛一片开满蓟花和荨麻的荒野，在城区的休耕地带蓬勃生长，又仿佛一座由古街老巷构成的迷宫，令普通市民不敢涉足。过去，我的祖父经过这里的时候，会紧紧攥住我的手，拖着我走过崎岖的石子路，一边提醒我正视前方，一边用力握住之前捡到的大鹅卵石。路上的行人极有可能被楼上某扇窗户泼出的脏水淋湿。后来，我上学之后，经常光顾那里的一家小酒吧。一天晚上，在一阵喧闹声中，我看到自己的英文老师被抵在酒吧窗前被人殴打，据说是因为他跟当地居民的某个情人发生了暧昧。他被重重地摔在地上，几个小时之后，他却镇定自若地站在教室里，大讲戴维·博维与约翰·邓恩的相似之处（不过，他慌乱之中给自己打了两条领带，而且右眼肿得睁不开，令他的面容有些狰狞）。如果你住在这块城区，就会习以为常，见怪不怪了。

距今大约二十年前，当我刚刚搬到这里的时候，老鼠夜间经常在门口跑来跑去，它们弓着后背，在离你只有一米时，会不慌不忙地钻进附近的下水道或是墙缝里。这块城区正好位于一座建于十一世纪的城堡的阴面，当时激发了我的无尽想象。让·雷的《毁灭之屋传奇》改编成电影时，这里曾被选为拍摄场景之一。古老而空旷的修道院里，居住着许多不知名的鸟儿，穿过走廊，刚被修剪的草坪的清新味道就会扑鼻而来。

我在这里住了几年，就赶上了全城大扫除。人们带着全部家当来到了街上。接下来发生了许多好玩和不太好玩的事情，却都徒劳无益。市政厅决定对这块城区进行大扫除，采用各种手段把当地的穷人以及吸毒者赶出家门。在空无一人的走廊里，挂着一幅巨大的标语，上面写的是里尔克的陈词滥调："无房之人，无建设之念。"修道院的一部分被修缮之后，改成了民居。市政厅投入了大笔资金，用于修缮老天主教堂，继而虎视眈眈地盯上了一座音乐厅。到处都焕然一新，神父洞的许多地方也比二十年前看上去更加整洁。不过，出于盈利的考虑，该地很大一部分被改造成了酒店和餐饮中心。沿街尽是些小餐馆，旨在给那些出来度周末的游客提供一种"新感觉"。街道仍是老样子，到处流露出一种我行我素的意味。二十世纪七十年代，城市化运动仍在野蛮推进，有人为了把这块老城区改造成一座大型停车场，不惜把十六世纪至十八世纪的所有建筑拆掉。为了捍卫自己的社区，经历过 1968

年动乱的那一代人再次奋起，把逃出魔瓶的妖怪打了回去：图谋牺牲这块城区的念头被打消了。老一辈人的想法着实难以捉摸，他们看似都是资深的无政府主义者，却比那些标榜无政府主义的嬉皮士更有力量。

在这次展览中，那些摄于二十世纪初的老照片虽已不太清晰，却再次显示出了一种难以捉摸的力量。当我盯着那些早已变样的城市旧貌，识别出自己曾经住过的那条街上几乎废弃的玻璃厂（根特玻璃切割厂）时，不禁咧嘴笑了起来。工厂的大门早已生锈变形，厂房的百叶窗也不见了。过去的奇妙之处在于，你总能看到自己希望看到的东西。不知不觉间，我来到了一幅照片前面：宽阔的运河岸边，有一排房子，看上去不太像本地房屋，反倒像是黎明时分的南方建筑。在照片的说明文字中，我惊讶地看到了自己曾经居住过的街道的名称。在这里，我似乎辨认出了那些灰色的平房，旁边的运河直到第二次世界大战结束之后还有水流，而且又冷又深，连接着一座码头。照片上的天色有些模糊，河面上笼罩了一层冬日的薄雾。沐浴着黎明时分的晨光，显得十分静谧，二十世纪初期的这片城区，竟有些威尼斯的意味。我梦想中的画面，原来曾是现实：我家的花园后面，有一座旧铁门，门上爬满了紫藤，虽因空气污染而长得极差，却曾爬过大门，经过河岸，伸入水中。那里曾是人们驾船驶向里斯河的起点，如今却长起几棵高大的桦树，树下常有喝醉的流浪汉吵吵嚷嚷。我看着那幅老照片，有些不知所措。城市的形态太不确定了。如今艳阳高照、树木繁茂的街心公园，几十年前竟是一座码头。后来，经过打听，我才知道了其中的故事。原来，公园下面有一艘沉船，战后闹鼠疫的时候，被灌入了河水。在街道的下方，依旧埋着一座铁桥，当大货车开过时,仍能感觉到它的颤动。这块城区的土质很松,时常出现路面塌陷,施工的时候,总会挖出一些中世纪的砖块。带着这些所见所闻,我走回家中,坐了下来,开始读书。

那天晚上,大约十点半的时候,整座房屋突然开始晃动。我以为是发生了轻微的地震,因为书架上层的书全部倒了下来,一次性落在前面三步远的楼梯上。但是,由于其他一切整洁如旧,我就推开窗户,向外望去。楼下站了一些人,关注地看着楼上的动静。还有一些人似乎刚从屋里出来,紧张地聚集到同一个地方,似乎就是我家的窗下。在我的隔壁,一座建于十六世纪的砖房窗户已经破裂,屋里正在升起一股浓浓的烟尘。人们争先恐后地避开了它那吱吱作响的梯形山墙。警察赶了过来,消防队、两个城市规划专家也被叫了过来,都手足无措地站在那里。由于修复不当,这座珍贵的古建筑已被废弃了几十年,此时就像一个垂死之人,发出了叹息和呻吟。我能感到墙体的石块挤压楼梯时发出的颤动,它们仍在寻找支撑点,希望能够继续站立几个小时。房屋的生命在于地基的稳固。然而,就在我给一本旨在反思自己处世之道的书写结尾时,这座老房子倒掉了。阁楼上那古老的房梁就像一匹失蹄的老马轰然倒地,天花板的碎片翻滚着落到地上,激起一片又一片的烟尘。在墙的另一侧,我能听到石块沿着墙壁乒乒乓乓落下的声音,仿佛要穿墙进来。我也听到灰土沙沙落下的声响,就像爆炸后碎片四散的声音。由于隔壁楼房的坍塌,整座楼梯都乱成了一团。

当你读到这里的时候,这块自二战结束以来一成不变的城区之中,曾经见证过我想知道的所有事件的那座老房子,已经不复存在了。明天一早,拆迁工人就会过来。街坊们已经打着手电设置了路障。喧闹之中，出现了一种友好的气氛。此前从未交谈过的人们变得亲密起来，有人拿出了自家的啤酒，大家就在这条狭窄的街上过起了夜生活。

我曾在书中讲过一个故事，说这座房子从地窖浮出，漂向了北极，也就是皮西亚斯这个骗子可能到过的地方，"天涯海角"。在一片冰川当中，它突然停了下来：

> 整个夏天，我都在阳台上读书。那里回荡着海鸥的叫声，以及远处碧蓝的海水拍打珊瑚礁的声音。游泳的人来来去去，有的溺死在水中。有时，房子会被海风吹得发晃，海草则会爬上南墙……带着甜味的海水和海风把马尾海藻带到了房前，堆积得比屋顶还高。

可是，你瞧，在这座房子到达北极之前，我还没来得及进一步构思，它却坍塌了。每一堆瓦砾都有它们的梦想。在这片正在朽烂的废墟上，我已经梦到了随风摇摆的梓树，毛白杨，还有四处弥漫的茉莉花香。

我还想到了那条消失的运河，在二战之后，它被填埋起来。如果可能的话，在我居住的那座小镇的街心花园后面，我会登上一艘小船，启程前往博特尼湾。那是世界的另一个尽头，湾内浮动着白色的游船，附近有一座公园，园里有朱鹭，还有一只大狗，仿佛都曾出现在我儿时的梦境。

总有一天，我要亲眼感受一下自己阅读过的一切。

出城

关于旅行的美学 在德国艺术杂志《艺术论坛》刊登的关于旅行美学的专题论文中,探讨了当今旅行可能具有的任何内容——包括老生常谈,脑电波,奇思妙想,以及各种悖论。

汽车 根据彼得·斯劳特戴克的说法,汽车是轮子上的子宫。驾车的重要意义不在于它的功能,而是它能带来宫缩一般的刺激感,并能看到外面一闪而过的世界。这是一种无法磨灭的永恒快感,可以深深地嵌入人们的记忆。在这种巨大的快感面前,理性显得十分苍白。正因如此,环保主义者反对汽车工业的斗争注定要失败。弗洛伊德对此看得比较透彻(**参见其《超越》一书**)。

尾气 根据斯劳特戴克的说法,尾气是举行完汽车仪式后产生的废沫(**参见其《超越》一书**)。

非典型性慢性呼吸道疾病(如哮喘和支气管炎) 医生建议患者尽量多"换气",此举据说可以缓解呼吸系统的憋闷感。法国人在开始旅行之前往往会说:"该去透透气啦。"

碰撞　永动机的发明者鲍里斯·B 在自传中写道:"机器也能做爱——喷嘴,软管,挡板,永远都在运动,上上下下,进进出出。"(摘自《沙漠的边界》[1989]中的故事"为了忘却的乌鸦")

情绪/行动　根据《艺术评论》的说法,"情绪"(emotion)从字面上讲就是将某物从另一物挪开(在拉丁语中写作"e"或"ex")。"情绪"(E-motion),即"改变你的立场"。

遥远　对于传奇作家罗伯特·瓦尔泽来说,他在门外"多走一步",也许都比"骆驼杯汽车拉力赛"的参赛者在他那卡其色的世界图景中走得更加遥远。

弗朗西斯科的悖论　1336 年 4 月 26 日的早晨,彼得拉克开始与长他三岁的哥哥攀登旺度山。在历尽艰辛之后,他登上了顶峰,看到了罗纳河和普罗旺斯河,继而产生一种当今所谓的"顿悟",把脚下的风景与自己的人生规划联系了起来。下山的时候,他表情严峻,一言不发,完全沉浸在自己的思索之中。在到达旺度山下的马洛塞讷(如今已成为自行车赛的一个起点)之后,他在饭前坐下来给著名的奥古斯丁派僧侣迪奥尼吉写了一封信,坦诚地告诉他,"你必须改变自己的人生了"。因为不论在任何地方,你都无处遁形(里尔克语)。

地缘　地缘是一切与地球意识有关的事物的时髦简称。保罗·比安奇在《关于旅行的美学》中写道,"自我意识取代了地球意识"。

没有目标的目标导向 对于大部分持真理唯一论的旅行者而言,真理永远"在路上"。这在知识界已是老生常谈。对于一个处在十字路口的人来说,他的困境在于担心出现致命的意外,即错将右当成左,如此走上一公里,就会精神崩溃,乃至死亡。

上帝 圣奥古斯丁的《上帝之城》其实涵盖了整个世界历史。城市是上天的应许之地,也是对凡间市民的诅咒。城市既是天堂,也是地狱。有索多姆和娥摩拉那样的罪恶之城,也有耶路撒冷那样的圣城。据某些文献记载,彼得拉克攀登旺度山的时候,随身带了《上帝之城》一书(这是一部重达一公斤的巨著)。其实,他读的是奥古斯丁的《忏悔录》。

乡愁 渴望离开故乡到外地去旅行,有时也是一种乡愁。"思念远方的乡愁"是一种文字上的悖论,因为这里根本没有思念故乡。然而,心灵的故乡究竟在何方?

热气球 在一本书上,我曾看到豪尔赫·路易斯·博尔赫斯的一幅照片。在照片上,他站在热气球下面的挂篮里,笑容很灿烂,旁边是他的女友玛丽亚·儿玉。博尔赫斯说,我无法向那些没有体验过极乐的人解释何谓极乐(他指的是乘坐热气球无声无息地飞过大地)。这些热气球就像神秘的月光石一样在空中飞过。根据传统说法,这些宝石可以抵达月球的背面。如今,太空旅行只会制造出太空垃圾。

想象空间 汽车的前挡风玻璃就像是一块电视屏幕。撞车的时候,仿佛要把屏幕掀掉。在高速公路上逆行的司机,期待着最后的致命一击。

花园 据说,每一次旅行都能让我们更好地认识自己。在每一次旅行的最后,必然是"培育了我们的心灵花园"。(摘自《艺术评论》)

乱象 交通拥堵是一种后现代乱象。每个人都对旁人恨恨不已,而且恨自己成了乱象的一部分,感觉既混乱又无助。

动态/动员 当一切都动起来之后,也就随即变得静止了。交通拥堵是一个悖论,可用芝诺的学说加以分析。许多史诗般的场面,夏天的大拥堵,大型的立交桥(如博洛尼亚市郊的高速公路)。人们从车上下来,开始野餐,给孩子喂奶,互相关照,甚至彼此感动。一个小时之后,当车流向前挪动时,人们互相依依惜别,各自回到车上。"出发啦,出发啦!再见,阿尔弗雷德!再见,福斯塔!"然而,刚刚开了三米,车流又停了下来。人们开始骂娘了。

运动 "如果技术意味着对事物运动轨迹的全面控制,那么我们能够发挥积极作用的唯一行动就是刹闸。"(彼得·斯劳特戴克)

窝巢 "窝巢虽好,世界更佳。"作者亨德里克·马尔斯曼几乎已被淡忘,这句诗却被一代又一代人用来当成学生作文的题目。

这种提法，人们一定同意，但那不过是客套而已。

网络 走出家门，人们就同公路网络连接起来，这是一个世界范围的网络，里面有各种各样的回路和无尽的旅程，既有死胡同，也有风景名胜。点一下吧！

流浪/常态 旅行是人类最初的基本生活方式。定居生活并非常态，而是最近才出现的情况（这种生活方式既浪费土地，又浪费光阴，还影响心情）。

游牧学 二十世纪八十年代的时髦词汇。它的真实含义是：我慵懒地坐在房间里，琢磨着待在家里是多么美好，想到其他人竟然没有意识到这一点，真是愚蠢之极。他们能在湖水中跳跃！（参见思想雷达，以及哈维尔）

瓦加杜古 在地图上显得很大的地方。这些地名用起来就像月亮和地狱一样方便。如有必要，瓦加杜古可以是人们想去的任何地方！

超越 参见斯劳特戴克关于汽车的观点。人们以一种奇妙的方式获得了肛门的快感："通过放屁，我们使其他乘客意识到了我们的存在，虽然只是让我们排放的废气游过他们身边。高速公路就是人类运动过程中的一个巨型马桶。"（参见运动）不过，这个马桶经常发生堵塞。（参见动态）

诗歌 《关于旅行的美学》认为,诗歌是距离和远方的产物。"到了远方,诗意自会浮现。"迈克尔·卢斯基如是说。

思想雷达 足不出户,却在思考整个世界。哥特弗里德·贝恩有一首著名的散文诗,题目就叫《思想雷达》。这是柏林版的游牧学。

空间 例如,沃乐思·史蒂文斯曾说:"在我的房间,世界离我很近。但是,当我走出家门,却发现世界不过是三四座山和一片云彩。"亦可参见哈维尔。

久坐 意思是"坐着"。"坐立人"是以坐着的姿态环游世界。"久久地坐着"(例如,从布鲁塞尔到悉尼,要坐24小时才能抵达终点)。这是另一种版本的游牧学。

斯劳尔霍夫 荷兰诗人。向自己魂牵梦绕的地方进发。一种病理学意义上的游牧学。年轻的心灵对此难以割舍。

郊区 抑或是穷乡僻壤?参见地区。

语法结构 哥特弗里德·贝恩说:"一切都会过去,但在此时此刻,最重要的是语法结构。"道路和处所的交织,终会产生一种意义。高速公路和铁路,紧急通道和小路,灯光和隧道;理性和荒谬。与空间有关的无穷语句,要遵循语法规则。每一次旅行,都有它的主句和从句。

高楼摇摆舞 洛杉矶当地的一种流行说法。这座城市在随时可能发生高楼倒塌的恐惧中"幸存"了下来。换句话说,大地本身也在舞动中旅行。美国一位先锋艺术家曾说:"来一场高楼摇摆舞吧!"

游客 法国社会学家让-迪迪埃·厄本的一本书名为《愚蠢的游客》。根据此人的说法,游客并不愚蠢,而是现代文化中的英雄。若不是游客有兴趣,当地人很难意识到自身文化的价值。换句话说,游客是为殖民者赎罪的。这是一种梦想,还是一种谋杀?

旅行 "一次旅行总能启动下一次旅行。"保罗·比安奇如是说。

字母 U 在德语中,字母 U 指的是地下。你会被请入地下。这种说法总是具有一种末世意味。专家已从技术上证实了它的宗教图谋。(参见《黑色池塘》)

草浪 郊区往昔的状态。在两次世界大战的间隙,这个词汇还能在诗歌中呈现。例如,马尔斯曼的诗中写道:"草浪之中,骏马飞驰,马尾飘扬,宛如波浪。"进入后现代,这句诗可被改写为:"城市郊外,烟雾弥漫,汽车如云,划过天际。"

哈维尔 哈维尔·德·迈斯特曾在 1794 年写过一部《房间里的旅行》。他是首位沉迷于室内旅游的人。在法国大革命之后的最初几年,他的举动显得十分精明。他也是首位虚拟旅行家。他的房间可被视作轨道已经设定的唱片。他也写过有关水晶的书,名叫《水晶宫之行》。我收藏的旧版《百科全书》对他的评语是"妙趣横生"。

芥子气 这个名称源于一座弗莱芒城市的悲惨遭遇。伊普雷斯(Ypres)是首座遭受德军毒气攻击的城市(1917年7月12日)。芥子气(Yperite)由此得名。类似的情况还有德累斯顿大火、庞培浩劫、索多姆的盐柱、纽约的金刚,以及洛杉矶的高楼摇摆舞。

地区 "进入城市之前,你总要经过郊区。郊区这种说法是一种怨言,你的位置难以界定,既不在城外,也不在城里。这种被遗弃的怨言可以追溯到古典时代的维庸所在的城市,如今已经渗入现代大都市的内心。顽劣的儿童,堕落的女人,郊区的孩子会在周末进城,哼唱荒诞的歌曲。他们会引用散文诗,以此糟蹋诗学。他们的名字是波德莱尔、魏尔伦、兰波。阿波利索尔《烈酒》一书的开篇是'时区':'你会看到大唱赞歌的广告、指南和海报,它们就是今天早上的诗歌;至于散文,更是数不胜数。'在希腊语中,'地区'指的是一个地带,它既非土地,亦非城市,而是一种特殊的地方,不见于已有的地名。"(摘自让-弗朗索瓦·利奥塔的《后现代寓言》)

黑色池塘 布鲁塞尔地铁有一站名叫"黑色池塘",预示着高峰时期的车况(参见字母U)。下午五点,布鲁塞尔俨然成为上帝之城。女孩无心阅读。电梯无法运行。俄尔浦斯成了街头艺人。他循着亮光,目不斜视地往楼上跑。看着人群匆匆穿过狭窄的楼道,那景象宛如末世。是炼狱,还是世外桃源?先突围再说。

出城。